Saitenwechsel

Heinrich Peuckmann

Saitenwechsel

Roman

assoverlag

1 Arweds Vater kapierte es einfach nicht. Jeder am Tisch merkte, wie sich das Unwetter über ihm zusammenbraute, Arwed selbst, seine Mutter, sogar Lina, die Haushälterin, die zwischendurch ins Zimmer kam und den Kaffee reichte. Nur er nicht. Wie konnte man so ignorant sein? Aber sein Vater war es. Unverdrossen schwadronierte er über Börsenkurse, Preiskalkulationen und Absatzmärkte für Stahl, die wegen der Japaner angeblich immer kleiner wurden. Fehlte nur noch, dass er wie so oft über Bundeskanzler Willy Brandt herzog, der keine Ahnung von Wirtschaft hätte, während sich Schritt für Schritt das Unwetter über ihm zusammenbraute, mit den üblichen Vorboten, die jedes Kleinkind kennt. Tiefschwarze Wolken ziehen auf, Wetterleuchten macht sich bemerkbar, leises, dann lauter werdendes Grollen rollt heran und kurz darauf zuckt der erste …

Arwed beobachtete mit Sorge, wie seine Oma ihre Stirn in Falten zog, wie sich ihre Augen zu schmalen Schlitzen verengten, von den Lippen nur noch ein schmaler Strich übrig blieb und wie sie dabei Arweds Vater, ihren Sohn, fest im Blick behielt. Warum spürte er nicht wenigstens diesen stechenden Blick, wenn er schon ihre Mimik übersah? Warum konnte er nicht endlich aufhören mit seinem Gequatsche von Renditen, Verlusten und Abschreibungen, von dem er doch wusste, dass es nicht nur seine Mutter, sondern auch seine Frau und seinen Sohn langweilte?

Einen Moment lang überlegte Arwed, ob er seinen Vater warnen sollte, mit Räuspern vielleicht, mit einem tiefen Atemzug, der Langeweile ausdrückte, aber er wusste, dass es nichts bringen würde. Sein Vater hatte sich in Rage geredet, von diskreten Hinweisen würde er sich nicht aufhalten lassen. Und ihn offen, vor allen anderen, zu unterbrechen, durfte er nicht wagen. Das würde nicht nur seinen Vater verärgern, das würden auch seine Mutter und selbst die Oma respektlos finden. Er seufzte. Das Gewitter würde kommen, unweigerlich. Es gab kein Entrinnen.

Vorhin, als Arwed in seinem Zimmer saß, war noch alles harmonisch gewesen. Er hatte am Fenster gesessen, hatte nach draußen auf den Hof und den sich anschließenden Park geschaut, ein wenig gelangweilt wie so oft, wenn er einen freien Nachmittag zu Hause verbrachte. Dann war plötzlich seine Oma vorgefahren. Er hatte gesehen, wie sich das schmiedeeiserne Tor zur Einfahrt wie von Geisterhand öffnete und der Bentley mit seiner Oma auf dem Rücksitz die Auffahrt hinauf zum Eingangsportal gerollt war. In dem Moment, als der Wagen stand, war Albert raus gesprungen, hatte die Fahrermütze aufgesetzt und die Tür des Fonds geöffnet. Seine Oma hatte beim Aussteigen nach Alberts ausgestrecktem Arm gegriffen, sich hoheitsvoll darauf gestützt und Arwed hatte wieder mal bewundert, wie elegant, aber trotzdem beschwingt sie in ihrem grauen Hosenanzug, der ihre schlanke Figur betonte, und der weißen Rüschenbluse wirkte. Entschlossen hatte sie den Kopf in den Nacken geworfen, wobei ihre grauen, kurz geschnittenen Haare im Nacken wippten, hatte mit schnellem Blick das Haus taxiert und war dann mit gravitätischem Schritt die Stufen zum Eingang hinaufgestiegen. Eine Inszenierung, Arwed wusste es, aber eine, auf die er sich jedes Mal freute. Wenn seine Oma kam, passierte etwas. Dann erwachte das Haus aus seinem vornehmen Dämmerschlaf.

Während im nächsten Moment an der Haustür die Glocke ertönte und seine Oma sich einen Moment gedulden musste, bis Arweds Mutter die Tür öffnete, drückte Albert wieder die Fernbedienung, worauf sich das Eisentor zuschob, schloss den Bentley ab und ging zum Dienstboteneingang. Dort würde ihm Lina öffnen, ohne dass er klingeln musste. Lina, ihre kleine, dralle Haushilfe, bekam alles mit, was im Haus und drum herum passierte. Aber das konnte Arwed von seinem Platz aus nicht sehen, er ahnte es nur.

Er war sofort nach unten gelaufen, noch bevor seine Mutter ihn gerufen hatte.

»Hallo Oma«, hatte er gesagt und sie in den Arm genommen, denn er mochte sie. Es machte ihm Spaß, mit ihr zu reden, genauso wie sich seine Mutter über ihren Besuch freute. Die beiden Frauen hatten große Sympathie füreinander, sie hielten zusammen, besonders wenn es Streit zwischen Arweds Eltern gab. Dann hielt seine Oma garantiert zu ihrer Schwiegertochter und ließ ihren Sohn im Regen stehen.

Die Oma drückte Arwed kräftig zur Begrüßung. Früher hatte sie ihn bei diesen Gelegenheiten hochgehoben, aber das schaffte sie nicht mehr. Arwed war in den letzten beiden Jahren deutlich gewachsen, er war längst einen Kopf größer als sie. Locker könnte Arwed seine Großmutter hochheben, aber das würde ihr nicht gefallen. In Fragen der Etikette war sie zwar nicht so streng wie sein Vater, aber respektlos, egal wem gegenüber, durfte man nicht sein.

Seine Oma lächelte ihn an. »Du hast ja schon ein paar Bartstoppeln, oder täusche ich mich?«

Arwed schaute manchmal in den Spiegel, ob er welche entdecken konnte, hatte aber bis jetzt keine bemerkt. Vielleicht hatte er ja etwas übersehen, vielleicht erahnte seine Oma aber auch nur seine geheimen Wünsche.

Nach der Begrüßung hatte Arwed die beiden Frauen erst einmal allein gelassen. Er wusste, dass sie zuerst die Dinge besprachen, die nur sie betrafen. Den letzten Rommeeabend zum Beispiel, zu dem seine Großmutter regelmäßig einlud. Wie sie gemeinsam eine der anderen geladenen Damen reingelegt und ihr zwanzig oder dreißig Mark abgenommen hatten. Wobei es ihnen nicht um das Geld ging, weiß Gott nicht! Geld hatten alle in Arweds Familie genug. Vielmehr ging es darum, dass sich die anderen Damen geärgert hatten, die zwar ebenfalls Geld genug hatten, sich aber über jeden kleinen Verlust aufregten. Dies wiederum durften sie nicht zeigen, sie mussten vielmehr lächeln zum bösen Spiel, was Arweds Oma und seine Mutter besonders amüsierte. Arwed ahnte, dass es etwas in dieser Art war, das sie besprechen wollten. Kurz darauf hörte er ihr Lachen aus dem Wintergarten, wohin sie sich zurückgezogen hatten.

Als Lina zu Kaffee und Kuchen gedeckt hatte, hatte sich Arwed dazu gesetzt. Jetzt, das wusste er, hatten die beiden Frauen ihre intimen Gespräche beendet. Jetzt war seine Großmutter offen für alles andere, was seit ihrem letzten Besuch passiert war.

»Na, was hast du gemacht in den letzten Tagen?«, fragte ihn seine Großmutter. »Hattest du auch keine Langeweile?«

Es war typisch für sie. Nach seinen Leistungen in der Schule fragte sie selten, viel mehr interessierte sie, was er in der Freizeit machte. Nicht dass ihr seine Leistungen in der Schule völlig gleichgültig wären, so war es auch nicht.

Aber sie schien zu glauben, dass Arwed schon das Nötige tun würde, und für die Entwicklung der Persönlichkeit trug ihrer Meinung nach weniger die Schule als Arweds sonstiges Handeln bei. Sie hatte schon mal nach seiner Freizeit gefragt, Arwed merkte, dass sie irgendetwas beunruhigte. Seine freien Stunden waren zwar nicht besonders aufregend, aber dass nun gar nichts passierte, konnte man auch nicht sagen. Arwed erzählte vom Spaziergang mit seinem Klassenkameraden Thomas an der Ruhr entlang, wo sie Pflanzen gesammelt hatten für das Herbarium, das sie für Biologie brauchten.

Seine Oma nickte. »Mich hat die Fauna immer mehr interessiert als die Flora«, sagte sie. »Vögel kann ich unterscheiden, von Pflanzen habe ich keine Ahnung.«

Arwed ging es genauso. Der bewegte Teil der Natur interessierte ihn mehr als der stille, statische. Immerhin hatten Thomas und er das Beste aus ihrem Spaziergang gemacht. Sie hatten seltene Pflanzen gefunden, darunter das gelbe Scharbockskraut, das zur Familie der Hahnenfußgewächse gehörte und giftig war. Vor allem aber hatten sie ihre Lehrer nachgeäfft und sich dabei den Bauch gehalten vor Lachen. Holtgräve, den Lateinlehrer mit der schnarrenden Stimme, der sich, wenn er in Hektik geriet, an der eigenen Spucke verschluckte, oder den Mathe- und Sportlehrer Meinke, der so unsicher war, dass er manchmal den Primus fragen musste, wie eine Aufgabe zu lösen sei.

Die Geschichte mit den Lehrern gefiel seiner Oma, sie lachte laut und klatschte dabei in die Hände. Auch seine Mutter lachte, obwohl sie sonst bei Witzchen über die Schule immer sehr zurückhaltend war. Arwed sollte fleißig lernen, fand sie. Wenn er anfing, Witzchen über die Schule zu erzählen, nahm er es nicht mehr ernst genug. Arwed sah sie an. Jetzt war sie in fröhlicher Stimmung, merkte er, denn ihre Wangen zeigten einen leichten Rotschimmer, wie immer, wenn sie gut gelaunt war.

Seine Oma dagegen sah das völlig anders, denn natürlich konnte sie ähnliche Geschichten über ihre Lehrer erzählen, die Arwed genauso witzig fand. Sie waren in ausgelassener Stimmung, als draußen der Mercedes von Arweds Vater vorfuhr.

Sofort wurde es merklich stiller im Raum. Kurz darauf betrat er das Zimmer, Rudolf Arnstädt, den seine Mutter gerne Rudo nannte, seine Oma Rudi. Das tat sie vor allem dann, wenn sie Konflikte mit ihm hatte. Dann sollte die Verniedlichung erreichen, dass er wieder der kleine Junge von früher wurde.

»Hallo Mutter«, sagte er und begrüßte sie freundlich mit Küsschen links, Küsschen rechts, eine Mode, die er sich vor ein paar Monaten bei einem Frankreichaufenthalt angewöhnt hatte. Außer ihm machte das niemand in der Familie. Arweds Oma lächelte dabei, ihr gefielen Extravaganzen.

»Hallo Hanne.« Auch die Mutter, die eigentlich Hannelore hieß, nahm er kurz in den Arm, Arwed reichte er die Hand. Dann aß er ein Stück Schwarzwälder Kirschtorte und schwieg so lange, bis er die Hälfte des Kuchens gegessen hatte.

Tatsächlich hatte Arweds Mutter begonnen, das unterbrochene Gespräch fortzusetzen und versucht, eine Anekdote aus ihrer Schulzeit zu erzählen, was völlig ungewöhnlich für sie war. Sie hatte ebenfalls ein Internat besucht, sprach aber selten darüber. Wahrscheinlich spürte sie in diesem Moment schon die anrollende Gefahr, die auch prompt eintraf.

In einer der Pausen, noch bevor er die Torte ganz aufgegessen und Arweds Mutter ihre Anekdote beendet hatte, stieß sein Vater einen Seufzer aus.

»Mein Gott, war das heute wieder ein Tag!« Dann begann sein Lamento. Die Hoffnung, dass es sich um einen kurzen Zwischenruf handeln könnte, um Druck abzulassen, hatte Arwed schnell aufgegeben, genau wie seine Oma. Und genau in dem Maße, in dem sie diese Hoffnung begrub, verfinsterte sich ihre Miene.

Dann brach das Gewitter los.

»Albert!«, rief seine Oma plötzlich. »Albert, wo steckst du?«

Im nächsten Moment stand ihr Fahrer in der Tür.

»Ich war in der Küche, gnädige Frau. Bei Lina.«

»Albert, wir fahren.«

»Aber was hast du denn, Mutter? Was ist denn plötzlich los mit dir?«, fragte sichtlich verwirrt Arweds Vater. Man hörte seiner Stimme an, wie kleinlaut er plötzlich geworden war.

»Du Langweiler!«, zischte Arweds Oma, »merkst du nicht, dass wir deine Geschichten gar nicht hören wollen? Kannst du nichts anderes erzählen als deine dümmlichen Geschäftsberichte?« Sie schüttelte den Kopf. »Nein, das kannst du nicht! Du erlebst ja nichts anderes als immer nur deinen Zahlenkram. Und weil du nichts anderes erlebst, willst du, dass wir auch nichts anderes erleben. Dass wir genau solche Langweiler werden wie du.«

Sie schlug so fest mit der flachen Hand auf die Tischplatte, dass das Geschirr schepperte.

»Aber da hast du dich geschnitten. Nicht mit mir! Nie in meinem Leben wollte ich das.«

Sie schwieg einen Moment, dann blickte sie Albert an.

»Was hast du in der Küche gemacht?«

»Lachs gegessen, gnädige Frau.« Er grinste, der Wutanfall seiner Chefin beunruhigte ihn in keiner Weise. »Sehr lecker übrigens.«

»Aber Mutter«, sagte Arweds Mutter, »beruhige dich doch.« Ihre Stimme klang bittend, etwas halbherzig zwar, aber sie versuchte, zu retten, was zu retten war. So war es immer bei ihr. Sie vertrug sich bestens mit ihrer Schwiegermutter, hatte die Situation genauso empfunden wie diese, aber eindeutig gegen ihren Mann Stellung zu beziehen, traute sie sich nicht.

»Den Lachs sollst du doch auch noch probieren. Wir haben extra mehr gekauft für den Fall, dass du kommst.« Ihre Stimme wurde immer leiser, die letzten Worte hauchte sie.

»Packt ihn mir ein!«, rief die Oma, die die Halbherzigkeit in der Stimme von Arweds Mutter natürlich bemerkt hatte. »Ich will ihn zu Hause essen, da wo ich Ruhe habe.« Dann rauschte sie aus dem Zimmer, während Albert wieder in der Küche verschwand.

Arwed beobachtete das Geschehen mit offenem Mund, seine Mutter stand bewegungslos vor ihrem Stuhl, ihre Arme hingen schlaff herunter, sein Vater saß weiter auf seinem Stuhl, unfähig zu irgendeiner Reaktion. Arwed ging zum Fenster und sah kurz darauf, wie Albert, während er ein in Folie gewickeltes Stück Lachs in der einen Hand hielt, die Wagentür mit der anderen öffnete und die Oma, ohne sich noch einmal umzudrehen, einstieg. Kurz darauf gab Albert Gas, der Bentley donnerte über den knirschenden Kies und verschwand auf der Straße hinter dem Tor. Diesmal drückte Albert nicht die Fernbedienung, um das Tor zu schließen. Es gähnte wie ein offener Schlund, wie die fortdauernde Erinnerung an das, was gerade passiert war.

Arwed wusste, dass diese Art der Abfahrt Alberts Parteinahme für seine Chefin demonstrierte. Und er wusste ebenso, dass dieser Kavalierstart seiner Oma großartig gefallen hatte.

Einen Moment lang blieb es ruhig im Zimmer, dann sprang sein Vater auf und begann, auf und ab zu laufen.

»Was fällt der ein, dieser eingebildeten Ziege!«, rief er. »Wieso glaubt sie, mich fertig machen zu können vor meiner Familie, einfach so?«

Er blieb stehen und schaute seine Frau und Arwed drohend an, als hätten sie Mitschuld an dem Vorfall. »Denkt sie nicht darüber nach, dass sie mit solchen Auftritten meine Autorität untergräbt? Nein, das tut sie nicht. Meine Gefühle interessieren sie einen feuchten Kehricht!«

Arwed staunte. Sein Vater musste tief getroffen sein, wenn er so offen von seinen Gefühlen sprach. Am liebsten tat er nämlich so, als könnte ihn nichts erschüttern, vor allem vor seiner Familie. Und jetzt dies. Fast begann er, Arwed Leid zu tun. Aber nur fast. Schließlich hatte er selbst verschuldet, dass es so weit gekommen war. Warum hatte er auch jegliches Warnzeichen übersehen? Warum hatte er so penetrant und langatmig von seinem Bürokram erzählt?

»Was glaubt sie denn, wovon sie lebt?« Sein Blick ruhte weiter auf ihnen beiden, jetzt nicht mehr drohend, aber auch nicht fragend. Es war klar, dass er selber die Antwort auf seine Frage geben wollte.

»Von unserer Firma lebt sie, von dem, was dort unter meiner Führung erwirtschaftet wird. Davon und von nichts anderem.« Er begann wieder, im Zimmer auf und ab zu gehen.

»Und wie gut sie davon lebt. Hochherrschaftlich geradezu. Mit Fahrer und Bentley, mit allem drum und dran. Ihr ganzes Leben hängt an dem, was ich da tue. Und dann soll ich nicht darüber erzählen dürfen? Dann findet sie das alles langweilig?«

Diesen Einwand fand Arwed nicht gerecht. Sein Vater tat ja geradezu so, als wäre er allein die Firma und alles, was dort erwirtschaftet wurde, sein Verdienst. Dabei hatte er Mitarbeiter. Aufgebaut hatte er sie auch nicht, sondern geerbt von seinem Vater. Und der wieder von dessen Vater, der eine kleine Schmelze zum großen Stahlwerk ausgebaut hatte. Seit drei Generationen war der Stahlbetrieb im Familienbesitz, auch wenn er inzwischen in eine Aktiengesellschaft umgewandelt war. Aber der Hauptanteil der Aktien befand sich in Familienbesitz.

»Die soll sich nichts einbilden. So gut, wie sie immer tut, ist sie auch nicht. Sie ist sogar vom Internat geflogen, vom nächsten dann auch noch. Erst beim dritten hat es geklappt mit dem Abi. Ist das etwa eine Leistung, auf die man stolz sein kann?«

»Rudo, beruhig dich doch!«

Sieh mal an, die Oma war auf gleich drei Internaten gewesen, dachte Arwed. Sie hatte also Geheimnisse, von denen er nichts wusste. Er musste grinsen, sein Vater bemerkte es.

»Grins nicht so!«, schrie er. »Du bist doch selbst kein guter Schüler. Wer weiß, wie viele Internate du noch brauchen wirst. Fang endlich an, richtig zu lernen.«

Arwed hatte es kommen sehen. Selbst in ihrer Abwesenheit fiel es seinem Vater schwer, Stellung gegen seine Mutter zu beziehen. Lieber nahm er sich, nachdem sein erster Wutanfall verraucht war, einen von ihnen vor, seine Frau oder Arwed. Am liebsten allerdings ihn.

Arwed verließ den Wintergarten, ohne ein Wort zu sagen und schloss sich in sein Zimmer ein. Er tat das nicht, weil er besonders wütend auf seinen Vater war, im Gegenteil, dessen lärmende Hilflosigkeit löste eher Mitleid aus. Arwed wollte allein sein, um in Ruhe nachzudenken.

Seine Oma war also zweimal vom Internat geflogen. Gut, dachte Arwed, und musste grinsen, sehr gut sogar. Er wollte auch runter von seinem Internat, das im Essener Süden lag und auf dem er als Externer angemeldet war. Ein katholisches Internat, das stolz war auf seine zweihundertjährige Tradition. In die neunte Klasse ging er inzwischen. Da waren ihm zu viele Langweiler, die ihn nervten mit ihrem Getue, diese Snobs. Hartwig vor allem, ein Junge aus seiner Klasse. Aus allem machten er und ein paar andere eine Riesenschau. Die Ältesten aus der Oberprima kamen mit dröhnenden Sportwagen zur Schule und parkten demonstrativ auf den Lehrerparkplätzen. Wenn die Lehrer wirklich mal verlangten, dass sie die Wagen wegfahren sollten, hatten sie erst recht ihren großen Auftritt. Dann traten sie beim Anfahren voll durch und fuhren mit quietschenden Reifen davon. Meistens verschwanden sie für den Rest der Unterrichtsstunde, weil sie angeblich keinen anderen Parkplatz gefunden hatten.

Auch für sportliche Spiele in der Pause waren sie sich zu fein. Arwed liebte ausgelassene Spiele, er tobte gerne herum, aber außer ihm machten das nur wenige. Und wenn sie es taten, mussten sie aufpassen, nicht ausgelacht zu werden. Dazu hatte Arwed keine Lust mehr. Wenn die Oma zweimal das Internat gewechselt hatte, hatte sie vielleicht ähnliche Erfahrungen gemacht, dann würde sie ihn unterstützen bei seinem Wunsch, ein normales Gymnasium zu besuchen.

Er saß wieder auf der Fensterbank seines Zimmers und schaute nach draußen. Die Reifenspuren des Bentley waren deutlich zu sehen, bestimmt würde seine Mutter morgen Lina beauftragen, den Kies zu harken.

Er lauschte, ob von unten Geräusche zu hören waren, aber dort war es still. Vielleicht hatten sich die Eltern wieder an den Tisch im Wintergarten gesetzt und aßen den Rest der Torte. Dann war es seiner Mutter gelungen, seinen Vater zu beruhigen, wie sie es meistens schaffte. Das, dachte er, wäre das Beste. Er liebte es nicht, wenn Streit die Stimmung im Haus vermieste, genauso wenig wie seine Eltern, die bei allem Ärger, den sie manchmal miteinander austrugen, wenigstens nicht nachtragend waren. Vor allem seine Mutter nicht, die Streit, überhaupt Unruhe im Hause nicht vertragen konnte. Es war ihre Stärke und Schwäche zugleich. Stärke, weil es harmonisch blieb in der Familie, Schwäche, weil es ihr selten gelang, sich durchzusetzen.

Eine Zeitlang blieb er auf der Fensterbank sitzen, bis es zu dämmern begann. Dann griff er nach seinem Biobuch, schlug das Kapitel über die Wildblumen auf und bereitete sich auf einen Test vor.

2

Nach der Schule ging er sofort zu seiner Großmutter. Er wusste, dass sie keine Hemmungen hatte, ihm auch Dinge zu erzählen, bei denen sie selbst schlecht wegkam. Komisch, dass sie diese Eigenschaft nicht an ihren Sohn vererbt hatte, dachte er. Sein Vater achtete akribisch darauf, dass sein Erscheinungsbild keine Kratzer bekam.

Es war kein großer Umweg, den Arwed laufen musste, um zur Villa seiner Oma zu gelangen. Das erste Stück an der Hauptstraße entlang war sein normaler Heimweg, dann musste er in einen Park abbiegen, ihn durchqueren, kam an zwei Gärten vorbei und stand kurz darauf vor dem großen Haus, das etwas erhöht auf einem Hügel lag. Oben, aus dem mit Schiefer gedeckten Dach, ragten zwei Gauben heraus. Dort befand sich Alberts Wohnung. Unten hatte die Oma ihre Küche und das große Wohnzimmer, ihren Empfangsraum, in dem Arwed am liebsten mit ihr saß. In der Mitte befanden sich das Schlafzimmer, der Ankleide- und der Leseraum, in den sie sich gerne zurückzog, wenn sie nicht gestört werden wollte.

Er musste eine schmale Steintreppe neben der Auffahrt hinaufsteigen, um zur großen Eingangstür zu gelangen, aber Arwed klingelte selten vorn, sondern lief lieber gleich ums Haus herum, überquerte die Terrasse und klopfte an der Hintertür. Seine Oma kannte diese Vorliebe und öffnete meistens selbst, während sie beim Klingeln an der Haustür Albert vorschickte.

»Na, was hat dein Vater nach meiner Abfahrt erzählt?«

Noch bevor Arwed in seinem Lieblingssessel am Fenster Platz genommen hatte, fing sie von dem Streit an.

Arwed mochte dieses Zimmer. Er liebte es, sich vom Sessel aus in dem großen, Gold umrandeten Spiegel neben der Tür zur Küche zu beobachten, seine hellblonden Haare zu sehen, die er gerne etwas länger trug und sein kantiges Kinn, ein Merkmal, das er von seinem Vater geerbt hatte. Er mochte auch die Landschaftsaquarelle, die links und rechts vom Spiegel hingen. Das eine zeigte einen Regen verhangenen Himmel über einer Waldlandschaft, das andere eine Blumenwiese in leuchtenden Farben. Seine Großmutter hatte den Künstler, der aus ihrer Stadt stammte und inzwischen verstorben war, gekannt. Mehr hatte sie Arwed nicht zu den Bildern erzählt.

Arwed sah ihr grinsendes Gesicht mit der kräftigen Nase, die ihm als Zeichen ihrer Willensstärke erschien.

»Nun komm schon.« Sie ließ sich in das Sofa neben den Spiegel fallen, »Gib`s zu, wenn ich nicht mehr da bin, traut er sich, über mich herzuziehen. Was hat er gesagt?«

Wirklich gern beantwortete Arwed ihre Frage nicht, er wollte keine Petze sein. Aber diesmal ging es nicht anders, er wollte ja rauskriegen, was sie auf den Internaten erlebt hatte. Also erzählte er ihr, was sein Vater in seiner Wut herausgebrüllt hatte.

»Ach so, das hat er rausgekramt«, sagte seine Oma und begann laut zu lachen. Arwed schaute sie überrascht an. Auch wenn ihr vieles, was andere als unangenehm empfanden, noch lange nicht peinlich war, hatte er doch mit einer anderen Reaktion gerechnet. Immerhin hatte sein Vater sie als schlechte Schülerin abgestempelt, selbst seiner Großmutter müsste das zu weit gehen, aber sie reagierte amüsiert wie meistens.

»Weißt du«, erklärte sie, nachdem sie aufgehört hatte zu

lachen, »die Geschichte stimmt und stimmt auch wieder nicht.« Sie schlug ihre schlanken Beine übereinander und faltete die Hände im Schoß.

»Es ist richtig, dass ich zweimal das Internat gewechselt habe. Aber den Grund dafür hat er verschwiegen. Es war nämlich nicht so, dass ich eine schlechte Schülerin war.«

»Aber warum dann?«, fragte Arwed und hoffte, dass seine Oma jetzt ein ähnliches Urteil über Internate fällen würde wie er. Dass es dort langweilig gewesen wäre, dass sie die Protzerei der Mitschüler gestört hätte und ihre Freiheit eingeschränkt war. Aber nichts davon folgte, stattdessen setzte seine Oma zu einer längeren Erklärung an.

»Ich war in beiden Internaten eine Interne, weißt du. Es waren beides große Schulen mit mehreren Gebäuden. In einem schliefen wir Mädchen, in einem anderen die Jungen. Ja, und dann habe ich mich ...« Sie kicherte wie es Arwed sonst nur von seinen Klassenkameradinnen kannte. Mein Gott, meine Oma, dachte er und wusste im selben Moment, welches Wort sie jetzt aussprechen würde.

»... verliebt«, ergänzte sie dann auch und blickte versonnen in den Garten.

»Albert!«, rief sie plötzlich. Albert erschien im nächsten Moment, als hätte er hinter der Tür gewartet. »Bring mir ein Glas Rotwein und für Arwed eine Cola.«

Arwed merkte, dass seine Oma verlegen war und mit ihrer Rotweinbestellung davon ablenken wollte. Er staunte. Es war ihr tatsächlich unangenehm, von ihrer alten Liebe zu erzählen. Zum ersten Mal war ihr in Arweds Anwesenheit etwas wirklich unangenehm.

Wenn ihm das passieren würde, dachte er, wäre das normal. Wenn er seiner Oma, zu der er am meisten Vertrauen hatte, von seinen geheimsten Gefühlen erzählen müsste, würde er auch puterrot werden. Deshalb hatte er ihr vor ein paar Monaten auch nichts von Birgit erzählt, seiner Klassenkameradin, die er zweimal zum Eis eingeladen hatte, die aber nicht gekommen war, weil sie lieber einen Oberstufenschüler traf. Oder Hartwig, diesen Showmacher. Birgit hatte langes, pechschwarzes Haar, sie trug eng sitzende Jeans. Alle Jungen in Arweds Klasse starrten auf ihren Hintern, wenn sie an die Tafel musste, auch Arwed. Jeans waren im Internat eigentlich verpönt, aber Birgit störte sich nicht daran. Die Abfuhr hatte Arwed wehgetan, aber der Versuchung, sich irgendwem anzuvertrauen, hatte er trotzdem widerstanden. Dass ihm so etwas peinlich war, konnte er noch verstehen, aber dass das auch einem Erwachsenen passierte, noch dazu, wenn er so alt war wie seine Oma, hatte er nicht erwartet.

Seine Oma schwieg so lange, bis Albert die beiden Gläser auf den Tisch gestellt hatte. Sie trank sofort einen Schluck, Arwed ließ seine Cola unangerührt.

»Er war ein schicker Junge«, sagte seine Oma dann. »Sein Vater arbeitete bei der Post und hat bestimmt nicht viel verdient. Trotzdem hat er seinem Sohn den Besuch auf dem Internat ermöglicht. Sein Vater wollte unbedingt, dass aus dem Jungen etwas wird. Er war groß, schlank und ganz hellblond. Das hat mir sofort gefallen.« Jetzt kicherte sie wieder und blickte Arwed dabei an. Von Verlegenheit war nichts mehr zu spüren.

»Ich glaube, ich habe ihm auch sofort gefallen. Jedenfalls waren wir schon nach ein paar Tagen ein Paar.«

»In welcher Klasse warst du damals?«

»In der neunten. Genau wie du.«

Arwed fühlte sich ertappt. Ob sie seine Gedanken erraten hatte? Ob sie etwas wusste von Birgit? Er spürte, wie er jetzt auch verlegen wurde.

»Und was hat das mit dem Internat zu tun?«, fragte er schnell.

»Sehr viel. Eigentlich alles. Mein Vater hat nämlich herausbekommen, dass ich etwas mit einem Jungen angefangen hatte. Weiß der Teufel, woher er das wusste. Vielleicht hat er es von einem der Lehrer erfahren, der es wiederum von einem Mitschüler gehört hatte. Gut möglich, dass es so war, er hielt engen Kontakt zu den Lehrern.«

»Und dann?«

»Dann hat er mich runter genommen und auf ein anderes Internat geschickt, ganz einfach. Dabei hat er sich den Jungen nicht einmal angesehen. Er wusste nichts über ihn, außer dass er der Sohn eines Postbeamten war. Aber genau das war es gewesen, was ihn dazu veranlasst hat. So was war nicht standesgemäß für seine Tochter. Ich habe mich gewehrt so gut ich konnte, aber es hat nichts genutzt. Mein Vater hat ihm keine Chance gegeben. Und mir auch nicht.«

Arwed merkte an ihrer Stimme, dass sie noch immer betroffen war. Trauer schwang darin, aber auch ein wenig Bitterkeit. Und das nach so vielen Jahren!

Einen Moment lang blieb es still im Zimmer, Arwed suchte wieder nach seinem Bild im Spiegel und bemerkte, dass er genauso traurig aussah wie seine Großmutter. Nach dem Grund, weshalb sie auch das nächste Internat verlassen musste, traute er sich zuerst nicht zu fragen. Vielleicht würde dann wieder eine Geschichte folgen, die seine Oma traurig machte. Und damit auch ihn. Schließlich hielt er die Stille aber nicht mehr aus.

»Und was ist mit dem zweiten Internat, gab es da auch so eine …?«

Mit Erleichterung stellte er fest, dass seine Oma schmunzelte.

»Eine neue Liebesgeschichte, meinst du? Nein, es war

keine neue, es war die alte! Drei Wochen hatte ich nichts von meinem Freund gehört, dann stand er plötzlich vor mir. Er war ebenfalls Schüler des neuen Internats geworden, das sich in Hamm in einem Schloss befand. Mein Gott, was war ich glücklich damals. Und er erst mal. Wir haben uns geschworen, nie mehr auseinander zu gehen.« Sie schwieg einen Moment lang und starrte in ihren Garten. »Das sind so Träume, die man als junges Mädchen hat. Schade, dass sie irgendwann ausgeträumt sind.«

»Dann hast du von dir aus das Internat gewechselt, weil deine Liebe zu Ende war?«

»Nein, der Grund war wieder mein Vater. Er hatte natürlich herausbekommen, dass mir mein Freund gefolgt war. Wahrscheinlich hatte er schon bei meiner Anmeldung die Lehrer instruiert, ihn sofort zu informieren, falls er auftaucht. Ich wehrte mich wieder gegen den Wechsel zurück ans ursprüngliche Internat, aber nicht mehr so stark wie beim ersten Mal.«

»Weil deine Liebe ein bisschen erloschen war?«

»Mag sein, vielleicht. Vor allem aber, weil ich wusste, dass es nichts werden würde mit unserer Beziehung. Dass mein Vater niemals damit einverstanden sein würde. Und vielleicht … vielleicht, weil ich angefangen habe, es selber so zu sehen. Da habe ich aufgegeben.«

Sie hatte das Glas Rotwein inzwischen ausgetrunken, Arwed bemerkte es, als er nach seiner Cola griff.

»Eine traurige Geschichte«, sagte er.

Seine Oma gab sich einen Ruck. »Na ja, wie man`s nimmt. Ich hab ja schon kurz vor dem Abitur deinen Großvater kennen gelernt, und dass unsere Ehe unglücklich gewesen wäre, kann ich wirklich nicht behaupten.«

»Dann war es gemein, was Papa gesagt hat«, sagte Arwed.

»Du meinst seine Behauptung, dass ich zweimal vom Internat geflogen wäre?«

Arwed nickte.

»Wenn man an das Tempo denkt, in dem ich runter musste, könnte man schon von Fliegen reden. So gesehen war das nicht falsch formuliert. Nur bei den Gründen hat er geschummelt.«

Sie lächelte, Arwed war froh, dass sie es so aufnahm, aber wirklich überrascht war er nicht. Seine Oma war nie lange traurig, wie sie auch nie für längere Zeit böse war, selbst wenn sie sich über ihren Sohn geärgert hatte, den sie sich bestimmt anders wünschte. Fröhlicher, ideenreicher. Aber das war er nicht. Er blieb der korrekte, steife Chef seiner Firma.

Arwed richtete seinen Blick auf die beiden Aquarelle.

»Eines hast du mir noch nicht verraten«, sagte er und trank seine Cola aus.

»Was denn?«

»Wie der Mitschüler hieß, den du damals geliebt hast.«

»Du bist aber neugierig. Ich weiß gar nicht, ob ich dir das verraten soll.«

»Hieß er so wie der Maler der beiden Aquarelle?«

»Also, jetzt hört aber alles auf!« Seine Oma klatschte in die Hände. »Wie kommst du denn darauf?«

»Weil du mir über den nie etwas erzählt hast, obwohl ich schon ein paar Mal nach ihm gefragt habe.«

»Magst du die Bilder?«

»Das weißt du doch.«

»Na ja, er ist jetzt tot. Was sollen wir noch darüber reden?«

Arwed wusste, dass sie jetzt nichts weiter dazu sagen würde. Er stand auf.

»Ich muss nach Hause.«

»Willst du noch etwas essen?«

»Geht nicht, Lina hat bestimmt was vorbereitet. Und wenn ich satt von der Schule komme …«

»Dann grüß zu Hause.« Seine Oma blickte ihn einen Moment lang nachdenklich an. »Auch deinen Vater.«

Arwed nickte. »Mach ich, Oma, sehr gerne sogar.«

Bevor er das Zimmer verließ, warf er einen Blick auf die Signatur unter den beiden Aquarellen. Robert Lebert hieß der Künstler.

3 Auf dem Rückweg musste Arwed wieder den Park durchqueren. Der Himmel hatte sich zugezogen, es war dämmerig geworden, obwohl es erst gegen halb fünf war. Arwed hatte den Blick gesenkt, seine Oma ging ihm nicht aus dem Sinn. Andere Omas kamen ihm alt vor. Sie hatten keine Pläne, unternahmen so gut wie nichts. Seine dagegen steckte voller Überraschungen, dauernd konnte etwas passieren, mit dem niemand rechnete. Vor allem nicht sein Vater.

Er selbst fand das gut. Mit seiner Oma konnte er über vieles reden, auch wenn er sie heute zum ersten Mal verlegen erlebt hatte.

Die Schatten am Wegrand bemerkte er zuerst gar nicht. Erst als er direkt neben sich ein scharrendes Geräusch hörte, erschrak er.

Fünf Typen, etwa so alt wie er, standen zu beiden Seiten des Weges. Ihre Hände steckten in ausgebeulten Hosentaschen, zwei von ihnen, einer mit hellblonden Haaren, hatten eine Kippe im Mund, einer trug eine Kappe, die er tief ins Gesicht gezogen hatte, so dass seine Augen kaum zu erkennen waren, einer schien ihm mit seinen leicht glänzenden schwarzen Haaren und dem tiefbraunen Teint Türke zu sein. Arwed spürte die Gefahr, versuchte, seine Schritte zu beschleunigen, aber da verstellte ihm der Typ mit der Kappe den Weg.

»Na, warum haben wir es denn so eilig? Wo wollen

wir denn so schnell hin?« Er grinste hämisch und suchte Blickkontakt zu den anderen, die ebenfalls grinsten.

Arwed versuchte, sich vorbeizuschlängeln.

»Was wollt ihr von mir? Lasst mich in Ruhe!«

Aber gerade als er sich mit ihm auf gleicher Höhe befand, machte der Typ einen Schritt zur Seite und Arwed prallte mit voller Wucht gegen seine Schulter. Im letzten Moment konnte er einen Sturz verhindern. Die Bande grölte.

»Hoppla«, rief der Typ mit der Kappe, »hoffentlich haben wir uns nicht weh getan. Dann wäre unsere Mama aber traurig.«

Es war klar, dass er der Anführer war.

Arwed schaute ihn ungläubig an. Jetzt sah er doch seine Augen, etwas Lauerndes lag in seinem Blick. Beim Zusammenprall war es ihm so vorgekommen, als wäre er gegen eine Wand gerannt. Der Kerl, ein, höchstens zwei Jahre älter als er, etwa gleich groß, aber mit deutlich breiterem Kreuz, musste Bärenkräfte haben. Ratlos blickte er sich um. Die anderen hatten ihm längst den Rückweg versperrt, niemand war im Park zu sehen, der ihm helfen könnte. Arweds Herz schlug bis zum Hals. Gleichzeitig spürte er, wie seine Neugier erwachte. Typen wie die hatte er noch nie erlebt, auf seinem Internat würden sie keine Stunde lang geduldet. Natürlich auch nicht bei sich zu Hause und selbst seine Oma würde die Nase rümpfen.

»Ne, die sind nichts für uns.«

So wie sie um Arwed herumstanden, mit Bollerklamotten, Kippe im Mund, waren sie das wirklich nicht. Der Hellblonde in seinem Rücken, der Türke zu seiner Linken, der Kleinste, ein drahtiger Typ mit listigen, aber nicht bösartig blinzelnden Augen, halbrechts von ihm, ein Mopsiger mit Vollmondgesicht und müden Augen halblinks und der Anführer direkt vor ihm. Was wollten sie von ihm? Er merkte, wie ihm der Schweiß ausbrach, gleichzeitig schaffte er es, sie wie ein unbeteiligter Zeuge zu beobachten.

Der Anführer gab ihm jetzt einen so heftigen Stoß gegen die Schulter, dass er zurücktaumelte. Im nächsten Moment schubste ihn der Hellblonde von hinten, mit Mühe fand Arwed sein Gleichgewicht wieder.

»He, wackle nicht so.« Der Anführer grinste. »Erst will er abhauen, dann kann er nicht ruhig stehen. Der weiß nicht was er will.«

Jetzt lachten auch die anderen, aber nur kurz. Dann begannen sie ihn der Reihe nach zu schubsten, er taumelte von einer Richtung in die andere. Schließlich traf ihn ein Schlag so heftig, dass er strauchelte und direkt vor die Füße des Anführers stürzte.

Mein Gott, dachte er, als er auf die festen Schuhe des Typen schaute, wenn der jetzt zutritt, einmal nur, gegen Kopf oder Bauch. Plötzlich war seine Angst doch größer als seine Neugier.

»Was wollt ihr denn?«, rief er. »Wollt ihr Geld? Wartet, ich gebe es euch.« Er griff nach seinem Portemonnaie in der Gesäßtasche. »Und wenn ihr mehr wollt, hole ich was. Ganz bestimmt komme ich damit zurück.«

Sie grinsten und schwiegen, traten aber nicht zu. Wenigstens etwas, Arwed atmete auf. Als er endlich das Portemonnaie in der Hand hielt, trat der Anführer gegen seinen Arm. In hohem Bogen flog es ins Gebüsch.

»Lass das! Wenn es uns um Geld gehen würde, hätten wir es uns längst genommen. Wir wollen dich nur kennen lernen. So einen feinen Pinkel wie dich, schicke Klamotten, perfekte Frisur, treffen wir nicht jeden Tag, stimmt`s Jungs?«

Sie lachten wieder. Arwed fiel auf, dass der kleine Drahtige mit den listigen, dunkelbraunen Augen nicht so laut wie die anderen lachte. Hatte er ihn vorhin auch weniger heftig geschubst? Arwed kam es so vor. Dann waren sie gar keine einheitliche Truppe, dann waren sie fünf Typen, von denen einige mehr, andere weniger Spaß daran hatten, ihn fertig zu machen. Arwed schöpfte Hoffnung.

Der Anführer schien es ebenfalls bemerkt zu haben.

»Guckt euch den Typen an!«, rief er so aufgesetzt laut, dass man es im gesamten Park hören musste. »Seht ihr die Angst in seinen Augen? Auf fein tun, als wären sie was Besseres, diese Pinkel, das können sie, aber wenn wir ihnen direkt begegnen, Auge in Auge, kriegen sie Muffensausen. Dann beginnen sie zu zittern. Dann sind wir die Stärkeren.«

Arwed merkte genau, dass er übertrieb. Angst, ja die hatte er. Aber nicht so sehr, dass er zitterte. Der Typ behauptete etwas, das gar nicht der Fall war. Es war gut, dass er versucht hatte, klaren Kopf zu behalten. So hatte er bemerken können, dass sie gar nicht so stark waren wie sie taten. Selbst ihr Anführer nicht. Aber was half ihm das jetzt? Er lag vor ihnen, er war wehrlos. Trotzdem spürte er, dass seine Angst zu schwinden begann. Ganz so schlimm würde der Zusammenstoß nicht enden, da war er sich sicher.

Der Anführer trat jetzt doch zu, aber es war kein richtiger Tritt, es war mehr ein Wegstoßen. Arwed rollte sich ab, er spürte, wie der Dreck des aufgeweichten Weges an seiner Jacke kleben blieb. Als er aufschaute, sah er, dass er direkt vor den Füßen des Kleinen gelandet war.

Zu Hause würde es auf jeden Fall Ärger geben, dachte er. Seine Mutter würde den Dreck bemerken und fragen, was passiert war. Und dann … Er wusste nicht, was er ihr antworten sollte. Was konnte sie tun, wenn er ihr von der

Begegnung im Park erzählen würde? Sie würde Angst um ihn bekommen und versuchen, seine Freiheiten weiter einzuschränken, damit es nicht noch mal zu so einer Begegnung kam. Das aber wollte Arwed auf keinen Fall. Er wollte frei sein, frei von den Zwängen des Internats, frei an den Nachmittagen nach der Schule. Also musste er sich unbemerkt in die Küche zu Lina schleichen. Die könnte ihm helfen, die schmutzige Kleidung unbemerkt in der Wäsche verschwinden zu lassen.

Er blickte auf. Über sich sah er die funkelnden Augen des Kleinen. Er entdeckte keinen Hass darin, sondern eher das, was er eben auch empfunden hatte. Neugier.

Du wirst nicht zutreten, dachte Arwed, nein, das wirst du nicht.

»Habt ihr gesehen, wie schwach der ist?«, rief der Anführer jetzt. »Vor Typen wie denen müssen wir keine Angst haben. Nein, die haben Angst vor uns, deshalb wollen sie mit uns nichts zu tun haben. So ist das.«

Er trat mit der Schuhspitze in den Weg, Dreck spritzte auf, Arwed ins Gesicht. Er rührte sich nicht.

Dann rannten sie weg. Arwed brauchte einen Moment, bis er begriff, dass die Gefahr vorüber war. Aus der Ferne hörte er noch einmal ihr Gelächter, dann war es still.

Mühsam erhob er sich und betastete seine Schulter. Sie schmerzte, aber gebrochen war nichts. Er musste nur vor seiner Mutter die blauen Flecken verheimlichen. Er versuchte, sich den Dreck aus den Klamotten zu klopfen, aus der braunen Cordjacke und der gleichfarbigen Hose, suchte im Gebüsch nach seinem Portemonnaie und ging dann langsam nach Hause.

Nein, er war nicht wütend, nicht richtig jedenfalls. Es waren unfeine Typen, rau und direkt. Ganz anders als all die Jugendlichen, die er kannte. Ja, das waren sie. Wenn er sie bei anderer Gelegenheit getroffen hätte ... Er schüttelte den Kopf. Nein, den Gedanken wollte er nicht zulassen. Er musste an seinen Vater denken. Wenn der wüsste, mit welchen Typen er gerade zusammengestoßen war, wenn er vor allem wüsste, was sie mit ihm gemacht hatten! Arweds Vater konnte wütend, sogar jähzornig werden. Er würde ihnen seine Rechtsanwälte oder die Polizei auf den Hals hetzen.

Nein, das wollte Arwed nicht. Er würde genau das sein, was dieser Anführer gesagt hatte. Feine Pinkel wären sie dann, die sich nicht direkt wehren konnten, sondern nur über Rechtsanwalt und Polizei, es würde Arwed und seine Eltern feige dastehen lassen. Nein, er musste alles dafür tun, dass sein Vater keinen Wind von der Sache bekam. Um das zu schaffen, gab es nur Lina. Durch den Dienstboteneingang musste er sich zu ihr schleichen, musste dort die Kleidung wechseln und Lina bitten, das dreckige Zeug heimlich zu waschen. Lina, das wusste er, würde alles für ihn tun. Aber genau diese Absicht schlug fehl. Arwed hatte gerade durch das kleine Seitentor den Hof betreten, als sich das große Tor öffnete und sein Vater vorfuhr.

»Wie siehst du denn aus? Wieso bist du so dreckig, hast du dich geprügelt?«

»Nein.« Arwed zögerte. »Ich bin gestolpert und hingefallen. Der Weg war matschig.«

»Erzähl mir nichts. So dreckig zu sein, das kann nicht von einem Sturz stammen.«

Die Mutter kam aus dem Haus gelaufen.

»Lass ihn in Ruhe«, sagte sie. »Wenn Arwed es doch sagt.« Sie nahm ihn in den Arm und führte ihn zum Seiteneingang, genau dahin, wohin Arwed sowieso gewollt hatte.

»Gib die dreckige Kleidung bei Lina ab und sag ihr, sie soll sie waschen.«

Arwed war seiner Mutter dankbar. Er wollte nicht mit seinen Eltern über die Begegnung reden, denn er wusste selbst nicht, was er davon halten sollte. Er brauchte Zeit, das erst mal zu verarbeiten.

»Ich soll euch von Oma grüßen«, sagte er.

»Papa auch?«

»Ja, den auch.«

»Ich sag es ihm. Das wird ihn beruhigen.«

4 Nach der Schule trieb Arwed sich nun manchmal in der Stadt herum. Er wusste selbst nicht, warum er das tat und was er dort wollte. Sonst lief er so gut wie nie durch die Stadt, erst recht betrat er keine der schmutzigen Seitenstraßen, wenn es nicht unbedingt sein musste. Genau das tat er aber jetzt und kam dabei durch Stadtviertel, die er noch nie gesehen hatte.

Da waren die grau verputzten Zechenhäuser mit den auffliegenden Taubenschwärmen, die sich von einem Schlag im Dachgeschoss eines Schuppens erhoben, der hinter den Häusern stand. In den Schlaglöchern sammelte sich Regenwasser, zwischen manchen Häusern gab es Brachen, auf denen Unkraut wucherte. Kinder spielten in gestopften Klamotten, manche trugen eine Kappe tief ins Gesicht gezogen. Dann gab es vier-, manchmal sechsstöckige Neubauten, an denen er vorbeikam, eine Wohnung sah aus wie die andere. Und obwohl sie erst vor wenigen Jahren gebaut zu sein schienen, blätterte überall die Farbe ab. Musik dröhnte aus den Wohnungen, an den Autos am Straßenrand schraubten Männer herum.

Manchmal blieb Arwed stehen und schaute ihnen dabei zu, obwohl ihn Autos wenig interessierten. Wenn er irgendwohin wollte, war immer eines da. Dann fuhr ihn seine Mutter, manchmal auch ein Fahrer aus der Firma seines Vaters. Es war der Eifer, mit dem die Leute an den Motoren rumfummelten, der ihn interessierte, die verbissene Konzentration, mit der sie alles um sie herum auszublenden schienen. Nur wenn er zu lange stehen blieb, bemerkten sie ihn. Zwei junge Leute reagierten aggressiv, drohten ihm Schläge an, wenn er nicht sofort verschwände. Einer grinste. »Komm, willst du mitmachen?«

Arwed winkte lachend ab. Nein, so weit ging seine Neugier nicht.

Seine Spaziergänge hatten mit dem Internat zu tun, merkte er. Er hatte einfach keine Lust, mit seinen Klassenkameraden zu reden. Die meisten Mädchen dort interessierten sich für Mode, für schicke Klamotten, bestenfalls für Pferde, die Jungen waren langweilig. Die einzige Ausnahme blieb Thomas, ein Externer wie er. Thomas war ein mittelmäßiger Schüler, obwohl er leicht der Beste in der Klasse sein könnte. Sein Vater arbeitete im Kultusministerium in Düsseldorf, er war ein kluger Mann. Thomas schnappte schon bei den gemeinsamen Mahlzeiten am Abend und am Wochenende genügend auf, um auf viele Fragen im Unterricht antworten zu können. Aber er tat es selten. Stattdessen flüsterte er die Antworten lieber Arwed zu.

»Du weißt das doch alles, warum sagst du nichts?«, hatte Arwed ihn mal gefragt.

»Weil es zu läppisch ist«, hatte Thomas geantwortet. Dafür drängte er lieber Arwed, sich zu melden und vorzutragen, was er ihm zugeflüstert hatte.

Thomas war der einzige, mit dem er sich gelegentlich an den Nachmittagen traf, aber Thomas hatte wenig Zeit. Was genau er zu Hause machte, verriet er nicht.

Die anderen Jungen waren ihm gleichgültig, bis auf Hartwig. Hartwig konnte er gar nicht aus dem Weg gehen, der suchte von sich aus die Konfrontation - mit Arwed, mit Thomas, auch mit anderen. Sein Vater hatte ebenfalls viel Geld, daraus leitete er das Vorrecht ab, alles in der

Klasse bestimmen zu dürfen. Er ließ keine Gelegenheit aus, um besonders Arwed oder Thomas bloß zu stellen, einfach weil sie sich ihm nicht unterordneten. Nur schaffte er es selten, was seinen Neid weiter steigerte. Arwed ärgerte sich im Stillen über ihn, Thomas ließ das völlig kalt.

An einem Nachmittag ließ er wegen seiner Spaziergänge durch die Stadt sogar die Probe des Kirchenchors ausfallen. Er wusste, dass Bethge, der Chorleiter, sauer sein würde, von seinen Eltern, wenn sie es erführen, ganz zu schweigen. Sie probten gerade das »Locus iste« von Bruckner, die Männerstimmen klappten nicht, bald würden sie einen Auftritt in der Ludgerus-Basilika haben. Seine Anwesenheit war wichtig, aber er würde Bethge irgendeine Ausrede auftischen, die der ihm abnehmen würde. Nicht weil Arwed gut lügen konnte, das bestimmt nicht, sondern weil Bethge gutgläubig war und seinen Leuten alles abnahm, was sie ihm erzählten. Aber gerade deshalb hatte Arwed ein schlechtes Gewissen. Schwäche auszunutzen war gemein, aber er hatte an diesem Tag einfach große Lust, sich rum zu treiben. Das Konzert würde schon klappen, es hatte immer irgendwie geklappt.

Er hatte die linke Hand lässig in die Hosentasche gesteckt und summte die Melodie. »Locus iste a deo factus est ...« Er musste schmunzeln. Eine Motette, und das inmitten von Siedlungshäusern, in denen Bergleute wohnten und vielleicht auch Arbeiter, die im Stahlwerk seines Vaters arbeiteten. Warum sollte er es nicht summen, dachte er, alles müsste möglich sein.

Er bemerkte plötzlich, dass er durch das Schiebefenster eines Kiosks beobachtet wurde. Arwed schaute hinüber. Der Mann, der ihm durch das kleine Fenster nachschaute, wich seinem Blick nicht aus. Es war ein neugieriger, aber auch misstrauischer Blick. Arwed schaute an sich herunter, sah seine helle Flanellhose, die er gerne trug, wenn es kalt war, dazu seine hellbraune Jacke und merkte selbst, wie sehr er auffiel. Er ging schnell weiter.

Vor einem anderen Kiosk standen ein paar Männer, griffen ab und an nach einer Bierpulle, tranken einen Schluck und stellten sie zurück auf die Theke.

Das, dachte Arwed, könnten die Väter jener Jungen sein, die ihm im Park aufgelauert hatten. Und indem er das dachte, war ihm endgültig bewusst, was er hier suchte. Er wollte die Jungen wieder sehen. Er wollte wissen, was sie zu solchen Auftritten wie jenem im Park veranlasste, wie sie dachten, wer sie überhaupt waren.

Aber er fand sie nicht, sie waren wie vom Erdboden verschluckt. Selbst als er mit Herzklopfen den Weg durch den Park ging, fand er keine Spur von ihnen.

Er unterbrach seine Wanderungen, ging nach der Schule auf direktem Wege nach Hause und nahm wieder an den Chorproben teil, aber nach ein paar Tagen zog es ihn wieder in die Vorstädte. Ausgerechnet in einem der düstersten Viertel mit Autowracks am Straßenrand und abgetretenen Rasenflächen zwischen Hochhausblöcken hielt plötzlich ein Wagen neben ihm, ein schicker Opel Rekord. Der Fahrer drehte die Scheibe herunter.

»Arwed«, hörte er eine weibliche Stimme, »Arwed, was machst du denn hier?«

Er bückte sich, um die Fahrerin genau sehen zu können und erschrak. Frau Fuhrmann, die Sekretärin seines Vaters, lächelte ihn an! Was sie wusste, wusste auch sein Vater. Zu niemandem in der Firma hatte er ein so enges Verhältnis wie zu ihr. Mein Gott, warum musste ausgerechnet sie ihn hier entdecken?

»Ach, Frau Fuhrmann.« Er merkte selbst, wie seine Stimme zitterte. »Das ist aber eine Überraschung.«

»Und wie!«, rief Frau Fuhrmann. »Dass ich dich hier treffen würde …«

»… ist Zufall«, antwortete Arwed schnell. Es gelang ihm, sich ein wenig zu fangen. »Ich bin spazieren gegangen und dabei hierher geraten, ganz zufällig. Komische Gegend.«

»Vor allem keine für dich.« Frau Fuhrmann schien von seiner Erklärung nicht überzeugt zu sein. »Hier solltest du dich besser nicht aufhalten. Wer weiß, was einem hier alles zustoßen kann.«

»Klar«, antwortete Arwed, »ich gehe auch gleich nach Hause.«

»Soll ich dich ein Stückchen mitnehmen?«

»Nicht nötig, ich laufe gern noch ein bisschen. Aber herzlichen Dank für das Angebot.« Das fehlte ihm gerade noch, dachte er, dass Frau Fuhrmann die Autofahrt dazu benutzte, ihn weiter auszufragen. Wer konnte wissen, ob er sich nicht doch noch verplappern würde.

Sie zögerte einen Moment lang, dann begann sie, die Scheibe hochzukurbeln.

»Und sagen Sie meinem Vater nichts«, rief Arwed schnell.

Sie stutzte. »Das sollte ich aber. Wenn er erfährt, wo ich dich getroffen habe und dass ich ihm nichts davon erzählt habe, wird er mir das vielleicht übel nehmen. Du weißt, wir haben ein vertrauensvolles Verhältnis.«

Wie Arwed das hasste, diese Bürokratensprache, die auch sein Vater drauf hatte. Wir haben ein vertrauensvolles Verhältnis … Na, hoffentlich nicht mehr, dachte er, ohne wirklich daran zu glauben. Frau Fuhrmann war mit ihren vierzig Jahren noch immer eine attraktive Frau, der Arwed gerne nachschaute, wenn er bei seinem Vater im Büro war, die schlanken Beine, der knackige Po, aber dass sein Vater Arweds Mutter betrog, passte nicht zu ihm.

Er schaute ihr auch jetzt nach, bis der Wagen hinter der nächsten Kurve verschwunden war.

Zwei Tage später sah er sie doch. Plötzlich, er wusste selbst nicht, woher sie gekommen waren, liefen sie auf dem Bürgersteig in Katernberg vor ihm her, jeder mit einer Sporttasche in der Hand. Es waren genau die fünf, die ihm im Park aufgelauert hatten. Vorsichtig, sich hinter Passanten oder Autos versteckend, folgte er ihnen. Der Anführer ging in der Mitte, wieder mit einer Zigarette im Mund, die übrigen bildeten einen Halbkreis um ihn herum, der Hellblonde und der Mopsige hingen etwas zurück. Der kleine Drahtige sprach gerade mit dem Türken, aber der Anführer unterbrach sie. Gestenreich begann er, ihnen etwas zu erklären. Plötzlich wusste Arwed, wohin sie wollten. Zum Fußballplatz wollten sie, dorthin, wo früher Helmut Rahn gespielt hatte, der Weltmeister. Jeder in der Stadt kannte ihn, auch Arwed. Er sah, wie sie sich langsam dem Sportplatz näherten, wie sie durch das Tor neben dem Kassenhäuschen gingen und kurz darauf in der Umkleide verschwunden waren.

Sie waren also Fußballer, das passte gut zu ihnen. Arwed nickte, er hätte es ahnen müssen. Er selbst spielte auch gerne Fußball. Fußball, das war das, was er im Sportunterricht am besten konnte. Leider spielten sie im Internat viel zu selten. Stattdessen wurde immer wieder geturnt. Aber dazu war Arwed zu lang. »Eine Bohnenstange, die am Reck hängt«, hatte Sportlehrer Meinke über ihn geurteilt und das Gelächter der Klassenkameraden herausgefordert. Ein billiger Anbiederungsversuch bei seinen Schülern, auf Arweds Kosten.

Aber ob sie auch gut waren? Der Anführer mit der großen Klappe vor allem? Er schlich sich an dem Eingangstor vorbei zu einer Hecke hinüber, wo er eine Lücke fand, die den Blick auf den Sportplatz frei gab. Ruhig lag er da im Licht der tief stehenden Sonne. Die Ruhe, die der Platz ausstrahlte, gefiel Arwed.

Der Rasen reichte jeweils nur bis zu den Strafräumen, dort trat die Erde hervor, genauso wie am Anstoßkreis. Im Licht der Sonne schimmerte sie bräunlich, schob sich der Wolkenvorhang davor, verwandelte sie sich in staubiges Grau. Die Kreidestriche, die Strafräume und Mittelkreis markierten, waren nur schwer erkennbar, ganz offensichtlich waren sie lange nicht nachgezogen worden. An der Stirnseite des Platzes, den Umkleiden gegenüber, begrenzte ein Bretterzaun den Platz. Zwei große Werbetafeln waren darauf gemalt. Eine, die auf einen Getränkemarkt hinwies, eine andere auf ein Fliesenfachgeschäft. Über den Brettern war ein Fangzaun aus rostigem Maschendraht angebracht, der die am Tor vorbeigehenden Bälle auffangen sollte.

Arwed hatte nicht das Gefühl, von seinem Versteck aus einfach nur auf einen Fußballplatz zu blicken. Es war eine andere Welt, die da vor ihm lag, verschlafen, schmutziggrau im fahlen Licht der Sonne, aber bereit, jeden Moment geweckt zu werden. Und er verspürte eine unglaubliche Lust, daran teilzuhaben. Er wusste selbst nicht, ob es das gleich stattfindende Spiel war, das ihn reizte oder die Atmosphäre dieses Platzes, die so ganz anders war als jene Plätze mit den gepflegten Gärten und den Kiesauffahrten vor den Villen, an denen er sich sonst aufhielt

Verträumt schaute er auf den Platz, bis sich an den Umkleiden etwas tat. Nach und nach traten die Fußballer heraus, blinzelten in die untergehende Sonne und gingen langsam zum Platz, einzeln oder zu zweit. Es waren auch Jungen darunter, die er nicht kannte, insgesamt, zählte Arwed, waren es zwölf. Der Anführer kam als Letzter, einen

Ball lässig unter den Arm geklemmt. Der kleine Drahtige, der Arwed bei der Begegnung im Park am wenigsten zugesetzt hatte, rief ihm etwas zu, worauf der Anführer den Ball hochwarf und weit aufs Spielfeld drosch. Sofort begannen sie ein ausgelassenes Spiel. Als hätten sie sich vorher abgesprochen, bildeten sich zwei Mannschaften. Es wurde gefummelt, getrickst und aufs Tor geschossen, in das sich der Mopsige aus der Gruppe im Park gestellt hatte. Arwed stellte fest, dass er trotz seines Übergewichts gar nicht so schlecht war. Wie ein Flummi sprang er auf der Torlinie hin und her und fing die Bälle ab. Seine Augen wirkten gar nicht mehr müde. Der Anführer hatte sich nun einer der Mannschaften angeschlossen, Arwed sah, dass er gut war. Immer wieder wurde er angespielt, lässig stoppte er den Ball, trickste einen Gegenspieler aus und passte auf einen Mitspieler. Arwed hoffte bei jedem Zweikampf, dass er den Ball verlieren würde und tatsächlich geschah es einmal. Da hatte er schon beim Stoppen Schwierigkeiten, der Ball sprang ihm einen Meter weg und ehe er ihn mit langem Bein erreichen konnte, war der kleine Drahtige dazwischen gesprungen und spitzelte ihn weg.

Arwed sah die Wut im Gesicht des Anführers, mit größter Anstrengung versuchte er, den Ball zurück zu erobern, er trat nach dem Kleinen, der mit dem Ball am Fuß losstürmte und nahm dabei in Kauf, ihn von hinten in die Beine zu treffen, aber auch das gelang ihm nicht. Der Kleine war zu schnell, war viel schneller, als Arwed es an seiner Stelle gewesen wäre.

Erst jetzt, nachdem sie schon einige Zeit gespielt hatten, kam der Trainer aus der Kabine, ein etwa fünfzigjähriger Mann mit dickem Bauch und Glatze, der ein Netz mit Fußbällen über der Schulter trug. Die Trainingsjacke spannte sich über seinem Bauch. Er unterbrach ihr Spiel, rief sie zu sich und begann, ihnen etwas zu erklären. Dann teilten sie sich in Vierergruppen auf, drei spielten sich den Ball zu, der vierte versuchte ihn zu erreichen. Wenn es ihm gelang, musste derjenige in die Mitte, der zuletzt am Ball gewesen war.

Arwed spürte immer stärkere Lust, mitzuspielen. Ja, das würde er auch schaffen, den Ball stoppen und schnell weiterspielen. Und wenn er ihn mal verlieren sollte, war er sich sicher, würde er ihn schnell zurückerobern. In den Sportstunden, wenn sie ausnahmsweise mal Fußball spielten, wurde Arwed beim Zusammenstellen der Mannschaften immer als einer der ersten gewählt. Das, was sich da vor seinem Auge abspielte, sah leicht und einfach aus. Ja, auch er, Arwed, würde dabei mithalten können, da war er sich sicher.

Aber er durfte es nicht. Sein Vater wäre dagegen, nicht weil er etwas gegen Fußball hätte, das allein wäre es nicht, aber Arweds Umgang mit diesen Jungen würde er ablehnen.

»Bist du verrückt, mit solchen Typen zu spielen? Die sind anders als wir. Denkst du nicht daran, wo du herkommst?« Arwed glaubte, seine Stimme schon zu hören. »Das wäre ja so, als würde ich mich abends mit meinen Arbeitern zum Skatspielen treffen.«

»Ja und?«, würde Arwed fragen. »Was wäre so schlimm daran? Hast du Angst, gegen sie zu verlieren? Ich jedenfalls habe davor keine Angst.«

Aber er wusste, das waren Gedankenspiele. Sein Vater würde es überhaupt nicht zu einer Entgegnung kommen lassen. Er würde vom Lernen im Internat reden, von den Proben des Kirchenchors, von den Freundschaften, die Arwed dort aufbauen sollte und die nützlich sein würden für sein späteres Leben. »Was willst du mit Leuten anfangen, die nichts anderes können als Fußball spielen, auf irgendeinem Vorstadtacker.«

Arwed musste schmunzeln über die Formulierung, die er sich selbst ausgedacht hatte. Vorstadtacker, nein, das Wort passte nicht zu seinem Vater. Es war irgendwie zu … er überlegte einen Moment lang … zu lebendig, entschied er dann. Es passte nicht zu seiner Bürokraten- und Börsensprache. Aber egal, welches Wort er gebrauchen würde, es änderte nichts an seiner Antwort.

Auf dem Platz hatten die Jungs jetzt Kopfballtraining begonnen. Zu zweit standen sie einander gegenüber, einer warf dem anderen hoch den Ball zu und der musste ihn zurückköpfen. Arwed sah, dass der Anführer auch hierin gut war, wuchtig beförderte er den Ball zurück, und dass der Kleine, für den er längst Sympathie empfand, sich vor dem Kopfballspiel drückte. Es war ihm egal, ob er es gut oder schlecht konnte, im Spiel würde er aufgrund seiner Größe sowieso keinen Kopfball kriegen. Arwed musste schmunzeln. Nicht schlecht kalkuliert, dachte er, genauso wie auch er richtig kalkulieren musste. Wenn er einen Weg finden wollte, hier mitzuspielen, gab es nur eine Möglichkeit.

5

Schon auf dem Weg zu seiner Oma war sich Arwed sicher, wie sie entscheiden würde. Sie würde sich für ihn und seine Fußballpläne aussprechen. Sie würde es allein schon deshalb tun, weil ihr Sohn dagegen sein würde. Arwed malte sich in Gedanken schon ihr Gesicht aus, das sie dabei ziehen würde, aber zunächst wurde er bitter enttäuscht. Sie saß ihm in ihrem Sessel gegenüber, Arwed hatte sich diesmal so gesetzt, dass er die beiden Aquarelle im Blick hatte. Jetzt, wo er ihre Geschichte kannte, war sein Interesse an den Bildern noch weiter gestiegen. Unmerklich, während er ihr von dem Training der Jungen auf dem Katernberger Sportplatz erzählte, begann sie mit dem Kopf zu schütteln, langsam zuerst, dann immer stärker. Arwed merkte es mit wachsendem Schrecken.

»Junge, was du dir alles einfallen lässt«, rief sie schließlich. »Ich weiß nicht, ob das der richtige Sport für uns ist. Fußball, so etwas hatten wir noch nie in unserer Familie.«

Arweds Hoffnung sank. Mein Gott, dachte er, auf Oma habe ich mich immer verlassen können, bei jeder Gelegenheit. Aber wenn sie mich jetzt auch im Stich lässt, wenn selbst meine Oma dafür kein Verständnis hat… Genau in dem Moment steckte Albert seinen Kopf durch die Tür.

»Hätten wir schon«, rief er, »wenn ich zur Familie gehören würde. Aber das tue ich ja nicht.«

Nein, ein Familienmitglied war Albert nicht, aber ein bisschen dazu gehörte er trotzdem. Solange Arwed zurückdenken konnte, war Albert bei Arweds Oma angestellt. Ohne Albert konnte er sich seine Oma nicht vorstellen. Bevor er bei Arweds Oma mit seiner Arbeit angefangen hatte, war er verheiratet gewesen. Aber seine Frau war ganz plötzlich verstorben, vielleicht war sie verunglückt, so genau wusste Arwed das nicht. Denn Albert, das wusste Arwed, sprach nicht gerne darüber. Ihr Tod mache ihn noch immer traurig, hatte ihm seine Oma mal erklärt. Er hatte eine Tochter, die in München lebte. Zweimal im Jahr fuhr er für ein paar Tage dorthin, Arweds Oma überließ ihm dafür ihren Bentley.

»Was soll ich damit, wenn Albert weg ist? Ich kann ihn ja doch nicht fahren«, erklärte sie. In dieser Zeit musste ein Fahrer aus dem Betrieb ihre Einkäufe erledigen.

»Ne, zur Familie gehörst du wirklich nicht!«, rief seine Oma, »das wäre ja noch schöner.« Aber Arwed merkte im selben Moment, dass sie nicht verärgert, sondern amüsiert war.

Albert hatte es auch bemerkt. »Ich war sogar Klasse!«, rief Albert und lachte. »Schade, dass niemand von der Familie mich zu meinen besten Zeiten erlebt hat. Dann würde Fußball in diesem Hause anders geachtet werden. Ich jedenfalls kann Arwed verstehen.«

Arwed wäre am liebsten hingelaufen zu ihm und hätte ihm auf die Schulter geklopft. Seine Oma hatte sich entschlossen, noch eine Zeitlang die Rolle der Empörten zu spielen.

»Fußball ist gefährlich!«, rief sie. »Das ist was für Jungs aus Arbeiterfamilien. Da geht es sowieso rauer zu als bei uns.«

»Fußball ist überhaupt nicht gefährlich«, widersprach Albert sofort. »Fußball, richtig gespielt, ist ein Sport wie jeder andere auch. Nur schöner, weil man sich tolle Spielzüge ausdenken kann.« Er kam ins Wohnzimmer gestürmt, tat so, als hätte er einen Ball am Fuß und versuchte, einen imaginären Gegner auszutricksen, was er auch schaffte. Dann schoss er fest in Richtung Gartenfenster, so dass nicht nur seine Oma, sondern auch Arwed zusammenzuckte.

»Albert«, schrie sie, als könnte die Scheibe wirklich zerspringen, »mach keinen Unsinn!«

Arwed staunte. Wie Albert das vormachte, schien er wirklich ein guter Fußballer gewesen zu sein.

»Ich war jedenfalls selten verletzt«, sagte er dann. »Vielleicht ein-, zweimal, und auch das nur …«

Seiner Oma schien die Vorführung nicht gefallen zu haben, ihre Stirn zeigte eine tiefe Falte.

»Wer hat dich eigentlich um deine Meinung gebeten?«, unterbrach sie ihn. »Ich kann mich nicht erinnern, dass dich jemand gefragt hat.«

»Oh Verzeihung, gnädige Frau«, antwortete Albert, »ich meinte, ich hätte da so etwas gehört. Aber wenn ich das falsch verstanden habe …« Er zuckte mit den Schultern und zog eine traurige Miene.

Arwed musste sich das Lachen verkneifen, seine Oma jedoch schaffte es nicht.

»Du bist schlimm, Albert!«, rief sie und lachte. »Warum habe ich dich nicht längst rausgeschmissen?«

Albert grinste. »Weil gnädige Frau vielleicht doch eine heimliche Leidenschaft für Fußball hat?«

»Albert!« Die Stimme seiner Oma hatte von einem Moment zum anderen einen drohenden Unterton angenommen, den Arwed überhaupt nicht verstand. Komisch, dachte er, gerade hatte seine Oma noch gelacht und jetzt hatte sie eine deutliche Schärfe in ihrem Ton. Aber egal, Hauptsache er hatte einen Mitstreiter gefunden.

Bei Arwed zuhause hätte sich Albert diese Einmischung

niemals erlauben dürfen, Lina durfte höchstens Vorschläge machen und auch das nur nach vorheriger Anfrage. Widerspruch war völlig ausgeschlossen. Sie hielt sich daran und übte höchstens versteckt Widerspruch, indem sie Arwed bei irgendeiner Gelegenheit half, von der die Eltern nichts wissen durften. Das tat sie dann mit Verschwörerlächeln.

Aber bei seiner Oma war das anders. Da durfte auch Albert mitreden, fast so, als wäre er doch ein Familienmitglied. Aber auch nur fast, wie Arwed an dem drohenden Unterton bei seiner Oma bemerkte. Offensichtlich gab es Grenzen, die Arwed nicht verstand. Albert ließ sich davon nicht beeindrucken.

»Wenn gnädige Frau gestatten, könnte ich dem jungen Herrn beim Kauf der Sportkleidung helfen. Man muss davon nämlich ein bisschen Ahnung haben.«

Arwed strahlte und blickte im nächsten Moment fragend zu seiner Oma hinüber. Was würde sie jetzt sagen zu diesem Vorschlag? Seine Oma zögerte einen Moment lang, dann nickte sie.

»Na gut, aber es muss unser Geheimnis bleiben. Wenn du zu diesem Verein gehst, kommst du vorher hierher und holst dir die Sportsachen ab. Von mir aus kannst du dich auch hier umziehen. Und nachher bringst du alles hierher zurück. Soll Albert das dann waschen, wenn er so sehr dafür ist. Ich will nicht dauernd Krach mit deinem Vater haben. Schließlich ist er immer noch mein Sohn.«

Arwed sprang auf und nahm seine Oma in den Arm.

»Danke Oma! Du bist doch die Beste.«

»Bedank dich bei dem da!«, antwortete sie und zeigte auf Albert. »Ohne dessen Gerede hätte ich diesmal nicht mitgemacht.« Sie schüttelte den Kopf. »Und wie der da versucht hat, seine Fußballtricks vorzuführen …« Sie sah

Albert an. »Du wirst nie erwachsen werden, Albert«, sagte sie dann. »Das kriegst du in diesem Leben nicht mehr hin.«

Albert lachte. »Jetzt sind wir uns wieder einig, gnädige Frau. Ich will auch gar nicht erwachsen werden, da stimme ich Ihnen völlig zu.«

Zwei Tage später fuhren sie zu einem Sportgeschäft in der Innenstadt. Albert parkte den Bentley demonstrativ vor der Eingangstür. Sie hatten den Laden gerade betreten, da war auch schon der erste Verkäufer bei ihnen. Albert grinste, Arwed war es unangenehm. Mit dem Fußballspielen wollte er ja gerade in eine Welt, die anders war als die seiner Eltern, und jetzt fing es völlig verkehrt an. Aber der Eindruck des Vornehmen verflüchtigte sich, als der Verkäufer sah, mit welcher Sachkenntnis Albert begann, die Fußballschuhe auszusuchen. Immer neue ließ er Arwed anprobieren. Mal saßen sie seiner Meinung nach zu eng und würden beim Laufen die Füße wund scheuern, mal zu weit und würden keinen strammen Schuss zulassen. Albert überprüfte jedes Paar, der Verkäufer stand dabei und wagte nach einiger Zeit nicht einmal mehr, einen Vorschlag zu machen. Endlich nickte Albert, nachdem er drei-, viermal auf die Kappe vorn an den Zehen gedrückt hatte.

»Die sind es. Damit wirst du der neue Uwe Seeler.«

Er erhob sich und stemmte die Hände in die Hüfte. Das Bücken hatte ihn angestrengt, ganz so fit, wie Albert es Arwed vormachen wollte, war er doch nicht mehr.

»Und jetzt das Trikot«, sagte er dann. »Die Sportfreunde Katernberg haben die Farben grün-weiß.«

»Woher weißt du das?«

»Weil ich mal gegen die gespielt habe. Die waren übrigens gut, aber gegen meine Mannschaft …«

»… haben sie verloren, stimmt`s?«

»Klar, was denn sonst. Weißt du übrigens, dass welche von Katernberg Fußball-Weltmeister wurden?«

»Helmut Rahn, das weiß doch jedes Kind.« Mit seinen beiden Toren gegen Ungarn hatte Rahn die Weltmeisterschaft 1954 entschieden. Arwed kannte sogar den Radiokommentar von Herbert Zimmermann zum entscheidenden Tor, weil Thomas mal ein Tonbandgerät mit in die Schule gebracht und ihnen die entscheidende Stelle vorgespielt hatte: »Rahn müsste schießen … Rahn schießt auch … Tor, Tor, Tor!« Seit dem Endspiel war er der Held der Stadt.

»Dass Helmut Rahn Weltmeister wurde, weiß wirklich jedes Kind«, entgegnete Albert. »Aber ich habe in der Mehrzahl gesprochen, falls Du das überhört haben solltest.«

Noch einer aus Essen, der Weltmeister geworden war? Davon hatte Arwed noch nie gehört. Albert bemerkte seinen zweifelnden Blick.

»Na ja, im Endspiel gegen Ungarn war er nicht dabei«, erklärte er dann. »Auch nicht in der Vor- und Zwischenrunde. Er war Ersatztorwart, aber er gehörte zum Kader. Heinz Kubsch hieß er und hat ein paar Länderspiele bestritten.«

»Das weißt du auch wieder, weil du gegen ihn gespielt hast.«

»Nicht nur das. In einem Spiel hab ich ihm sogar einen Elfmeter ins Netz gelegt. Das war gar nicht so einfach, Kubsch war ein guter Keeper.«

Arwed freute sich. Wer Fußball spielen wollte, sollte auch viel darüber wissen. Und mit Albert hatte er jemanden, den er immer fragen konnte.

»In welchem Verein hast du eigentlich gespielt?«

»Ich war bei Schwarz-Weiß Essen.« Plötzlich fing er an zu singen: »Aber eins, aber eins darf nicht geschehn, Schwarz-Weiß Essen darf nicht untergehn.«

Arwed lachte. »Was ist das denn?«

»Das war unser Vereinslied.«

Ein grünweißes Trikot gab es nicht. Der Verkäufer wühlte eine Zeitlang in den Regalen, bevor er aufgab, aber Albert winkte ab. »So wichtig ist das nicht«, sagte er. »Wenn du spielst, stellt sowieso der Verein das Trikot.«

Sie kauften ein leuchtend Grünes, dazu gleichfarbige Stutzen. Schließlich kam Albert auch noch mit Schienbeinschonern, die wichtig wären, wie er meinte. Ohne solche Schoner könnte es böse Verletzungen geben. Gut, dass seine Oma das nicht gehört hatte, dachte Arwed. Wenn sie das erführe, würde sie ihre Zusage vielleicht zurücknehmen.

Am Ende stand Arwed in grünem Trikot, mit Schienbeinschonern in den Stutzen und in Fußballschuhen vor dem Spiegel. Jetzt, wo er sich so sah, wurde ihm etwas mulmig zumute. Ob das wirklich eine gute Idee war, Fußball zu spielen? So wie er sich da im Spiegel sah, hatte sich noch nie jemand aus seiner Familie gekleidet. Aber Albert machte ihm Mut.

»Prima siehst du aus, Junge«, sagte er. »Wer weiß, vielleicht kriegt Katernberg mit dir seinen nächsten Fußballstar.« Arwed wusste, dass er diesen Satz als Scherz gemeint hatte, aber egal, er tat ihm trotzdem gut. Albert bezahlte die Rechnung, seine Oma hatte ihm das Geld vorher mitgegeben.

Bei ihr musste Arwed die Fußballkluft noch einmal anziehen, seine Oma wollte auch sehen, wie er darin aussah. Nickend ging sie um ihn rum, zupfte ihm an der Hose, am Trikot, dann fasste sie ihm plötzlich an die Waden.

»Meinst du nicht, dass er für Fußball etwas zart gebaut ist, Albert?«, fragte sie. »Guck dir mal die Streichholzbeinchen an.«

Albert schüttelte den Kopf. »Das wird, gnädige Frau. Bei gutem Training hat er bald Waden wie … wie …«

»Bitte, Albert«, unterbrach ihn seine Oma, »keine dummen Vergleiche. Nicht vor Arwed!«

Albert nickte, verschwand aus dem Zimmer, kam aber im nächsten Moment mit einem Ball in der Hand zurück. An seinem Grinsen merkte Arwed, was er vorhatte. Lässig ließ er den Ball zu Boden fallen, wo er einmal kurz auftickte, dann nahm er ihn mit dem linken Fuß auf, spielte ihn hoch, ließ ihn auf den rechten Fuß ticken, der Ball sprang von einem Fuß auf den anderen, während Arwed ihm mit offenem Mund dabei zusah und seine Oma immer nervöser wurde.

»Albert!«, rief sie, »hör sofort auf damit. Willst du das Wohnzimmer demolieren?«

Aber Albert hörte nicht auf. Der Ball hüpfte weiter von einem Fuß zum anderen, dann auf den Oberschenkel, zurück auf den Fuß, von dort auf den Kopf, es war fast eine Zirkusnummer. Dann spielte er ihn lässig zu Arwed hinüber, aber bevor der ihn aufnehmen konnte, war seine Oma dazwischen gesprungen. Arwed hatte ihr diese Schnelligkeit gar nicht zugetraut, beinahe hätte sie dabei ihre chinesische Vase umgestoßen, die auf einem Tischchen neben dem Sofa stand. Um Gottes Willen, wenn das passiert wäre …

»So, jetzt ist Schluss«, rief seine Großmutter. »Hier wohne ich und nicht der Fußballclub Katernberg.«

»Die Sportfreunde Katernberg, Oma, so heißen die«, sagte Arwed. »Bei denen haben sogar zwei Weltmeister gespielt.«

Seine Oma sah ihn nur kurz mit strafendem Blick an. »Ist mir egal. Selbst Weltmeister dürften nicht in meinem Wohnzimmer spielen.«

6 Albert hatte raus gefunden, dass das Training der B-Jugend immer dienstags und donnerstags um halb fünf stattfand. Ein Wochenende lang musste Arwed also noch warten.

Im Internat erzählte er am Montag einzig Thomas davon, dass er Lust hätte, Fußball zu spielen. Thomas winkte ab. Er wäre längst Mitglied im Tennisverein seiner Eltern, sagte er und würde schon in der Regionalauswahl spielen. Aber andernfalls, dabei nickte er Arwed zu, wenn er nicht so viel Erfolg beim Tennis hätte, würde er es sich vielleicht überlegen.

»Hoffentlich hast du auch Erfolg«, sagte er.

Arwed staunte. Für so sportlich, dass er in einer Auswahlmannschaft spielte, hatte er Thomas gar nicht gehalten. Aber sie hatten auch selten über ihre Freizeit geredet, sondern meistens über die Schule.

Am Dienstag hatte Arwed doch ein flaues Gefühl im Magen. Er kannte ja niemanden aus der Mannschaft. Außer jene fünf natürlich, die ihn bedroht hatten. Aber ob man das als Kennen bezeichnen sollte? Einzig Thomas weihte er ein.

»Heute geht`s los«, flüsterte er ihm während der Mathestunde zu.

Mathe war sowieso der passende Zusammenhang gewesen, es Thomas zuzuflüstern. Seiner Mutter erzählte er nämlich am Nachmittag, dass er noch mal zum Internat gehe, um dort mit Thomas Mathe zu üben. Er hätte da etwas nicht verstanden. Manchmal trafen sich die Externen tatsächlich zum Üben in Räumen neben der Schulbibliothek, seine Mutter wusste das. Natürlich war sie einverstanden.

Er holte seine Fußballklamotten bei seiner Oma ab, Albert hatte sie inzwischen in eine dunkelblaue, schicke Sporttasche gepackt, was Arwed nicht recht war. Er wollte keine auffälligen Gegenstände, er wollte einer von denen sein, die bei den Sportfreunden spielten.

Seine Oma verstand ihn, denn als Albert ihm anbot, ihn auch noch im Bentley zum Training zu bringen, griff sie ein.

»Albert, ich bitte dich! Was soll das? Den Weg kann Arwed auch laufen.«

An Alberts Grinsen merkte Arwed, dass er es nicht wirklich ernst gemeint hatte.

Arwed betrat nicht sofort den Sportplatz, sondern versteckte sich wieder hinter dem Busch am Zaun, bis die anderen Spieler den Platz betreten hatten. Zu ihnen in die Umkleidekabine zu gehen und zu fragen, ob er mitmachen dürfe, kam ihm doof vor. Wer wusste, was sie antworten würden? Der Anführer kam wieder als Letzter aus der Kabine. Es war offensichtlich sein Vorrecht, gleichzeitig mit dem Trainer den Platz zu betreten. Als der Trainer aus der Umkleide trat, ging auch Arwed hinüber. Er hatte sich die Sporttasche lässig über die Schulter gehängt und ging langsam auf den Trainer zu. Die Jungen hatten schon mit einem kleinen Spielchen angefangen, hörten aber plötzlich, einer nach dem anderen, damit auf. Der kleine Flinke rief noch einmal: »Nun spiel doch endlich ab«, dann begriff auch er, dass die anderen nicht mehr weiterspielen wollten. Alle schauten zu Arwed hinüber, dem ihre Blicke unangenehm waren. Am liebsten wäre er umgedreht und abgehauen.

»Was will der denn hier?« Es war der Anführer, der ihn als erster erkannte. »Will das Weichei etwa bei uns mitmachen?«

Die anderen lachten.

»Weiß der denn, dass man in den Ball nicht reinbeißen darf?« Arwed glaubte, auch ein Grinsen auf dem Gesicht des Trainers zu entdecken. Egal, er durfte nicht feige sein. Wer waren die und wer war er? Verdammt, dachte er im nächsten Moment, jetzt war er doch in das falsche Denkmuster verfallen. Wer die waren und wer er war sollte hier, beim Fußball, keine Rolle spielen. Jedenfalls nicht für ihn.

Er stand etwa einen Meter von dem Trainer entfernt, der wieder seinen eng sitzenden, dunkelblauen Trainingsanzug trug.

»Darf man hier mitspielen?«

Der Trainer musterte ihn von oben bis unten. »Wo hast du denn bisher gespielt?«

»Im Sportunterricht meiner Schule.«

»Ich meine, in welchem Verein.«

»In einem Verein war ich noch nie. Deshalb bin ich ja hier. Ich würde gerne hier anfangen, bei den Sportfreunden.«

»Kennst du schon einige aus der Mannschaft? Haben die dir gesagt, du sollst mal vorbeikommen?«

Arwed schüttelte den Kopf. »Nein, ich kenne keinen von denen.«

Er sah, wie der Trainer die Augenbrauen hochzog und einen Moment lang überlegte.

»Ist gut«, sagte er schließlich, »dann versuch`s mal.«

Das klang nicht danach, als würde er ihm viel zutrauen. Egal, Arwed hatte es sich vorgenommen, er hatte seine Oma überredet, Albert hatte viel Zeit investiert, jetzt musste er es auch durchziehen. Er versuchte, sich nichts anmerken zu lassen.

Es roch muffig in der Umkleidekabine, die anderen hatten ihre Kleidung an die Haken gehängt, Hemd, Hose, Unterhose, alles wild durcheinander. Arwed suchte sich ein Plätzchen ganz in der Ecke, hängte Hemd und Hose an den Haken, verstaute seine Unterwäsche und das Portemonnaie aber sorgfältig in der Sporttasche.

Als er auf den Sportplatz kam, übten sie schon ihr Spiel drei gegen einen. Sie ließen den Ball laufen, der Spieler in der Mitte hatte es schwer, ihn zu erreichen und einen anderen in die undankbare Rolle des Gejagten zu bringen. Ihn ließen sie einfach stehen.

Der Trainer drehte sich zu ihm um. »Na, die Trikotfarben sind jedenfalls richtig«, sagte er, als er Arwed gemustert hatte. »Die Sportfreunde haben grünweiß. Aber ganz in Grün, das geht auch.«

Dann klatschte er in die Hände.

»Hört mal Leute! Lasst mal den … Neuen irgendwo mitmachen.« Er drehte sich wieder zu Arwed um.

»Wie heißt du eigentlich?«

»Arwed.«

»Wie?«

»Arwed!«

Er lachte. »Komischer Name. Noch nie gehört.«

Oh Gott, wo war er hier gelandet, dachte Arwed. Man musste die beiden Silben Ari und Ved, die Adler und Wald bedeuteten, nicht erklären können, aber gehört haben sollte man den Namen schon. So selten war er nun auch nicht. Wieder hatte er das Gefühl, abhauen zu sollen. Da waren die Spieler, die einfach so taten, als würden sie ihn übersehen, da war der Trainer, der nichts mit seinem Vornamen anfangen konnte. Er schaute an sich herunter, grüne Turnhose, gleichfarbige Stutzen, schwarz glänzende neue Fußballschuhe. Blöd kam er sich vor, richtig blöd. Nicht nur einfach wie bestellt, sondern wie bestens vorbereitet und nicht abgeholt, so stand er vor ihnen. Hatte er das nötig?

Schließlich war es der kleine Drahtige, der ihm zuwinkte. »Komm, kannst bei uns mitmachen. Ich muss sowieso in die Mitte.«

Arwed atmete auf. Der Kleine war wirklich der netteste von ihnen, er hatte es schon bei der Begegnung im Park gespürt.

Aber auch jetzt spielten sie ihm den Ball nur zu, wenn es wirklich nicht anders ging. Ansonsten ließen sie ihn unter sich laufen, der Kleine hetzte zwischen ihnen hin und her und Arwed schaffte es zweimal, den Ball, der ihn doch erreichte, rechtzeitig weiterzuspielen. Beim dritten Ballkontakt war aber Schluss. Dabei hatte er das Gefühl, dass der Kleine sich nicht mal richtig beeilt hatte, um ihm den Ball abzujagen. Rolli hieß er übrigens, wie Arwed den Zurufen der anderen entnahm. Ein paar Mal stand er kurz davor, ihn auch so zu rufen, unterließ es aber.

Arwed rannte von einem zum anderen, er merkte, wie er dabei aus der Puste kam, aber er schaffte es nicht, auch nur annähernd an den Ball zu kommen. Mit der Zeit warteten sie sogar extra lange, damit er möglichst viel laufen musste, dann schoben sie den Ball grinsend zu ihrem Mitspieler. Rolli hatte schließlich ein Einsehen. Es war offensichtlich, dass er den Ball absichtlich verstolperte, damit Arwed ihn erreichen konnte. Freude empfand er darüber nicht, denn auch den anderen war die Absicht nicht verborgen geblieben. Er wollte ernst genommen werden, nun half ihm jemand aus Mitleid.

Es kam aber nicht mehr zum Wechsel, der Trainer rief sie zusammen.

»Los«, sagte er, »jetzt ein kleines Trainingsspiel. Sieben gegen sieben. Aufgabe heute, den Ball so kurz wie möglich am Fuß zu führen. Wer ihn hat, spielt sofort ab, das macht unser Spiel schnell. Wenn wir das beherrschen, haben wir Vorteile gegenüber den anderen Mannschaften.« Er schaute Arwed an. »Traust du dir das zu?«

Arwed nickte trotzig.

Das Spiel lief aber weitgehend an ihm vorbei. Hatte seine Mannschaft den Ball, wurde er nicht angespielt. Bekam er doch mal den Ball, hatte er Schwierigkeiten, ihn zu stoppen. Bis er ihn unter Kontrolle hatte, war meistens ein Gegenspieler da und spitzelte ihn weg. Der Anführer, den sie Olli riefen, machte sich einen Spaß daraus, Arwed auszutricksen. Er spielte in der Abwehr der gegnerischen Mannschaft. Meistens hielt er sich an die Anweisung des Trainers und machte das Spiel schnell, aber wenn Arwed auf ihn zugelaufen kam, hielt er den Ball lange am Fuß. Dann wartete er, bis Arwed vor ihm stand, machte eine leichte Körpertäuschung und lief an ihm vorbei.

Einmal stoppte er plötzlich, nachdem er Arwed ausgetrickst hatte. Er blieb nach ein paar Metern einfach stehen, trat mit dem Fuß auf den Ball und wartete.

Was ist denn jetzt los, dachte Arwed, bis er begriff. Olli wollte, dass Arwed noch einmal angriff. Er wollte ihn nicht einfach nur austricksen, er wollte ihn demütigen. Wütend wie ein Stier rannte Arwed los. Warte, dachte er, diesmal hast du dich verrechnet, diesmal zeige ich dir, wer ich bin. Er starrte auf den Ball, trat mit dem rechten Fuß zu, aber im selben Moment zog Olli ihn mit der Sohle ein wenig nach hinten. Arwed trat ins Leere, verlor das Gleichgewicht und stürzte zu Boden.

Diesmal lachte nicht nur Olli, diesmal lachten alle. Einige hielten sich sogar den Bauch dabei.

»Was soll das?«, rief der Trainer. »Zieh nicht so eine Schau ab. Wir wissen, wie gut du bist, also lass den Neuen in Ruhe.«

Den Neuen, hatte er gesagt, nicht Arwed. Ich sollte gehen, dachte er. Was will ich überhaupt hier? Mein Vater hatte doch Recht, ich passe nicht zu diesen Jungen. Alle in meinem Internat denken das, keiner von denen ist je auf die Idee gekommen, bei so einem Fußballverein mitzuspielen. In der Vorstadt, zusammen mit Proletenkindern. Nur er, Arwed, hatte geglaubt, dass es ginge. Bin ich eigentlich blöd, fragte er sich.

In dem Moment kam Rolli zu ihm gelaufen und stieß ihn an. »Los, weiter!«, rief er, »so schlecht läuft das Spiel für uns gar nicht. Wir können immer noch gewinnen.«

Arwed merkte, dass es ihm nicht auf ihn, Arwed, ankam, sondern dass er an die Mannschaft dachte. Vielleicht sollte ich das auch, dachte Arwed, einfach an die Mannschaft denken, in der ich jetzt zufällig Mitglied bin. Aufgeben kann ich immer noch.

Aber er konnte sich kaum noch vorwärts bewegen. Nicht nur, weil er deprimiert war, sondern auch, weil ihm längst die Puste ausgegangen war. Er schleppte sich nur noch über den Platz, trotzdem gelang ihm einmal ein gutes Anspiel. Er stoppte bei einem Zuspiel den Ball nicht, sondern spielte ihn, wie es der Trainer gewünscht hatte, sofort die Außenlinie entlang weiter. Rolli nahm ihn auf, drang in den gegnerischen Strafraum ein und schoss ein Tor.

»Na bitte«, rief Rolli, als er wieder in Arweds Nähe war, »geht doch.«

Es blieb das einzige gute Anspiel. Später hätte er beinahe noch ein Tor erzielt. Da kam eine hohe Flanke in den Strafraum geflogen und Arwed kam wegen seiner Körpergröße vor seinen Gegenspielern, sogar vor Olli, mit dem

Kopf heran. Der Ball strich aber knapp über die Latte. Da wäre der mopsige Torwart, der Jürgen hieß und immer was zu kauen in der Tasche hatte, nicht dran gekommen. Für einen Moment sah er Ollis erstaunten Blick.

Es blieb sein einziger kleiner Triumph, denn als der Trainer das Spiel schließlich abpfiff, stand es 7:3 für die gegnerische Mannschaft. An den Blicken seiner Mannschaftskollegen merkte er, dass sie ihm die Schuld für die Niederlage gaben. Nur Rolli nickte ihm kurz zu. »Als ich anfing, war ich auch nicht viel besser als du«, sagte er. Er tat es leise, so dass es die anderen, vor allem Olli, es nicht hören konnten. Arwed hatte aber auch das Wort »Viel« genau gehört. Er war nicht viel besser gewesen als Arwed, ein billiger Trost also.

Immerhin hatte sich Arwed auch noch die Namen der beiden anderen gemerkt, die ihm im Park aufgelauert hatten. Der Türke hieß Levent und war Stürmer in seiner Mannschaft gewesen. Zwei von ihren drei Toren hatte er erzielt. Der Hellblonde, der in Ollis Mannschaft gespielt hatte, hieß Stefan. Kalle hieß ein anderer und einen Sebastian, den sie Sebbe nannten, gab es. Er versuchte, sich die Namen zu merken.

In der Umkleidekabine stand er ganz allein in der Ecke. Niemand sprach mit ihm, bis ihn Olli plötzlich ansprach.

»Na, du Weichei!«, rief er plötzlich. »Da hast du mal gesehen, wie man Fußball spielt. Da hilft dir dein vornehmes Getue nicht. Beim Fußball zählt einfach, ob man was kann oder nicht.«

Die anderen nickten. Wenn Olli etwas sagte, schien es ein unumstößliches Gesetz zu sein, dann mussten alle anderen zustimmen.

Als er als Letzter aus der Umkleidekabine trat, stand scheinbar zufällig der Trainer neben der Tür.

»Überleg's dir noch mal«, sagte er. Dann ging er vor ihm her zum Ausgang.

Bei seiner Oma schaffte er es nicht mehr, seine Tränen zurück zu halten. Sie saßen wieder im Wohnzimmer zusammen, Arwed hatte sich so gesetzt, dass er sein Gesicht nicht im Spiegel sah, sondern in den Garten blickte. Er hatte die Hoffnung, dass seine Oma die Tränen nicht sehen würde, während er ihr von dem Training erzählte, aber natürlich war das eine vergebliche Hoffnung. Seine Oma rutschte zwei-, dreimal unruhig im Sessel hin und her, unterbrach ihn aber nicht. Ganz offensichtlich wusste sie nicht, wie sie ihn trösten sollte.

»Ich kann das schaffen, Fußball zu spielen«, jammerte er. »Ich bin doch kein Weichei. Und ein feiner Pinkel bin auch nicht, würde ich sonst zu ihnen gehen?«

Jetzt merkte er, dass seine Oma unmerklich den Kopf schüttelte.

»Sie sehen das«, sagte sie. »So wie du siehst, woher sie kommen, sehen sie umgekehrt, woher du kommst. Es sind immer die Kleinigkeiten, die verraten, was für Leute wir sind.«

»Und was für welche sind wir?«

Seine Oma zuckte mit den Schultern. »Naja, ganz normale halt, so wie die anderen auch. Sogar wie die, mit denen du Fußball gespielt hast.« Sie schwieg einen Moment lang. »Nur ein bisschen anders.« Kaum hörbar sprach sie diesen Satz, dann atmete sie tief aus. Aber bevor er etwas erwidern konnte, redete sie schnell weiter.

»Bei Fußball, weißt du, kann ich dir nicht helfen. Da kenne ich mich nicht aus. Wenn du wirklich nicht gut genug bist, ja dann … dann solltest du vielleicht …«

In diesem Moment steckte Albert seinen Kopf durch die Tür.

»Aber ich«, rief er, »ich kenne mich da aus!«

»Du schon wieder!«, rief seine Oma. »Wer hat dich denn diesmal darum gebeten, dass du dich einmischst?«

»Sie, gnädige Frau. Indirekt jedenfalls. Denn wenn Sie nicht weiterwissen, weil Sie nichts von einer Sache verstehen, muss doch ein anderer einspringen, oder? Wir können unseren jungen Herrn doch nicht ohne Hilfe nach Hause gehen lassen.«

Seine Oma grinste. »Und wie soll die aussehen, deine Hilfe?«

»Indem wir die Sache beim nächsten Mal ganz anders angehen. Ich hätte das schon vorher wissen müssen. Blöd, dass ich nicht daran gedacht habe.«

»Und wie stellst du dir das vor, dieses Andersangehen? Willst du anstelle von Arwed trainieren?« Sie schmunzelte. »Einen Vorteil hätte das immerhin«, fuhr sie dann fort. »Dann müsstest du deine Fußballkunststücke nicht mehr in meinem Wohnzimmer vorführen.«

Albert ließ sich nicht beirren. »Ich trainiere nicht an seiner Stelle, sondern ich trainiere mit ihm. Wir beide zusammen, so werden wir das angehen.« Er nickte dazu, als würde er keinen Widerspruch dulden.

Seine Oma sah ihn erstaunt an. »Ihr beide?«

»Richtig, gnädige Frau. Nur wir beide. Ich werde Arwed erst mal alle Tricks beibringen, die man drauf haben muss. Schusstechnik, Ball stoppen, Kopfball.« Er blickte Arwed an. »Kopfball könnte bei Arwed viel bringen, so groß wie der ist. Da hat er Vorteile den anderen gegenüber. Erst wenn er das kann, geht er wieder zum Training der Sportfreunde.«

»Und wo willst du das machen? Doch wohl nicht in meinem Garten!«

»Auf einem Bolzplatz, gnädige Frau. Davon gibt es genug in Essen.«

Arwed freute sich. Ja, das klang gut. Training mit Albert, und das so lange, bis er fit war.

»Danke, Albert!«, rief er. »Und wann fangen wir an?«

»Morgen natürlich. Warum lange warten? Ich komme am Internat vorbei, habe die Sportklamotten im Auto, dann kann es losgehen.«

Seine Oma lachte. »Du bist ein Verrückter, Albert. Aber wahrscheinlich habe ich es deshalb so lange mit dir ausgehalten.«

Albert antwortete erst, als er Arwed ein paar Minuten später zur Tür begleitete.

»Und ich mit ihr«, flüsterte er.

Arwed war schon fast wieder fröhlich, als er nach Hause ging. Der Park, durch den er zurücklief, war jetzt, im Spätsommer, besonders schön. Überall blühte es, Astern in allen Farben standen auf den Beeten, gelb, weiß, violett und dunkelrot. Zwei Hundebesitzer hielten ihre Hunde an der Leine. Vielleicht gefiel ihnen die Blütenpracht auch und sie hatten Angst, dass ihre Hunde die Blumen niedertrampeln könnten.

Zu Hause saßen seine Eltern am Teetischchen im Wintergarten. Sie sprachen kein Wort. Nur durch das leise Geräusch, das die Teetasse beim Aufsetzen auf den Unterteller verursachte, fiel Arwed auf, dass sie dort saßen. Er blickte zu ihnen hinüber, seine Mutter, die ihn schon längst bemerkt hatte, schüttelte leicht den Kopf. Also wollte sie nicht, dass er sie ansprach. Dann hatte sein Vater schlechte Laune, weil irgendein Geschäft nicht geklappt hatte. Arwed schlich sich aus dem Zimmer, es war ihm sowieso lieber, jetzt nicht mit ihnen reden zu müssen. Er hätte auch Grund für schlechte Laune, dachte er, aber er hatte keine mehr. Er hatte ja seine Oma und ihren Albert.

7 Zuerst entdeckte er Albert gar nicht, als er das Internat verließ. Arwed hatte vermutet, dass er gleich am Haupteingang auf ihn warten würde, aber dort stand er nicht. Er blickte sich um. Hatte Albert ihre Absprache vergessen? Das konnte sich Arwed nicht vorstellen. Und richtig, unter Bäumen in einer Seitenstraße entdeckte er plötzlich den Bentley, Albert stand lässig dagegen gelehnt. Er blickte nicht auf, sondern tat so, als würde ihn das Gewusel der vorbeiströmenden Schüler nicht interessieren.

»Da bist du ja endlich«, sagte er, als Arwed ihn erreichte. Er blickte auf die Armbanduhr. »Fast halb drei. Zu meiner Zeit hat Schule nicht so lange gedauert.« Dann blickte er doch zu dem altehrwürdigen Gebäude hinüber.

»Na ja, meine Schule war auch nicht so vornehm wie deine. Vielleicht liegt es daran.«

Arwed setzte sich in den Fond, dorthin, wo sonst seine Oma saß. Wenn Albert selbst Unterschiede zwischen ihnen beiden machte, wollte Arwed ihm Recht geben.

Versonnen blickte er während der Fahrt nach draußen. Es hatte angefangen zu nieseln. Kein schönes Wetter für ein Fußballtraining, aber Albert ließ sich nichts anmerken. Gut, dann wollte Arwed auch nichts dazu sagen.

Albert steuerte den Wagen durch Seitenstraßen, sie kamen an einer Zechensiedlung vorbei, die Arwed von seinen Spaziergängen kannte, dann hielt er vor einer Wiese. An einer Seite, unter einer Baumreihe, stand ein Fußballtor. Arwed entdeckte es erst beim zweiten Hinsehen.

Albert ging zu den anderen Jungen. »Du da«, sagte er und zeigte auf einen großen, kräftigen Jungen. »Willst du dir zwei Mark verdienen?«

»Klar doch. Zwei Mark immer.«

»Dann geh ins Tor und versuche, die Schüsse zu halten.«

Der Junge blickte fragend zu seinen Freunden hinüber, dann folgte er Alberts Anweisung. Das Torschusstraining lief anders als beim ersten Mal. Albert flankte und Arwed musste die Bälle aufs Tor schießen. Nach Möglichkeit als Direktabnahme, ohne den Ball vorher zu stoppen. Die ersten Versuche misslangen gründlich, dann klappte es besser. Lag es daran, dass Albert seine Flanken sanfter schlug oder war er besser geworden? Der Junge hielt die meisten Bälle, aber mit der Zeit traf Arwed immer öfter. Zum Schluss folgte wieder das Kopfballspiel. Hoch kamen Alberts Flanken vors Tor gesegelt und Arwed musste sie ins Tor köpfen. Wieder war es das, was er am besten konnte.

Der Torwart war zufrieden, egal ob ein Ball rein ging oder nicht. Grinsend kassierte er am Ende des Trainings die zwei Mark. »Wenn ihr wieder mal einen Torwart braucht …«

Nach drei, vier Trainingseinheiten merkte Arwed, dass er wirklich besser geworden war. Das fiel ihm auf, als sie im Sportunterricht Fußball spielten und Arwed zeigen konnte, wie schnell er den Ball annehmen und an den Mitspieler weiterleiten konnte. Flanken nahm er entweder mit dem Fuß an und schoss oder er köpfte. Vier Tore gelangen ihm, seine Mannschaft gewann mit sechs zu vier.

»Prima!«, rief Thomas ein paar Mal. »Mann, bist du stark geworden.«

Arwed verriet ihm nicht, dass seine Leistung nichts mit dem Verein zu tun hatte.

Auch Meinke, der nicht nur ihr Mathe-, sondern auch ihr

Sportlehrer war, nickte. »Nicht schlecht, Arwed. Vielleicht nominiere ich dich bald für die Mittelstufenauswahl.«

»Den Arnstädt?«, rief Hartwig, »was soll der denn in der Auswahlmannschaft. Will sich unsere Schule blamieren?«

Die anderen lachten, Meinke guckte nur streng, sagte aber nichts. Es gehörte Mut dazu, sich mit Hartwig anzulegen, selbst für einen Lehrer. Hartwigs Vater spendete jedes Jahr einen großen Betrag in die Internatskasse, mit dessen Sohn legte man sich nicht an. Wenn Birgit sich mal zu einer Verabredung mit jemandem aus Arweds Klasse herabließ, dann war es Hartwig.

Arweds Vater würde auch Geld spenden, aber Arwed hielt ihn davon ab. Er wollte keine erkaufte Beachtung.

Als er Albert von Meinkes Lob erzählte, war der überhaupt nicht beeindruckt. »Wenn du mit dem Können, das du bis jetzt hast, in die Auswahlmannschaft eurer Schule kommst, kann die nicht gut sein.«

Das war ja fast so eine vernichtende Kritik wie die von Hartwig, dachte Arwed. Albert hätte ihn ruhig mal loben können, es wäre ja auch eine Bestätigung für ihn gewesen. Aber Lob fiel Albert schwer.

Zu einem Training kam sogar die Oma mit. Mit breit krempigem, mondänem Hut und elegantem Pelzmantel stand sie am Rande des Bolzplatzes und zog alle Blicke auf sich. Die der Spieler auf dem Platz und die der Spaziergänger, die zufällig vorbei kamen. Sogar getuschelt wurde ihretwegen. Seine Oma ließ sich nichts anmerken, aber sie konnte Arwed nicht täuschen. Natürlich nahm sie die Reaktionen zur Kenntnis, und natürlich amüsierte sie sich darüber.

Arwed strengte sich besonders an, obwohl er wusste, dass seiner Oma die kleinen Unterschiede beim Stoppen des Balles oder bei der Schusstechnik nicht auffielen.

Später, als sie zurück zum Bentley kamen, nickte sie wohlgefällig. »Ihr seid ja beide gut in Form«, sagte sie, »das hätte ich nicht gedacht. Obwohl«, fügte sie dann grinsend hinzu, »Albert sieht mit seinen Stachelbeerbeinen in kurzer Hose schon ein bisschen komisch aus.«

»Mit Verlaub, gnädige Frau«, rief Albert, »beim letzten Training war noch ein Schwung junger Mädchen gekommen. Extra meinetwegen. Die haben was ganz anderes gerufen, als sie mich gesehen haben.«

Ein anderes Training hatten sie so gelegt, dass Arwed erst in letzter Minute zur Chorprobe in der St. Ludgerus-Basilika kommen konnte. Albert hatte seine Oma noch unbedingt zum Einkauf fahren müssen und es hatte natürlich länger gedauert als geplant. Arwed hatte es befürchtet. Aber als er vorschlug, das Training zu verschieben, winkte Albert ab.

»Nach dem Hetzen durch die Läden ist Fußball genau das Richtige für mich. Jetzt will ich auch mal einen Vorteil davon haben.«

Bethge rümpfte die Nase, als er den schwitzenden Arwed in der hinteren Reihe der Bassstimmen entdeckte.

»Ist das hier Musik oder Sport?«, rief er. »Wie wir äußerlich an eine Sache herangehen, tun wir es auch innerlich!«

Das war typisch für Bethge. Nichts war so wichtig wie die Form. Musik ohne das entsprechende äußere Auftreten war für Bethge undenkbar. Er hätte es ihm nicht erklären müssen, Arwed merkte selbst, dass sein Erscheinungsbild vor dem Altar dieser alten, romanischen Kirche unpassend war. Als er alle Blicke auf sich gerichtet sah, brach ihm noch mal der Schweiß aus. Er wischte sich mit einem Taschentuch über die Stirn. Als Bethge es sah, unterließ er weitere Bemerkungen. Aber sein bisheriger Kommentar hatte gereicht, um Arwed zu verunsichern. Sie übten

Mozarts »Ave verum« und Arwed verhaspelte sich immer wieder, traf den Ton nicht oder kam mit dem Text durcheinander:

»ave ave verum corpus
natum de Maria virgine
vere passum immolatum
in cruce pro homine«

Arwed liebte den lateinischen Text, er klang feierlich in dem herrlichen Gewölbe der Basilika, aber heute kam er nicht damit zurande. Fußball verlangte Opfer, merkte er.

8

Irgendwann fühlte er sich so gut, dass er unbedingt wieder zum Training der Sportfreunde wollte. Albert hatte zwar gemeint, dass sie noch einmal alles durchprobieren sollten, aber Arwed konnte die Spannung nicht mehr aushalten.

»Na gut, dann versuche es.«

Es klang nicht so, als wäre Albert völlig überzeugt. Trotzdem, Arwed ließ sich nicht beirren. Wie beim ersten Mal richtete er es so ein, dass er als Letzter in die Umkleidekabine kam. Als er sie betrat, herrschte einen Moment lang eisiges Schweigen. Irritiert blickten ihn alle an, auch Olli. Dann grinste er.

»Da ist er ja wieder!«, rief er. »Das ist aber eine Überraschung. Unser hoffnungsvoller Nachwuchsmann. Das erste Training hat ihm noch nicht gereicht, jetzt will er es noch mal versuchen.«

Sie lachten, am lautesten der Flummi. Arwed ahnte, warum das so war. Vermutlich war er sonst immer Zielscheibe ihres Spottes, jetzt war er froh, dass sie jemand anderen gefunden hatten. Den kleinen Rolli konnte er zuerst nicht entdecken. Schade, dachte er. Einer, der nicht völlig gegen ihn war, würde ihm ein bisschen Sicherheit geben. Doch dann entdeckte er ihn. In der äußersten Ecke der Kabine stand er und zog sich gerade das Trikot über. Arwed ging zu ihm und stellte seine Sporttasche neben ihn auf die Bank.

»Hallo«, sagte er.

»Hallo«, murmelte Rolli.

Beim Spiel drei gegen einen war er es natürlich, der zuerst in die Mitte musste. Olli hatte dafür gesorgt.

»Los, du Weichei, du spielst in unserem Kreis mit.«

So schnell Arwed auch rannte, er kam einfach nicht an den Ball. Dann machte ausgerechnet Olli einen Fehler. Im sicheren Gefühl, dass Arwed nie und nimmer den Ball erreichen würde, zögerte er einen Moment zu lange. Als er endlich abspielen wollte, war Arwed vor ihm und machte ein langes Bein. Er musste grinsen, als er Ollis entgeistertes Gesicht sah.

»Das zählt nicht«, rief Olli, »ich bin ausgerutscht.«

Die anderen sagten nichts, es war klar, dass sie sich nicht trauten zu widersprechen.

»Stell dich nicht so an«, sagte Arwed. »Geh in die Mitte, du hast mir doch sowieso gleich den Ball abgejagt.« Er wusste selbst nicht, woher er den Mut dazu nahm. Olli grinste. »Da könntest du Recht haben, du Anfänger.«

Tatsächlich ging er in die Mitte. Arwed merkte, dass er es einzig darauf abgesehen hatte, ihm den Ball abzujagen, die beiden anderen waren ihm schnuppe. Aber es gelang ihm nicht. Arwed bekam den Ball zugespielt, er stoppte ihn, der Ball fiel vor seine Füße und er spielte ihn weiter. Beim ersten Mal merkte er noch keine Reaktion bei Olli, beim zweiten Mal sah er dessen erstauntes Gesicht, beim dritten Mal hörte er ihn fluchen.

»Verdammte Scheiße, spielt den doch mal richtig an. Nicht mit solchen Weiberbällen, die jeder stoppen kann.« Die beiden anderen zuckten merklich zusammen.

Arwed merkte, dass sie ihn tatsächlich härter anspielten, aber auch jetzt schaffte er es, wenn auch einmal mit Glück, den Ball weiterzuspielen. Olli gab es schließlich auf und jagte einem von den anderen den Ball ab. Der wütende Blick, den er Arwed zuwarf, war seit Langem sein schönster Erfolg.

Beim anschließenden Kopfballtraining kam sogar der Trainer zu Arwed herüber. »Das klappt ja gut. Du bist groß, da hast du Vorteile.«

Beim abschließenden Spiel bemerkte Arwed plötzlich, dass ein Mann ganz alleine im Schatten der kleinen Tribüne stand. Er trug einen Hut, den er tief ins Gesicht gezogen hatte, die Arme hatte er vor der Brust verschränkt. Arwed musste lächeln. Nein, ihn konnte er nicht täuschen, da konnte er noch so sehr versuchen, sich unsichtbar zu machen. Wenn er zuschaute, musste es einfach klappen. Dann musste Arwed sein Bestes geben, koste es was es wolle. Er merkte, dass ihn die Anwesenheit des heimlichen Zuschauers nicht nervös machte, sondern anspornte.

Das Spiel lief zuerst nicht gut für ihn. Wann immer es die Möglichkeit gab, entweder zu ihm oder zu einem Mitspieler zu passen, bevorzugten sie den Mitspieler. Sie ließen es ihn spüren, dass sie ihm nichts zutrauten. Dann aber erkämpfte er sich den Ball, lief ein paar Schritte und schlug den Ball auf die rechte Seite, der Rechtsaußen flankte in die Mitte und vorne machte Stefan, der Hellblonde, das Tor.

Sie nickten ihm zu. »Gut gemacht«, rief Stefan. Er war der erste von den Fünfen aus dem Park, der ihn laut lobte. Anders als Rolli, der es immer heimlich getan hatte.

Arwed schaute zu dem Mann auf der Tribüne hinüber, aber der ließ sich nichts anmerken. Bewegungslos, die Arme noch immer vor der Brust verschränkt, stand er da und wirkte so, als interessiere ihn das Spiel überhaupt nicht.

Nachdem Arwed sich den Ball kurz drauf wieder erkämpft hatte und gut abspielte, bekam er die ersten Bälle zugespielt. Aber es klappte nicht immer mit der Ballannahme. Zwei-, dreimal verstolperte er eine Vorlage, worauf er sofort angemeckert wurde. Einmal sogar von Rolli. Besonders schlimm fand Arwed das aber nicht. Es wurde immer gemeckert, mit jedem, selbst bei den kleinsten Fehlern.

Als ihm wieder ein Ball versprang, schaute er kurz hinüber zur Tribüne und merkte, dass sich der Mann doch bewegt hatte. Er hatte die Arme nicht mehr vor der Brust verschränkt, sondern hielt sie nach unten gestreckt, die Hände zur Faust geballt.

Mist, dachte Arwed, das hätte ihm nicht passieren dürfen. Es war doch bisher gut gelaufen.

Immerhin erreichte er zum Schluss noch zwei Kopfbälle, mit denen er Flanken vor dem eigenen Tor abfangen konnte.

Auf dem Weg zur Kabine kam der Trainer zu ihm. »Das war schon besser«, sagte er. »Vielleicht kannst du doch bei uns mitspielen.«

Arwed freute sich über das Lob.

»Wenn mal einer fehlt«, fügte der Trainer hinzu.

Arwed zuckte zusammen. Es gelang ihm nur mit Mühe, seine Enttäuschung zu verbergen.

»Ja«, antwortete er schnell, »es wäre schön, wenn ich mitspielen könnte.«

Der Trainer reichte ihm die Hand. »Scholz heiße ich übrigens, Arthur Scholz.«

Als er zu seiner Oma kam, war Albert schon da. Die beiden saßen zusammen in der Küche, Albert hatte Tee gekocht. Arwed wusste, dass das auch zu Alberts Aufgaben gehörte, Tee zu kochen, Geschirr aufzudecken und sich zum Gespräch mit seiner Chefin an den Tisch zu setzen. Die beiden waren schon ein merkwürdiges Pärchen. Als

Arwed eintrat, verstummten sie. Also hatten sie über ihn gesprochen.

Er setzte sich zu ihnen, Albert holte eine weitere Tasse und goss Tee ein. Das Schweigen wurde bedrückend.

»Nun sag schon!«, drängte Arwed. »Für dich war ich nicht gut genug, oder?«

Albert schüttelte den Kopf. »Nein, das stimmt nicht. Du warst sogar ganz ordentlich. Ich hatte mir nach unserem Training nur …«

»… mehr vorgestellt, stimmt's?«

Albert schwieg.

»Aber ich habe mir doch ein paar Mal den Ball erkämpft«, verteidigte sich Arwed.

Albert nickte. »Ja, das stimmt. Das war auch gut. Und dass du zwischendurch einen Ball verstolperst, kann jedem passieren. Aber du hast noch keine Übersicht. Du spielst den Ball immer zum nächsten Mitspieler. Dabei siehst du nicht, dass weiter entfernt ein anderer viel besser frei steht.«

Er sah Arweds Oma an. »Na ja«, sagte er dann, »das lernt man mit der Zeit. Sonst glaube ich sogar, dass du Talent hast.«

»Sagst du das, um mich zu trösten oder meinst du es ernst?« Arwed dachte an das Wechselbad der Gefühle, das der Trainer in ihm ausgelöst hatte.

»Das meint der sogar sehr ernst«, mischte sich jetzt seine Oma ein. »Seit er zurück ist, redet er von nichts anderem. Oh ja, Ihr Enkel hat Talent, gnädige Frau. Der könnte ein Fußballer werden. Sogar ein richtig guter.« Sie imitierte Alberts Stimme. »Ob mich das interessiert oder nicht, danach fragt er gar nicht.«

Als sie schmunzelte, freute sich auch Arwed.

»Dann hat sich unsere Geheimniskrämerei mit deinem

Training ja gelohnt«, fuhr seine Oma fort. »Mein Gott, was habe ich deiner Mutter alles erzählt, wo du angeblich bist. Ich hoffe, sie wirft mir das nicht eines Tages vor, wenn sie herausbekommt, wo du wirklich warst.«

Beim nächsten Training war Arwed wieder dabei. Er merkte, dass er beim Spiel von Beginn an angespielt wurde. Endlich, Arwed wusste, was das zu bedeuten hatte.

Zweimal wollte Albert, dass er noch mal mit ihm trainierte. Dabei ging es stets darum, den Blick für den öffnenden Pass zu finden. Albert zeigte ihm, wohin er schauen musste, wenn er in der Abwehr stand oder im Mittelfeld oder im Sturm.

9

Die Klosterkirche war bis auf den letzten Platz gefüllt, als sie ihr großes Konzert gaben. Arweds Eltern saßen in einer der vorderen Reihen, seine Oma, ganz wie es ihre Art war, neben dem Priester in der ersten Reihe. Albert saß, auf Anweisung der Oma, irgendwo versteckt auf der Empore. Er sollte nicht auffallen, aber dass er dabei war, wollte sie immer.

Sie sangen zuerst Bruckners »locus iste«, Arwed liebte den getragenen Ton, die hellen Frauenstimmen und die Bassstimmen, die wie eine Antwort wirkten.

Er sah, während er sang, hinüber zu seinen Eltern. Sein Vater hatte die Augen geschlossen, er genoss den Gesang, seine Mutter bewegte die Lippen, als sänge sie mit. Arwed wusste, dass sie den Text nicht kannte, sie tat nur so. Wirklich musikalisch war sie nicht, aber sie war stolz darauf, dass Arwed in diesem Chor, der weit über die Stadtgrenzen hinaus bekannt war, mitsang.

Seine Oma saß ganz entspannt neben dem Priester. Sie lächelte. Fehlte nur noch, dass sie den Priester anstieß und auf ihren Enkel hinwies.

Lang anhaltender Applaus erfüllte das Kirchenschiff, als sie den Choral beendet hatten.

Danach folgte Mozarts »Ave verum«, in seiner Beschwingtheit war dies die passende Fortführung des Konzerts.

Anschließend folgte Händels »Te deum«, aber hierbei schaffte Arwed es nicht mehr richtig, sich auf die Musik zu konzentrieren. Verstohlen blickte er auf die Uhr, sein Nachbar, ein junger Mann, stieß ihn an. Arwed versuchte, sich wieder zu konzentrieren und hing den Tönen nach, die in der ehrwürdigen St-Ludgerus-Basilika einen schönen Klang ergaben. Viel schöner als in der Stadtkirche, wo sie auch schon mal gesungen hatten.

Sein Vater hatte die Augen wieder geöffnet. Händel, das wusste Arwed, gefiel ihm nicht, den stetigen Wechsel von laut und leise fand er zu einfach. Darin stimmte ihm Arwed zu. Mozart und Bach, das waren die Musiker, die er am liebsten sang.

Nach dem Konzert beeilte er sich, nach draußen zu kommen. Seine Eltern standen mit seiner Oma in der Nähe des Eingangs, Albert wartete ein Stückchen entfernt vor dem Bentley.

Seine Mutter strahlte ihn an.

»Großartig«, rief sie, »das war wirklich großartig.«

Auch sein Vater lächelte und reichte ihm die Hand.

»Gut gemacht, Arwed«, sagte er, als hätte Arwed alleine gesungen.

Aber Arwed verstand, was er ihm mitteilen wollte. So, als Mitglied eines Kirchenchors in schickem Anzug mit weißem Hemd und Fliege, dazu als guter Schüler im Internat wollte er seinen Sohn haben. Und wenn Arwed diese Erwartung erfüllte, war sein Vater auch bereit, sich dankbar zu erweisen. Arwed wusste das. Genau aus dem Grund, dass er immer erst die Erwartungen seines Vaters erfüllen musste, damit Einverständnis herrschte, gab es ja die Distanz zwischen ihnen.

»Jetzt gehen wir zusammen essen«, sagte seine Mutter. »Zur Feier des Tages, in das böhmische Restaurant in Werden.« Sie sah ihren Mann an. »Das findest du doch auch gut.«

Arwed blickte Hilfe suchend auf seine Oma. Nun sag endlich was, dachte er, du weißt doch Bescheid. Seine Oma bemerkte den Blick.

»Das geht leider nicht, Hanne. Ich bin doch auch stolz auf unseren Arwed. Deshalb habe ich ihm versprochen, ihm heute sein Lieblingsessen zu kochen. Albert hat schon alles vorbereitet. Wenn ich gewusst hätte, dass ihr nach dem Konzert ins Restaurant …«

»Sein Lieblingsessen? Was ist denn das?« Sein Vater, merkte Arwed, war misstrauisch.

»Nudelauflauf mit viel Käse«, antwortete seine Oma ohne nachzudenken. Arwed nickte.

»Nudelauflauf, das ist mir ganz neu«, sagte seine Mutter. »Aber wenn du ihn schon vorbereitet hast …«

Seine Oma nickte und blickte auf die Uhr. »Ich glaube, wir müssen los. Sonst wird das nichts mehr mit unseren Nudeln.«

Ohne sich weiter um die Eltern zu kümmern, überquerten sie die angrenzende Straße. Albert schaute vorwurfsvoll auf die Uhr. »Das hat aber lange gedauert. Junge, Junge, wenn das mal gut geht.«

Arwed setzte sich neben seine Oma in den Fond. Er blickte sich um und entdeckte im Kofferraum seine Sporttasche. Ja, auf Albert war Verlass. Auch jetzt huschte er zweimal bei Gelb über die Ampel, um keine Zeit zu verlieren.

»Nun übertreib nicht«, rief seine Oma, »wenn ich es eilig habe, jagst du auch nicht so durch die Stadt.«

Sie ordnete an, dass Albert unterwegs an einer Pommesbude anhielt und eine Currywurst holte. »Ganz ohne Essen kann der Junge ja nicht bleiben«, sagte sie.

Während Arwed aß, ging die Fahrt durch die Stadt weiter.

»Ich habe ja nicht viel Ahnung von Chormusik«, sagte seine Oma, »aber es klang wirklich schön. Die Stimmen hallen wunderbar im Kirchenschiff.«

Arwed nickte. Ja, in St. Ludgerus klang ihr Chor besonders schön, das empfand er genauso.

Langsam näherten sie sich dem Ziel. »Stopp jetzt!«, rief Arwed. »Den Rest gehe ich zu Fuß.«

Albert zögerte. »Warum? Ich kann dich direkt vor den Eingang fahren.«

»Nein, das will ich nicht.« Arwed merkte selbst, wie aggressiv seine Stimme klang. Das fehlte ihm gerade noch, ein großspuriger Auftritt im Bentley, bevor es losgeht und nachher, wenn alles vorbei ist, kleinlaut abziehen müssen.

»Nun hör schon auf ihn.« Gegen eine Anweisung seiner Oma gab es keinen Widerspruch, Albert hielt im nächsten Moment am Straßenrand.

Arwed griff sich seine Tasche und sprang aus dem Auto. »Danke Oma, danke Albert.«

»Viel Erfolg!« Es war Albert, der ihm das nachrief, seine Oma, das wusste er, drückte ihm zwar die Daumen, aber wirklich wichtig nahm sie die Sache nicht.

Albert hatte weit genug vom Eingang entfernt gehalten, so dass niemand Arweds Kommen beobachten konnte. Gut so. Langsam ging er auf den Fußballplatz zu, der unter regennassem Himmel trostlos wirkte. Arwed versuchte, den Gedanken, ob das alles so richtig war, was er begonnen hatte, gar nicht erst zuzulassen. Rolli tauchte plötzlich aus einem Seitenweg auf und kam auf ihn zu.

»Du kommst ja auch zu Fuß. Musst du weit laufen?«

»Geht so.«

Rolli grinste. »Na hoffentlich. Sonst kommst du ja schon kaputt hier an.«

In der Umkleidekabine redeten alle durcheinander.

»Die schlagen wir, die haben keine Chance gegen uns …«

Ihn beachtete keiner, selbst Olli nicht, dessen Aufmerksamkeit darauf konzentriert war, vor den anderen das große Wort zu führen. Arwed war in der Nähe von Rolli geblieben, neben ihm zog er sich um.

Trainer Scholz betrat die Kabine. Er trug einen giftgrünen Trainingsanzug, passend zu den Vereinsfarben, der sich über seinem Bauch spannte. Ein paar Mal klatschte er in die Hände.

»Also, Leute«, rief er, als es endlich ruhig war, »das ist heute ein wichtiges Spiel. Wenn wir gegen Frohnhausen gewinnen, bleiben wir an der Tabellenspitze, mit sicherem Vorsprung sogar.« Er klatschte wieder in die Hände. »Das müssen wir schaffen, klar?«

»Klar!«, brüllte Olli zurück. Als Mannschaftskapitän sprach er für alle, Scholz nickte zufrieden.

»Wir spielen mit unserer Stammmannschaft«, erklärte er. »Rolli heute mit Sonderaufgabe.« Rolli hob erstaunt den Kopf, Scholz wandte sich direkt an ihn.

»Die haben da als Spielmacher einen kleinen Blonden, über den all ihre Angriffe laufen. Den musst du ausschalten, hast du gehört?«

Er trat näher an ihn heran und stieß ihm mit der Faust sanft gegen die Schulter. »Du musst ihn schon bei der Ballannahme stören. Und wenn er doch an den Ball kommt, musst du reingrätschen. Keinen Zentimeter Spielraum darf der haben. Olli steht als Sicherung dahinter. Wenn wir den Kleinen ausschalten, haben wir so gut wie gewonnen.«

Er blickte sich um, sah die nickenden Köpfe und entdeckte Arwed.

»Arwed ist Ersatz«, sagte er. »Der sitzt neben mir auf der Bank. Ob er noch reinkommt, entscheidet der Spielverlauf.«

Was denn für ein Spielverlauf, wollte Arwed fragen, traute sich aber nicht. Wenn es besonders gut lief, weil ich dann nichts mehr kaputt machen kann? Oder wenn wir so gut wie verloren haben, weil es dann nicht mehr drauf ankommt?

Der Trainer beachtete ihn nicht weiter, er hatte sich längst anderen zugewandt, Jürgen, dem mopsigen Torwart, und danach den beiden Verteidigern. Arwed spürte plötzlich einen auf sich gerichteten Blick. Hastig drehte er sich um, es war Olli, der ihn anschaute. Im selben Moment begriff Arwed, was Olli dachte.

Du sitzt auf der Bank und ich spiele. Hier stehst du am Rande, anders als sonst. Da kannst du mal sehen, wie das ist.

Das Grinsen, das sich in seinem Gesicht abzeichnete, unterstrich den Gedanken. Arwed hatte verstanden. Ja, das war es, was Olli ihm schon bei ihrer ersten Begegnung im Park sagen wollte. Hier hast du nichts zu sagen, hier bin ich der Chef.

Das, was als Spiel angefangen hatte, war es plötzlich nicht mehr. Schlimmer noch, es war es vielleicht nie gewesen. Dabei hatte er, Arwed, gehofft, dass es anders wäre. Dass er hier einfach mitspielen könnte, weil es schön war, dem Ball nachzujagen.

Olli hatte von Anfang an gewusst, wer er war und woher er kam. Mindestens ahnte er es. Deshalb der Überfall im Park, um es sich und anderen zu beweisen. Olli und seinesgleichen waren auch wer, das war es, was er ihm zeigen wollte.

Arwed setzte sich auf die Bank. Was sollte er anderes tun? Nach Hause gehen und seinem Vater Recht geben, der ihn mit Sicherheit, wenn er es wüsste, vor solchen Jungen warnen würde.

Plötzlich spürte er einen Stoß gegen seine Schulter, so heftig, dass es wehtat.

»Nun los, was sitzt du hier rum? Wir gehen jetzt raus. Das Spiel fängt an.«

Es war wie so oft Rolli, der ihn aus den Gedanken riss. Unschlüssig ging er hinter ihm her, noch immer nicht überzeugt, dass es richtig war, was er tat.

Die Trainerbank war eine einfache, überdachte Bank am Rande des Spielfelds. Papierreste lagen darunter, dazu ein leeres Trinkpäckchen und eine Coladose. Arwed setzte sich ein Stückchen vom Trainer entfernt darauf. Er war der einzige Ersatzspieler.

»Manni sollte auch kommen, aber der hat wohl was Wichtigeres vor«, brummte Scholz und schüttelte den Kopf. »Typisch für ihn. Na, mit so einer Einstellung wird das nie was.«

Nach dem Anpfiff passierte zuerst nicht viel. Beide Mannschaften brachten keinen gefährlichen Angriff zustande. Fehlpass folgte auf Fehlpass. Ganz klar, die Spieler waren nervös, Arwed wäre es an ihrer Stelle auch gewesen. Dann gab es plötzlich ein Geplänkel im Mittelfeld, Rolli verlor den Ball gegen einen Spieler aus Frohnhausen, die in schwarzgelb antraten, aber Fatih, der zweite Türke in der Mannschaft, erkämpfte ihn sich zurück und spielte einen Pass in die Spitze. Weil die Verteidiger der Frohnhausener weit aufgerückt waren, hatte Levent plötzlich freie Bahn aufs Tor.

Mensch, das war die Chance zur Führung. Arwed hielt es nicht mehr auf der Bank, er sprang auf und rannte an den Spielfeldrand.

»Schieß rein«, schrie er, »mach das Tor!«

Aber Levent zögerte einen Moment zu lang, der Torwart kam ihm entgegen gelaufen, verkürzte den Winkel und wehrte den Schuss ab.

Mist! Arwed stieß vor Wut die Faust in die Luft. Als er sich umdrehte, merkte er, dass auch Scholz aufgesprungen war und ein leichtes, merkwürdiges Brummen von sich gab.

»Mann, das war ne hundertprozentige«, stöhnte er und fuhr sich mit der Hand über die Glatze. Arwed nickte.

»Scheißtürke!«; schrie Olli laut über den Platz, »warum machst du den nicht rein?«

Arwed blickte sich um. Niemand nahm Anstoß an dem Schimpfwort, selbst Levent nicht. Er winkte nur ab in Richtung Olli, als wollte er sagen: Red du nur.

»Komm, setz dich näher zu mir«, sagte Scholz. »Zu zweit hält man die Spannung besser aus.«

Arwed setzte sich so nah zu ihm, dass er die Wärme seines Oberschenkels spüren konnte.

Scheinbar gelassen saß Scholz neben ihm, kaum einmal rief er etwas ins Spielfeld. Aber am Zucken seines Beines spürte er die Anspannung. Nur wenn ihm etwas deutlich missfiel, gab er das kehlige Brummen von sich. Ein Brummen wie von einem Hund, der kurz davor stand, zu beißen.

Kurz vor der Pause fiel das 1:0. Olli war in die gegnerische Hälfte aufgerückt und hatte hoch in den Strafraum geflankt. Levent war am höchsten gesprungen, sein Kopfball senkte sich hinter dem gegnerischen Torwart ins Netz.

Arwed sprang auf und riss die Arme hoch, der Trainer blieb sitzen.

»Na endlich.« Das war das einzige, was er sagte. Aber fortan zuckte sein Bein weniger.

In der Pause forderte Scholz ihn auf, sich warm zu machen. Arwed schöpfte Hoffnung. Vielleicht kam er jetzt zum Einsatz.

Er streckte und dehnte sich, lief ein paar Schritte. Die

Zuschauer, die meisten davon die Väter oder Freunde der Spieler, beobachteten ihn gelangweilt. Seine Mannschaft stand ein paar Schritte von ihm entfernt, im Kreis um den Trainer herum, dessen tiefe Stimme Arwed heraushörte, ohne etwas zu verstehen. Sie tranken Mineralwasser, das der Platzwart gebracht hatte. Einige spülten sich nur den Mund aus und spuckten das Wasser auf den Rasen.

Arwed schaute, während er sich weiter streckte, zu den wenigen Zuschauern hinüber, aber einen älteren Mann, der seine Mütze tief ins Gesicht gezogen hatte, konnte er nicht erkennen.

Als der Schiedsrichter rief, dass er die zweite Halbzeit anpfeifen wolle, blickte Arwed erwartungsvoll zum Trainer hinüber, aber der gab ihm kein Zeichen. Ein paar Sekunden später saß er wieder neben ihm auf der Bank und spürte, wie ihm die Lust verging.

Es begann zu regnen, dicke Tropfen fielen auf seine Trainingshose, er zog sich tiefer unter das Dach zurück. Die Zuschauer spannten die Schirme auf, zwei gingen hinter der Trainerbank her zum Ausgang. Arwed hatte Lust, sich anzuschließen.

Mit Beginn der zweiten Halbzeit bedrängten die Sportfreunde das Tor des Gegners, kaum einmal kamen die Frohnhausener zum Gegenangriff. Aber wenn, dann lief der Angriff über den kleinen Blonden, vor dem Scholz gewarnt hatte. Rolli deckte ihn so gut er konnte, war bei einem Anspiel oft vor ihm am Ball, aber nicht immer. Dann wurde es gefährlich. Nach einer knappen Viertelstunde spielte sich Rolli aber auf der rechten Seite durch, flankte flach in die Mitte und Stefan drückte den Ball über die Linie. Zwei zu null.

Der Trainer ballte nur kurz die Faust. »Mach dich fertig«, sagte er dann. »Du kommst jetzt rein.«

Arwed streifte den Trainingsanzug ab und betrat den schmalen Rasenstreifen zwischen Fußballplatz und Laufbahn. Es regnete noch stärker, fast bedauerte er, jetzt noch spielen zu sollen. Scholz winkte einen kleinen Blonden vom Spielfeld, dessen Namen Arwed noch nicht kannte. Erstaunt blickte der Blonde auf. Warum denn ich, schien sein Blick zu bedeuten. Aber dann gab er sich einen Ruck und kam zur Bank gelaufen. Er klatschte Arwed sogar ab, als der aufs Spielfeld lief. Arwed freute sich. Sein erster Einsatz und er war nicht von Missgunst begleitet.

»Bleib im Mittelfeld«, rief ihm Scholz nach. »Und geh bei Freistößen und Ecken nach vorne. Im Kopfball bist du doch gut.«

Die erste Szene misslang ihm. Ein kleiner, wendiger Verteidiger der Frohnhausener kam auf ihn zugelaufen. Als Arwed versuchte, ihn zu stoppen, machte der andere eine kurze Täuschung nach rechts, und lief links an ihm vorbei. Arwed hätte aufschreien können vor Wut. Das war zu einfach gewesen, so hätte er sich nie und nimmer austricksen lassen dürfen. Der Frohnhausener hatte freie Bahn zum Tor, aber da löste sich Olli aus der Abwehr, kam ihm entgegen gerannt, und als der Kleine sich den Ball ein wenig zu weit vorlegte, kam Olli an den Ball und knallte ihn ins Aus.

»Pass doch auf!«, schrie er, »so leicht darf der nicht vorbeikommen!«

Arwed nickte. Er fühlte keine Wut, Olli hatte ja Recht.

In der nächsten Szene bekam er im Mittelfeld den Ball zugespielt, stoppte ihn kurz und spielte auf den rechten Flügel zu Rolli. Der Ball kam genau in seinen Lauf. Arwed nickte zufrieden. Das war gut gewesen. Von da an wurde er öfter angespielt. Er rannte über den Platz, während ihm der Regen ins Gesicht klatschte. Aber je öfter er an den Ball kam, je mehr ihm etwas gelang, desto weniger störte es ihn. Er wurde pitschnass, er wurde dreckig, es ging ruppig zu bei den Zweikämpfen, aber er war dabei. Sie ließen ihn mitspielen.

Es gelang seiner Mannschaft noch ein Tor, an dem er aber nicht beteiligt war, dann ertönte der Schlusspfiff.

»War ganz gut fürs erste Spiel.« Stefan, der Torschütze zum zwei zu null, klopfte ihm auf die Schulter. Rolli sagte nichts, sondern grinste ihn nur an, aber Arwed verstand ihn. Trainer Scholz nickte ihm zu.

Nach dem Training hatte sich Arwed stets weggeschlichen und bei seiner Oma geduscht. Das war ihm lieber so gewesen, denn er war es nicht gewohnt, sich nackt vor anderen zu zeigen. Das war nicht weiter aufgefallen. Nur Olli hatte irgendwann eine Anspielung darauf gemacht, als er sich in der Kabine den Trainingsanzug überstreifte und abhauen wollte.

»Traust dich wohl nicht, uns deinen kleinen Pimmel zu zeigen!« Arwed hatte schnell die Kabine verlassen.

Aber jetzt konnte er nicht ausweichen. Niemand hätte verstanden, warum er nach dem Spiel, verschwitzt und pitschnass vom Regen, nach Hause gegangen wäre. Er zog sich so langsam wie möglich aus. Erst als die anderen schon unter der Dusche standen, ging auch er hinüber. Ein Duschhahn, dummerweise nicht am Rand, sondern in der Mitte, war noch frei. Arwed stellte sich so darunter, dass er mit dem Gesicht zur Wand schaute. Vorsichtig lugte er aus den Augenwinkeln, ob sie zu ihm hinüberschauten, aber sie interessierten sich gar nicht für ihn. Sie sangen:

Wir halten zusammen, fest und treu,
für uns Sportfreunde ist das nicht neu.
Das war schon immer so und wird so bleiben,
niemals werden wir absteigen.

Der letzte Reim war zwar kein echter, wie Arweds Deutschlehrer im Internat bemängeln würde, aber sie sangen es so, dass es trotzdem danach klang.

»Jungs, wir sind die besten!«, schrie Olli. »Uns kann keiner.«

Die anderen stimmten jubelnd zu, dann begannen sie, noch mal die Strophe zu singen. Wahrscheinlich gab es gar keine zweite Strophe, aber das störte Arwed nicht. Im Gegenteil, so konnte er auch mitsingen. Niemand achtete auf seine Nacktheit, niemand machte eine Anspielung auf seinen Pimmel.

Später, als alle fast angezogen waren, kam noch mal der Trainer in die Kabine, auch er inzwischen in Alltagsklamotten, einem grauen Jackett und einer ebenso grauen Hose. Als Trainer hatte er eine eigene Kabine.

»Jungs, das war gut!«, rief er. »Die Frohnhausener haben wir erst mal abgehängt. Wir bleiben an der Spitze, so viel ist sicher.«

Er wollte sich gerade abwenden, da fiel sein Blick auf Arwed. »Und Arwed soll wiederkommen. Er hat ordentlich gespielt. Wir brauchen mehr als elf Mann und auf Manni ist ja kein Verlass.«

Arwed hatte die Sporttasche über die Schulter gehängt und strebte zum großen Eingangstor. Ein richtiges Lob war es nicht gewesen, höchstens ein halbes. Aber immerhin, dachte er dann. Ein halbes war besser als gar keines. Als hätte es dazu einer Bestätigung bedurft, spürte er plötzlich eine Hand auf seiner freien Schulter. Überrascht blickte er sich um.

»Hast gut gespielt«, grinste Rolli.

»Meinst du?«

»Aber ja. Das hat der Trainer auch gemeint. Mehr Lob gibt er nicht.«

Durch den Regen lief Arwed die Straße entlang Richtung Park, um von dort zu seiner Oma zu kommen. So nass, wie er bis zur Ankunft bei ihr sein würde, müsste er sich bestimmt im Keller ausziehen, glaubte er.

Im Schatten eines Baumes entdeckte er plötzlich den Bentley und hinter dem Steuer Alberts schmunzelndes Gesicht. Schnell drehte er sich um, aber es war niemand von seiner Mannschaft zu sehen. Als er die Tür zum Fond öffnete, sah er, dass Albert die alte Decke auf dem Rücksitz gelegt hatte.

»Komm rein!«, rief er. »Bist bestimmt schlapp.«

»Bin ich nicht. Hab nur eine halbe Stunde gespielt.«

»Immerhin«, antwortete Albert, »eine halbe Stunde ist fürs erste Mal nicht schlecht. Beim Fußball muss man Geduld haben.«

»Das muss man immer«, antwortete Arwed.

»Oh, woher hat der gnädige Herr diese Weisheit?«

»Von meiner Oma.«

Albert lachte. »Hätte ich mir denken können. Dann erzähl doch mal. Wie ist es gelaufen?«

Immer wieder unterbrach er Arweds Bericht, immer wieder fragte er so lange nach, bis er sich jeden Spielzug genau vorstellen konnte. Mit Albert, merkte Arwed, erlebte er sein Spiel zum zweiten Mal.

10

Langsam wuchs er in die Mannschaft hinein. Sie lachten ihn nicht mehr aus, wenn er kam, sie machten keine Witze über ihn, wenn ihm etwas misslang. Sie stellten ihn in den Sturm und schlugen Flanken auf ihn.

Es kam der Tag, an dem er sein erstes Tor schoss, ein Kopfballtor natürlich. Es kam der Tag, an dem er von Anfang an spielen durfte. Fatih, der zweite Türke, musste für ihn draußen bleiben, was der aber nicht einsehen wollte. Zuerst meckerte er mit Arwed, dann mit dem Trainer.

Er hörte erst auf, als Scholz drohte, ihn nach Hause zu schicken.

Es kam der Tag, an dem sie ihn nach dem Training einluden, mit ihnen zusammen etwas zu unternehmen. Jürgen schlug es ihm vor, der Torwart, den sie alle den Mops nannten. Flummi hätte Arwed als Spitzname besser gefallen, denn wie ein Flummi hüpfte er durchs Tor und hielt auch Schüsse, von denen jeder angenommen hätte, dass er sie nie und nimmer erreichen würde. Aber irgendwie schaffte es der Mops doch, mit der Faust an den Ball zu kommen. Nach seinen Paraden griff er in die Tasche und holte ein Zuckerbonbon, ein Stück Schokolade oder Kaugummi heraus.

»Wir gehen gleich noch in den Club 11«, sagte er irgendwann nach einem Training, »kennst du den?«

Arwed schüttelte den Kopf. Gleichzeitig fühlte er eine Genugtuung, denn er ahnte, was kommen würde.

Zuerst aber rümpfte der Mops die Nase. »Du kennst den

Club 11 nicht, na hör mal. Das ist der bekannteste Club in Katernberg. Alle gehen dahin.«

Arwed zuckte mit den Schultern. Sich lässig zu geben war wichtig, besonders wenn es galt, Schwächen zu überspielen.

Der Mops überlegte einen Moment lang. »Na gut«, fuhr er schließlich fort, »dann wird es eben Zeit, dass du ihn kennen lernst.«

Arwed freute sich. Es war klar, dass einzig Olli bestimmen durfte, wer mitgehen durfte und wer nicht. Wenn der Mops ihn nun einlud, war klar, dass es mit Olli abgesprochen war. Er hätte die Einladung gerne angenommen, aber er konnte nicht. Seine Oma wartete auf ihn, er musste bei ihr die Klamotten wechseln und dann so schnell wie möglich nach Hause.

Seine Eltern ahnten längst, dass er etwas machte, von dem sie nichts wissen sollten, aber da seine Oma ihn deckte, wagten sie nicht, in ihn zu dringen. Seine Mutter hatte ihn nur einmal darauf angesprochen, als er sie zufällig beim Einkauf in der Stadt traf. Er hatte sich schon gewundert, warum sie unbedingt wollte, dass er ein Eis mit ihr aß.

»Willst mir nicht endlich mal sagen, was du da machst?« fragte sie, während sie von ihrem Früchtebecher aß. »Ich meine die Sache, hinter der auch Oma steckt.«

Arwed hatte einen Moment gebraucht, um sich zu fangen.

»Aber Mama, was soll das denn sein?«, hatte er schnell gefragt und versucht, sie mit irgendwas anderem abzulenken, was ihm auch gelungen war.

Wenn er aber jetzt auch noch bis in den Abend hinein wegblieb, noch dazu, ohne vorher seine Oma zu informieren, würde es Ärger geben.

»Tut mir Leid, grad heute geht es nicht. Schade. Ich habe

noch einen wichtigen Termin, den kann ich unmöglichen absagen.«

»Termin«, fragte der Mops, »was soll das denn sein, ein Termin?«

Arwed biss sich auf die Zunge. Es war blöd gewesen, dieses Wort zu gebrauchen. Von denen hier hatte keiner einen Termin. Sie hatten Training, einen Treffpunkt, vielleicht eine Verabredung, das war es.

»Ich muss halt weg«, verbesserte sich Arwed, »meine Eltern warten schon.«

Der Mops nickte. »Ja dann ...«

»Aber beim nächsten Mal kann ich vielleicht dabei sein.« Er sagte es so laut, dass es die alle hören mussten. »Das heißt, wenn ihr dann noch wollt.«

Er sah, wie Olli nickte.

»Ist schon gut«, sagte er. »Wenn du doch heute einen Termin hast ...« Er betonte das Wort Termin besonders. Die anderen lachten.

In der Schule saß er in den Pausen manchmal mit Thomas zusammen in der Bibliothek. Sie gingen jetzt in die zehnte Klasse, Arwed war noch immer kein besonders guter Schüler. Wenn sie zusammen waren, setzten sie sich immer auf Plätze in der hinteren Reihe, ganz in der Nähe der Regale und weit weg von der Aufsicht. Dann holte sich jeder ein Buch aus einem Regal und legte es aufgeklappt vor sich, damit es aussah, als würden sie lesen. Der Aufenthalt in der Bibliothek war nur zu Studienzwecken erlaubt. Aber deshalb gingen sie nicht hierher, sie wollten in Ruhe miteinander reden. Thomas erzählte ihm leise, dass er schon zwei Spiele für die westfälische Auswahl bestritten hatte. Er war stolz darauf. Zum ersten Mal stellte Arwed dieses Gefühl bei ihm fest.

»Mit Tennis kann man auch Geld verdienen«, erklärte er. »Obwohl ich glaube, für mich wäre das kein Ziel.«

»Nein, das glaube ich auch nicht«, stimmte ihm Arwed zu. »Du musst studieren und danach irgendwo einsteigen, wo ein kluger Kopf gebraucht wird.«

»Übertreib nicht.«

»Tue ich gar nicht.«

»Mit Fußball kann man auch Geld verdienen. Leichter sogar, weil da mehr Spieler gebraucht werden.« Arwed merkte, dass Thomas ablenken wollte. Lob war ihm peinlich.

Arwed schüttelte den Kopf. »Nichts für mich. Dafür bin ich nicht gut genug.«

»Man kann nie wissen …«

Arwed lachte. Es war zu offensichtlich, dass er sich für Arweds Lob revanchieren wollte.

Dann erzählte er ihm von seinen letzten Erfolgen. Er schoss fast in jedem Spiel ein Tor, die meisten mit dem Kopf, aber manche auch mit dem Fuß. Das Schusstraining mit Albert zahlte sich längst aus.

Birgit kam in die Bibliothek, sie entdeckte die beiden, stakste auffällig an den Sitzreihen vorbei, merkte aber, dass sie überhaupt nicht beachtet wurde. Arwed wusste, dass Birgit Nichtbeachtung am wenigsten vertrug. Man sah es ihrem bemühten Grinsen an, als sie an ihre Tische heran trat.

»Oh, da seid ihr ja, ihr Neunmalklugen.« Sie kicherte albern. »Man sieht euch ja kaum noch. Immer fleißig am Lernen. So strebsame Schüler hat das Internat noch nie gehabt.«

Sie bewegte sich dabei vor ihnen hin und her, Arwed starrte ungeniert auf ihre Jeans, im Schritt malte sich eine Kerbe ab. Vielleicht hätte er das vor ein paar Wochen noch nicht so offensichtlich getan, aber jetzt fand er nichts dabei. Ja, ihre Figur war das Beste an ihr, ihren Auftritt empfand er als dümmliche Schau.

Seit sie ihn versetzt hatte, hatte er gelernt, sie kritischer zu sehen. Manchmal, wenn sie im Unterricht etwas nicht wusste und stattdessen ihren Busen vorstreckte, um den Lehrer damit zu beeindrucken, hatte er sogar gegrinst. Es war das hämisch-verächtliche Grinsen, das er von seinen Fußballfreunden übernommen hatte.

»Mein Gott, was kannst du bösartig sein«, sagte dann Thomas.

Egal, hatte Arwed gedacht, es geschieht ihr Recht. Sie hat sich auch über mich lustig gemacht. Seit Birgit dieses Grinsen bemerkt hatte, ließ sie keine Gelegenheit aus, ihn vor anderen bloß zu stellen.

»Gut, dass du fleißiges Lernen nicht nötig hast«, grinste Thomas, »wo du doch alles weißt.«

Die Anspielung war eindeutig. In der heutigen Mathestunde hatte Birgit sich an der Tafel einen abgebrochen. Gleichungen mit zwei Unbekannten sollte sie lösen, aber schon mit einer war sie völlig überfordert. Lehrer Meinke hatte sie zappeln lassen, zur heimlichen Freude von Arwed, während Thomas gar nicht hingeschaut hatte. Ihm war sie gleichgültig. Umso dümmer von ihr, ihn nun zusammen mit Arwed zu provozieren. Das war etwas, das Thomas sich nicht gefallen ließ, von Hartwig nicht und von ihr schon gar nicht.

Sie öffnete den Mund, schaffte es aber nicht, etwas zu erwidern, sondern lief stattdessen rot an. Abrupt drehte sie sich um und stakste davon. Arwed bemerkte, dass Thomas ihr nicht mal auf den Hintern schaute.

Irgendwann ging er zum ersten Mal in den Club 11. Er hatte vorher ganz normal seine Sportklamotten bei Albert abgegeben, hatte kurz seine Oma begrüßt, dann war er aber nicht nach Hause, sondern in den Club gegangen. Seiner Mutter hatte er erzählt, dass er später nach Hause kommen würde, weil er noch zum Internat müsste.

Sie hatte gegrinst und neckisch mit dem Zeigefinger gedroht. »Na, läuft da vielleicht was?«

Arwed hatte auch geschmunzelt. Ja, da lief was. Wenn sie nur wüsste was.

»Egal«, hatte sie dann gesagt, »Hauptsache, du bist gut in der Schule.«

Ja, das war er. Seit er Fußball spielte, war er sogar besser geworden. Die Schau und das Getue seiner Mitschüler störten ihn weniger, er fühlte sich wohler und lernte konzentrierter.

Als er den Club betrat, schlug ihm eine Wolke warmen Zigarettenqualms entgegen. Musik dröhnte aus der Jukebox. Das erste, was er im Dämmerlicht erkannte, war die lang gezogene Theke rechts vom Eingang. Ein etwa dreißigjähriger Mann stand dahinter und spülte Gläser. Arwed blickte sich um, der Nebel lichtete sich. Überall an den Tischen hingen Jugendliche herum, viele so alt wie er, manche auch älter. Olli und die anderen entdeckte er erst, als Levents Stimme ertönte.

»He, guckt mal, wer da kommt!«

Olli hing in der Ecke eines alten Sofas, die Beine weit von sich gestreckt. Um ihn herum, auf Stühlen, saßen sie alle, Rolli, Stefan, Levent, und der Mops. Arwed hatte sich längst angewöhnt, ihn auch so zu nennen. Jürgen ließ es sich gefallen. Fatih war nicht dabei.

Als er sie da auf den Stühlen und dem Sofa rumhängen sah, wusste er, weshalb er kommen sollte. Schon auf den ersten Blick war klar, wer auch hier der Boss war. Als einziger hatte Olli ein Mädchen im Arm. Sie hatte langes, dunkelblondes Haar, ihr Gesicht war blass. Zu ihrer braunen Hose trug sie eine dunkelgelbe Bluse. Olli machte mit dem freien Arm eine einladende Bewegung.

»Komm, setz dich.« Er lachte dabei. »Musst keine Angst haben, hier tut dir keiner was.«

Blödes Gequatsche. Aber er kannte die Spielregeln. Olli musste allem und jedem gegenüber erst mal seine Überlegenheit zeigen. Arwed antwortete nichts, sondern setzte sich auf einen freien Stuhl am Kopfende des kleinen Tisches.

Zwei andere Mädchen saßen bei der Gruppe, ein wenig verdeckt in der zweiten Reihe, so dass sie ihm nicht sofort aufgefallen waren. Die eine hatte pechschwarzes Haar, ihre braunen Augen funkelten im Dämmerlicht. Die andere war hellblond und hatte auffällig rot geschminkte Lippen.

Arwed blickte sich um.

»Na, was sagst du?« Ollis Stimme war im Lärm der Musik kaum zu verstehen. An seinem Grinsen wurde klar, welche Antwort er erwartete, »Toll hier.« Arwed tat ihm den Gefallen.

Er bestellte eine Cola, genau wie die meisten anderen. Olli und der Mops tranken Bier. Die Musik war so laut, dass ein Gespräch kaum möglich war. Manchmal riefen sie sich die Namen der Bands zu, deren Songs gerade gespielt wurden.

»Middle of the road«, schrie der Mops. Dann krähte er schräg dazu: »Chirpy, chirpy, cheep, cheep.«

Olli liebte Lola von den Kinks, ein Song, der kurz drauf erklang. »Carry cola«, sang er dazu. Arwed hörte es ganz deutlich, weil er darauf achtete.

Cherry, dachte er, es müsste cherry heißen. Es war einer

der Songs, die er auch kannte, aber er unterließ es, Olli zu verbessern.

Brown sugar von den Rolling Stones erklang. Arwed überlegte, ob er jetzt den Namen der Band ausrufen sollte, um Wissen vorzutäuschen, kam sich aber blöd vor. Die Rolling Stones kannte jeder. Aber schon im nächsten Moment bereute er, dass er es nicht getan hatte.

»Welche Musik liebst du denn?« Es war Rolli, der ihn das fragte.

Um Gottes Willen, was sollte er darauf antworten. Bruckner, sollte er sagen, ja, ich liebe Bruckner. Dazu noch Mozart. Händel, weißt du, den finden viele gut, aber ich nicht. Ist mir auf Dauer zu langweilig, dieser ewige Wechsel zwischen volle Pulle und dann wieder leise. Locus iste, das solltest du mal hören. Vielleicht nicht hier, aber in der Basilika …

»Das Normale halt«, antwortete er. Rolli nickte. Klar, schien er zu denken, was denn sonst?

Olli hatte begonnen, mit dem Mädchen in seinem Arm zu knutschen. Es war eine Demonstration. So weit, dass ihr hier mit einem Mädchen knutschen könnt, seid ihr noch lange nicht! Und du, er sah zwischendurch eindringlich Arwed an, du sowieso nicht.

Aber es war nicht nur Olli, der etwas demonstrierte, das Mädchen tat es genauso. In den Pausen blickte sie sich immer wieder um, um sich der Anerkennung zu versichern, zweimal streifte ihr Blick dabei das schwarzhaarige Mädchen. Ob es da eine heimliche Konkurrenz gab? Dann wäre Olli wirklich ein toller Typ, gleich zwei Mädchen, die sich um ihn bemühten. Arwed schaute zu dem schwarzhaarigen Mädchen hinüber, das seinen Blick aber nur kurz erwiderte. Egal, dann wollte sie eben nichts von ihm wissen. Dann war Olli hier eben auch der tolle Hecht.

Er begann, mit den Fingern auf der Stuhllehne den Rhythmus dieses nächsten Songs zu trommeln. T. Rex – But you won´t fool the children of the revolution.

No, no, no sangen alle mit.

Arwed glaubte nicht, dass sie den Text verstanden, aber das machte nichts. Es war ihre Musik, und es war auch seine. Der Unterschied bestand in dem Auch.

Er blickte sich wieder um. Überall saßen Gruppen und Grüppchen um die Tische herum, stierten in die Gegend, schwiegen, trommelten, knutschten. Irgendwo versuchten zwei, sich zu unterhalten. Sie mussten sich dafür weit vorbeugen und anschreien.

Arwed beobachtete aus den Augenwinkeln Olli. Ja, es war bärig stark, hier rumzugammeln und zu knutschen. Er spürte Neid, er konnte es einfach nicht lassen, immer wieder hinzugucken. Und das Mädchen, wie blass kam ihm dagegen plötzlich Birgit vor mit all ihren dämlichen Versuchen, ihn zu demütigen. Nichts als dummes Rumgezicke. Hier dagegen lief alles gradlinig ab, ganz ohne Schnörkel. Genauso, wie sie Fußball spielen sollten.

Es passierte nicht viel. Sie saßen, lauschten der Musik, Olli knutschte, die anderen prahlten mit Abenteuern, die sie mit Mädchen erlebt haben wollten. Man hörte es den Geschichten an, dass das meiste davon nicht stimmte, aber das machte nichts. Arwed fand sie trotzdem spannend. So direkt, so offen, wurde im Internat nie über Mädchen geredet und was man angeblich mit ihnen angestellt hatte.

Zwischendurch sprachen sie auch von ihrer Arbeit. Alle waren seit Schuljahresende im Beruf, die meisten arbeiteten auf der Zeche. Auch Olli. Ob auch jemand im Stahlwerk seines Vaters arbeitete, dachte Arwed. Aber er traute sich nicht zu fragen. Sie würden wissen wollen, warum er das fragte. Rolli hatte in einem Supermarkt angefangen. Er erzählte Arwed von sich aus, dass sein Vater das so entschieden hatte.

»Mein Vater arbeitet auch auf Zollverein!«, schrie er in den Lärm der Musik hinein. »Er ist dort mal verschüttet worden, drei Tage hat er im zusammengebrochenen Streb auf seine Rettung warten müssen. Drei Tage bei Hitze in einem schwarzen Loch. Mein Vater will nicht, dass ich das auch erlebe.«

Arwed nickte. Ja, an Stelle von Rollis Vater hätte er auch so entschieden.

Er schielte zu den beiden Mädchen hinüber, die mit ihnen am Tisch saßen, aber jeden Blickkontakt vermieden. Aus Zurufen wusste er inzwischen, dass die Schwarzhaarige Vera hieß und die grell Geschminkte Birgit. Was mochten sie denken, wenn sie solche Geschichten hörten? Fühlten sie sich bloß gestellt? Aber sie störten sich nicht daran, sie hatten hauptsächlich Augen für Olli. Schade, dachte er, dass sie sie nicht auch für ihn hatten. Aber vielleicht spürten sie, dass er nicht hierher gehörte. Nicht einer von ihnen war, so richtig jedenfalls.

Als er irgendwann auf die Uhr schaute, merkte er, dass es Zeit für ihn wurde. Allzu lange durfte er nicht wegbleiben, sonst würde seine Mutter nachfragen, wo er geblieben war. Und wer konnte wissen, was dabei rauskommen würde. Er atmete tief auf.

»Ich muss gehen!«, rief er.

Sie nickten.

»Komm ruhig mal wieder vorbei.« Olli wartete seine Antwort gar nicht ab, sondern gab eine weitere Vorstellung als toller Weiberheld. Arwed musste schmunzeln. Ziemlich plump das Ganze.

Als er zur Theke ging, um seine Cola zu bezahlen, merkte er, dass ihm alle nachschauten. Auch die beiden Mädchen.

11

Er war jetzt siebzehn. Dieses Jahr würde die Fußballweltmeisterschaft in Deutschland stattfinden. Die Spieler um Beckenbauer und Müller waren Favoriten. Im Verein sprachen sie immer wieder davon. Mensch, mit solchen Leuten mal zusammen spielen zu dürfen, mit richtigen Nationalspielern! Es war ein Gedanke, den er immer schnell verdrängte. Bloß nichts sagen darüber. Sie würden sich den Bauch halten vor Lachen.

Willy Brandt war gerade zurückgetreten, der politische Lieblingsgegner von Arweds Vater.

Als er nach einem Training zu seiner Oma kam, fand er ihr Haus leer vor. Wie üblich hatte er nicht an der großen Haustür geklingelt, sondern war gleich ums Haus herum zur Terrasse gegangen. Aber als er durch das große Fenster ins Wohnzimmer blickte, konnte er sie nicht entdecken. Komisch, ihr Bentley stand in der Einfahrt, dann müsste sie da sein. Aber selbst als er gegen die Scheibe klopfte, tauchte sie nicht auf.

Es war ein warmer Frühlingstag. Die Luft war mild, der Himmel über dem Essener Süden blau. Von der Terrasse aus hatte man einen weiten Blick ins Sauerland. Arwed genoss ihn einen Moment lang, dann entdeckte er, dass die Schiebetür zum Wohnzimmer einen Spaltbreit geöffnet war. Er schob sie auf, ging ins Haus und lauschte. Nichts.

»Oma!« Noch immer nichts. Plötzlich bekam er Angst um sie. Wenn die Tür offen stand, konnte ja jeder hier eindringen. Er lief die Treppe hinauf.

In diesem Moment kam ihm seine Oma aus dem Schlafzimmer entgegen, richtete sich ihren Rock und zupfte an der Bluse, bei der ein paar Knöpfe offen standen.

»Ach Arwed, du bist es.« Sie versuchte ein Lächeln. Arwed verstand noch immer nicht. Erst als er Albert im Schlafzimmer entdeckte und sah, wie er hastig versuchte, sich die Hose anzuziehen, kapierte er. Nein, so was! Beinahe hätte er losgeprustet vor Lachen. Er spürte, wie peinlich seiner Oma die Situation war. Bloß jetzt nichts tun, was sie verärgerte. Seine Oma stützte ihn, sie deckte so manches, was er tat. Jetzt war die Reihe mal an ihm.

»Ich dachte schon, es wäre was passiert«, sagte er und stellte sich so, dass die Schlafzimmertür in seinem Rücken lag. »Die Tür unten war offen, da hätte ja jeder …«

Seine Oma schien erleichtert, er spürte es an ihrem Aufatmen.

»Ich hatte mich ein bisschen hingelegt und die Terrassentür ganz vergessen. Vor ein paar Tagen war es noch so kalt und jetzt plötzlich die Wärme. Ich bin eine alte Frau.« Sie kicherte gekünstelt.

Mag sein, dass du alt bist, dachte Arwed. Aber zu alt bist du nicht. Er wandte sich ab, damit sie sein Grinsen nicht sehen konnte.

»Komm, lass uns runter gehen.« Sie legte eine Hand auf seine Schulter, während sie mit der anderen noch immer an ihrem Rock herumnestelte. »Albert kann uns Tee kochen. Ich werde ihn gleich rufen.«

Albert war nicht verlegen, als er ihnen kurz darauf den Tee brachte, sondern grinste ihn fröhlich an, als wenn er sagen wollte: Da siehst du mal, wie gut wir noch in Form sind, deine Oma und ich.

Klar, dachte Arwed, das seid ihr. Und wie vielseitig du

bist! Fahrer, Fußballtrainer, Teekocher, Waschmann und heimlich auch noch …

Nur für die Küche hatte seine Oma eine weitere Hilfe, die zweimal in der Woche kam und vorkochte, so dass Albert das Essen nur noch aufwärmen musste. An den Wochenenden ließ sich seine Oma aus den Restaurants der Umgebung, hauptsächlich vom Böhmischen Lokal in Essen-Werden, die Mahlzeit bringen. Oder sie fuhren hin. Dann saßen die beiden an einem Tisch und speisten gemeinsam.

Arwed wusste es von seinem Vater, dem das hinterbracht worden war und der sich natürlich aufregte. Seine Mutter in aller Öffentlichkeit zusammen mit ihrem Fahrer, nein so was! Er säße auch nicht mit Lina zusammen beim Italiener.

Oh Gott, wenn er jetzt auch noch das andere erführe, was dann erst los wäre! Nein, auf Arwed konnte sich seine Oma verlassen, er würde sie nie verraten. Im Gegenteil, er fand es gut, was sie aus ihrem Leben machte.

Jetzt, als sie beim Tee zusammen saßen, hatte sich seine Oma gefangen. Ihre Bluse steckte zwar immer noch verrutscht im Rock, aber das schien sie nicht zu bemerken.

»Ich freue mich immer, wenn du kommst« So, wie sie es sagte, glaubte Arwed es ihr. Ihre Verlegenheit war eher aus der Überraschung heraus entstanden, nicht weil ihr die Situation grundsätzlich peinlich war. Seine Oma tat immer, was sie wollte. Genau das war es, was er an ihr liebte.

»Und weißt du, was ich bald machen werde?«

Arwed schüttelte den Kopf.

»Na, du wirst es ja sehen.«

An Alberts Grinsen merkte Arwed, dass er Bescheid wusste, während er selbst nichts kapierte. Na egal, was es war, er fragte nicht nach. Seine Oma würde es ihm sowieso nicht verraten und davon abbringen lassen, je nach dem, was es war, erst recht nicht.

Bei einem Heimspiel ein paar Wochen später wusste er es und wunderte sich nur noch, dass er nicht selbst darauf gekommen war. Arwed hatte sich umgezogen und ging in Sportkluft auf den Platz vor der Umkleide, da bemerkte er plötzlich Unruhe unter den Zuschauern. Ein Getuschel war ausgebrochen, dann bemerkte er, dass alle zum Eingang schauten. Also musste vor dem Sportplatz etwas passiert sein. Und genau in dem Moment, als er dies dachte, wusste er es. Der Bentley!

Er blieb stehen, die Hände in die Hüften gestützt. Tatsächlich, im nächsten Moment rauschte seine Oma auf den Platz. Sie trug wieder den mondänen Hut, stützte sich beim Gehen auf einen silbernen Stock und blickte beim Betreten des Sportplatzes stur geradeaus. Zielsicher steuerte sie zu einem Stehplatz in Höhe der Mittellinie. Welchen Eindruck sie auf die Zuschauer machte, ob ihr die Leute nachschauten oder nicht, schien sie völlig kalt zu lassen. Dabei, das wusste Arwed, registrierte seine Oma die Reaktionen in ihrem Umfeld ganz genau. Albert folgte ihr im Abstand von ein, zwei Metern, ebenfalls ohne nach links und rechts zu schauen. An seinem grinsenden Gesicht bemerkte Arwed aber, dass er den Auftritt genoss.

Was dachten jetzt Olli und Konsorten? Arwed blickte sich um. Auch seine Mannschaftskollegen waren stehen geblieben, um alles genau zu beobachteten.

»Boa«, rief Rolli, »guck dir das an! Wer ist denn die Alte?«

Einen Moment lang schienen sich das alle zu fragen, dann bemerkte Arwed, wie sich ihre Blicke auf ihn richteten. Es war natürlich Olli, der ihn zuerst fragte, respektlos, wie nicht anders zu erwarten.

»Kennst du die? Weißt du, wer die Alte ist?« Er ahnte, dass sie etwas mit ihm, Arwed, zu tun haben musste, daher sein abfälliges Urteil. Aber Arwed hatte keine Lust, darauf zu antworten. Grundsätzlich nicht, aber erst recht nicht nach dieser Respektlosigkeit.

»Kommt«, rief er, »der Schiedsrichter wartet schon.«

Ohne ihre Antwort abzuwarten ging er Richtung Spielfeld. Eine Zeitlang glaubte er, ihre ratlosen Blicke in seinem Rücken zu spüren, dann hörte er Schritte, die ihm folgten.

Es war ein warmer Sommertag, die Sonne hatte den Dunstschleier durchdrungen, der an vielen Tagen wie festgeklebt über Essen hing.

Ein idealer Tag zum Fußball spielen, der dritte oder vierte Spieltag in der neuen Saison und Arwed hoffte, dass er gut für ihn verlaufen würde. Ihre bisherigen Spiele hatten sie alle gewonnen.

Der Gegner trug rotweiße Trikots, es war eine Mannschaft aus Hattingen. Arwed beobachtete sie beim Warmlaufen und stellte erfreut fest, dass die meisten Spieler kleiner waren als er. Lediglich ein Junge war größer, aber er wirkte steif. Gute Chancen also für Kopfballtore. Seine Oma sollte sehen, dass es richtig gewesen war, Arweds Fußballpläne zu unterstützen. Heute war die große Chance dafür gekommen.

Dass seine Oma wie üblich den großen Auftritt gewählt hatte, hätte Arwed vor ein paar Wochen gestört, heute, wo er sich in der Mannschaft durchgesetzt hatte, nicht mehr. Im Gegenteil, er fand es amüsant. Es gab dem Spiel eine eigene Note. Aus ihren Kreisen war bisher nur er in diese Welt eingedrungen, und das auch nur heimlich. Aber jetzt war jemand aufgetaucht, der offen zeigte, dass er aus einer anderen Welt, aus einem anderen Teil dieser Stadt stammte. Die Wirkung war kolossal. Das Beste aber war, dass sie hier, auf diesem Vorstadtsportplatz, nicht einmal ein richtiger Fremdkörper war. Rein äußerlich gesehen war sie es schon und von Fußball hatte sie auch keine Ahnung. Aber in ihrem Schlepptau befand sich jemand, der mehr von Fußball verstand als all die anderen, die gleich hier rumbrüllen und so tun würden, als könnten sie alles besser.

Aber in diesem Punkt hatte Arwed sich geirrt. Es brüllte keiner herum. Das Spiel begann, aber auf den Zuschauerrängen blieb es ruhig. Eine gespenstische Stille breitete sich im Stadion aus. Verdammt, was war denn jetzt los? Was war plötzlich in die Leute gefahren? Dann verstand er. Es war seine Oma, die sie eingeschüchtert hatte.

Unglaublich. Es war ihr Ort, an dem sie sich befanden, es war ihr Spiel, das gespielt wurde. Und dann kam jemand aus einer anderen Welt angerauscht, den sie nicht erwartet hatten und schon ließen sie sich die Butter vom Brot nehmen. Umgekehrt würde das niemals so laufen, dachte Arwed, während er einen Ball zugespielt bekam und auf den Flügel abspielte, wo Levent lossprintete. Auch jetzt, wo es eine Chance für die eigene Mannschaft gab, blieb es unter den Zuschauern seltsam ruhig.

Mensch, das war doch kein Fußballspiel! Seine Oma hatte sich eines mit Arwed ansehen wollen, aber durch ihren Auftritt bewirkt, dass gar keines stattfand. Kein richtiges jedenfalls.

Levent zögerte mit der Flanke, bis Arwed im Strafraum in Stellung gelaufen war, dann kam sie in den Strafraum gesegelt. Er sprang hoch, aber der große Junge aus Hattingen war eher am Ball und köpfte ihn weg. Immerhin ging jetzt ein Raunen durch die Zuschauerreihen. Wenn der Hattinger nicht im letzten Moment an den Ball gekommen wäre, hätte Arwed ihn sicher reingeköpft.

Warte, dachte er, das wird dir nicht noch mal gelingen.

Die Situation kam nur wenige Minuten später. Wieder flankte Levent in den Strafraum, der Hattinger Junge stand vor ihm, Arwed sah, wie er sich voll auf den Ball konzentrierte, um im richtigen Moment abzuspringen. Ein ganz leichter Rempler reichte, um ihn aus dem Gleichgewicht zu bringen, der Junge sprang einen Moment zu spät ab, so dass Arwed früher mit dem Kopf an den Ball kam und ihn in die rechte Torecke drücken konnte. Keine Chance für den Torwart.

Jetzt ertönte, wenn auch mit leichter Zeitverzögerung, lautes Gebrüll von den Zuschauerreihen. Wie eine Befreiung wirkte Arweds Tor. Arwed sah, wie auch seine Oma die Arme hochgerissen hatte und mit dem Stock in der Luft herumfuchtelte. Beinahe hätte sie Albert aufgespießt, der etwas versetzt hinter ihr stand und sich im letzten Moment wegduckte. Vielleicht, vermutete Arwed, war es ja erst der Jubel seiner Oma gewesen, der die Beklemmung gelöst hatte.

Er widerstand der Versuchung, seiner Oma zuzuwinken, obwohl er wusste, dass sie sich darüber gefreut hätte. Er wollte nicht zu viel Nähe zu ihr. Dies hier war der Platz von Olli und seinen Freunden, seine Oma hatte schon alles viel zu sehr durcheinander gebracht.

Er schoss noch zwei weitere Tore, sie gewannen 6:1. Seine Oma änderte ihr Verhalten beim Jubeln. Sie reichte beim zweiten Tor Albert ihren Stock, bevor sie die Arme hoch riss und anschließend in die Hände klatschte wie bei einem Applaus für den Chor in der St.-Ludgerus-Basilika. Das Spiel, sah er an ihrem lachenden Gesicht, machte ihr

Spaß. Und die Verwunderung, die sie mit ihrem Auftritt ausgelöst hatte, ganz bestimmt auch.

Nach dem Spiel, beim Duschen, sprach ihn noch niemand auf die merkwürdige Frau unter den Zuschauern an. Sie sangen ihr Vereinslied, sie waren ausgelassen vor Freude. Es passierte nicht oft, dass sie so hoch gewannen. Ein paar klopften Arwed auf die Schulter, auch Trainer Scholz kam in seinem grünen Trainingsanzug in die dampfende Dusche, lobte sie alle und boxte Arwed freundschaftlich gegen den Oberarm.

»Gut gemacht, Arbit«, sagte er. An seinen Namen konnte er sich noch immer nicht gewöhnen.

Erst nach dem Duschen, als sie sich angezogen hatten, spürte Arwed, wie sich alle Blicke auf ihn zu konzentrieren begannen.

»Wer war die Frau?« Ein paar Mal wurde er das gefragt, aber jedes Mal, bevor er antworten musste, rief ein anderer etwas dazwischen.

»Habt ihr gesehen, wie die gejubelt hat?«

»Und wie die den Stock dabei in die Luft gestoßen hat.«

»Ein Wunder, dass die keinen damit aufgespießt hat.«

Arwed begann sich zu amüsieren. Wenn es so weiterging, müsste er ihnen gar nichts antworten. Der Drang, sich die merkwürdige Frau unter den Zuschauern selber zu erklären, war so groß, dass von ihm aus alles im Unklaren bleiben konnte. So wie es ihm am liebsten war. Dann aber, als er mit gepackter Sporttasche in den Flur der Umkleide ging, als er den Geruch aus Schweiß und Kernseife hinter sich gelassen hatte, versperrte ihm Olli den Weg. Er hatte kapiert, worum es wirklich ging.

»Jetzt sag endlich, wer du bist!«, forderte er. »Von jedem hier wissen wir, wo er wohnt, was seine Eltern machen, wie viel Geschwister er hat. Nur von dir wissen wir nichts.«

»Wer ich bin?«, wiederholte Arwed, um Zeit zu gewinnen. Er blickte den Gang hinunter zur weit offen stehenden Ausgangstür. Davor standen ein paar Männer zusammen und redeten heftig aufeinander ein, direkt neben der Tür aber, das bemerkte er erst bei genauem Hinsehen, stand Trainer Scholz und wartete. Diese Position, halb versteckt neben der Tür, trotzdem aber Arwed fest im Auge, verriet, was er dachte. »Nun sag es endlich, ich will es auch wissen. Glaubst du, die merkwürdige Frau ist mir nicht aufgefallen?«

Merkwürdig, dachte Arwed, ja, das ist es, was er jetzt denken wird. Nicht mondän, weil er das Wort nicht kennt, aber das war schließlich egal. Scholz war Fußballtrainer. Alles, was den Fußball betraf, konnte er in Worte fassen. Aber wozu sollte er wissen, was mondän war? Das war gar nicht seine, sondern eine andere Welt. Aber genau die war es, von der sie jetzt etwas wissen wollten. Wer bist du? Irgendwie, schoss es Arwed durch den Kopf, kam es doch auf die Wörter an.

»Ich weiß es nicht.« Der Satz kam Arwed ganz automatisch über die Lippen, er war selbst darüber überrascht, als er ihn hörte.

»Ich weiß es nicht, ehrlich nicht«, wiederholte er, jetzt im vollen Bewusstsein dessen, der wirklich nicht weiß, wo er hingehört.

Mondän oder merkwürdig? Er musste lachen, als er an die beiden Wörter dachte.

Olli schien zu begreifen, dass Arwed ihm da etwas gesagt hatte, was er nicht verstand, gleichzeitig schien er zu befürchten, dass ein Nachfragen seine Rolle als Bandenchef schmälern könnte. Lächerlich machen durfte sich auch Olli nicht. Also entschloss er sich, ebenfalls zu lachen, übertrieben laut, fast schrill.

»Könnt ihr euch das vorstellen?«, rief er. »Jemand weiß nicht, wer er ist. Jedes Kind weiß das, nur Arwed nicht.«

Die anderen begannen nur zögernd zu lachen, als spürten sie, dass es darum gar nicht ging. Aber nicht auf Olli einzugehen war unmöglich. So standen alle in dem lang gezogenen Flur und lachten, Arwed auch aus Erleichterung darüber, dass er sich um eine Antwort gedrückt hatte. Er wollte die Dinge auseinander halten. Hier sie, seine Mitspieler, und sein Fußballverein, weit weg davon sein anderes Leben. Er gab sich einen Ruck und ging los. Als er ins Freie trat, merkte er, dass Scholz noch immer an seinem Platz vor der Umkleide stand. Er hatte nicht mitgelacht.

Seine Oma war ausgelassener Stimmung, als er zu ihr kam.

»Toll, wie du das gemacht hast!«, rief sie. »Dass du so gut bist, hätte ich nicht gedacht. Vielleicht hat der dir ja …« – dabei blickte sie Albert an, der ihr gerade Tee reichte – »… doch etwas beigebracht.«

Albert setzte eine empörte Miene auf. »Das will ich wohl glauben, gnädige Frau.«

Dann erzählte seine Oma, wie sie Arweds Tore erlebt hatte und natürlich, wie die Leute bei ihrem Erscheinen und auch später bei ihrem Jubel geguckt hatten. Darüber konnte sie sich am meisten amüsieren. Arwed hatte nichts anderes erwartet.

Albert, merkte er, hatte das Spiel genau beobachtet.

»Der kleine Rempler vor dem ersten Kopfballtor …« Er nickte. »Nicht schlecht gemacht, aber ein guter Schiedsrichter hätte das gesehen.« Er winkte ab. »Trotzdem, du bist gut geworden. Scholz hat dir auch was beigebracht. Hätte ich von dem gar nicht erwartet.«

»Du kennst ihn?«

»Klar, habe früher gegen den gespielt. Ein Treter. Technisch unfertig, aber wie ein Terrier an seinem Gegenspieler. War schwierig, gegen den zu glänzen.« Albert schmunzelte.

»Aber du hast das geschafft, stimmt`s?«

»Was denn sonst? Gegen Treter braucht man eine gute Technik. Da muss man den Ball so stoppen, dass er am Fuß klebt, da braucht man gute Körpertäuschungen ...«

Er winkte ab und lachte. »Ich glaube, Scholz hat mich erkannt, als ich den Platz betrat. Aber weil er mich in Begleitung deiner Oma gesehen hat, hat er wohl nicht geglaubt, dass ich es bin.«

Sie lachten alle. Ja, sie hatten Scholz ganz schön durcheinander gebracht. Sein fragender Blick, der wortlose Abschied vor der Umkleide, all das bestätigte es.

Zu Hause rief ihn seine Mutter plötzlich in den Wintergarten, wo sie eine Patience legte. Das machte sie immer, wenn sie Langeweile hatte.

»Ich weiß, dass du da irgendwas machst, von dem wir nichts wissen sollen. Wenn du glaubst, dass du mich reinlegen kannst, irrst du. Irgendwas läuft da, glaub nicht, dass ich das nicht merke.«

Arwed überlegte nicht lange, ob es gut sei, seine Mutter einzuweihen. Ihr Vater war Bankdirektor gewesen, sie hatte eine behütete Kindheit erlebt. Fußball, die Jungen, die so etwas spielten und so wohnten wie Olli und Konsorten, das alles lag außerhalb ihrer Vorstellungskraft. Sie war verwöhnt worden. Alles, was mit größerer Anstrengung verbunden war, war ihr abgenommen worden. Eine Unselbständigkeit war ihr deshalb geblieben. Aber Arwed mochte sie sehr, denn sie war ausgeglichen, wenn alles so lief, wie sie es sich vorstellte. Sie wurde unruhig, wenn etwas Unvorhergesehenes passierte. Also war es besser, wenn sie nicht genau wusste, was er machte. Er glaubte auch nicht, dass sie es so genau wissen wollte wie sie jetzt tat.

»Aber Mama, was soll denn da laufen«, antwortete er deshalb, »ich bin eben oft bei Oma.«

»Du bist nicht bei Oma«, entgegnete seine Mutter. »Du machst da etwas, in das sie eingeweiht ist. Sie weiß Bescheid, ich nicht.« Fast klang es so, als wäre sie beleidigt.

Hektisch legte sie ein paar Karten, aber ihre Patience ging nicht auf.

»Dass Oma eingeweiht ist, ist der einzige Grund, warum ich es nicht längst Papa gesagt habe. Oma wird wissen, auf was sie sich da einlässt.«

»Oma ist immer vorsichtig«, versuchte Arwed sie zu beruhigen, »sie passt gut auf mich auf.«

»Sag ich doch. Wenn sie nicht eingeweiht wäre … Herrgott, diese verdammten Karten. Warum tun nicht mal sie, was ich von ihnen erwarte?«

Sie hielt eine in der Hand, die sie nirgendwo anlegen konnte. Sie versuchte es bei der einen Reihe, bei der anderen, dann gab sie auf und warf vor Wut alles durcheinander.

»Du musst geduldig sein, Mama. Wenn man geduldig ist, lösen sich die Probleme wie von selbst.«

»Ist das jetzt eine Weisheit, die du bei deinem Geheimnis gelernt hast?«

Er schmunzelte. »Kann sein, Mama.«

12 Plötzlich wusste sein Vater doch Bescheid. Lina war mit besorgter Miene in sein Zimmer gekommen und hatte ihn zum Telefon gerufen. Sein Vater wolle ihn sprechen, dringend, erklärte sie.

Schon am Tonfall der Stimme merkte Arwed, dass etwas vorgefallen war.

»Komm sofort in mein Büro, ich muss mit dir sprechen. Der Fahrer ist in zehn Minuten da und holt dich ab.«

Bevor Arwed etwas erwidern konnte, hatte sein Vater aufgelegt.

Eine halbe Stunde später saß er in seinem Büro vor dem großen Schreibtisch. Sein Vater sprach nicht sofort mit ihm, sondern blätterte in Akten herum. Aber an dem wütenden Blick, den er ihm zwischendurch zuwarf, merkte Arwed, dass ein Donnerwetter bevorstand. Endlich brach es los.

»Mein Sohn ist also ein Fußballer geworden«, rief er und griff nach einer Zeitung, die neben dem Aktenberg lag. »Alle wissen das, sogar in der Zeitung steht es ...« – dabei schlug er mit dem Handrücken ein paar Mal auf das Blatt – »...nur ich nicht. Sein eigener Vater. Hier, hier steht es.« Er griff nach seiner Lesebrille. »Besonders auffällig im Sturm war Arwed Arnstädt«, las er, »der neben einer ausgefeilten Technik über ein sehr gutes Kopfballspiel verfügt.«

Er stockte und schaute Arwed an. Mist, dachte er. Über die Fußballspiele der Jugendmannschaften wurde in den

Zeitungen so gut wie nie berichtet. Jetzt war es doch mal passiert.

Sein Vater schwieg einen Moment lang, war das Donnerwetter vielleicht schon vorbei? Dann wäre es aber ein kleines gewesen. Noch dazu eines verbunden mit einem Lob für ihn, denn was da in der Zeitung stand, musste er unbedingt Albert zeigen. Aber wozu dann der Aufwand mit dem Fahrer, wozu der Druck, unverzüglich bei ihm zu erscheinen? Es war nicht vorbei, Arwed merkte es, als sein Vater plötzlich aufsprang und in seinem Büro auf- und abzulaufen begann.

»Anstatt für gute Zensuren im Internat zu sorgen, treibt sich mein Sohn in einem Proloverein herum. Unter lauter Hauptschülern, die nichts anderes können als Fußball spielen und Bier trinken. Andere Ziele haben die ja nicht, weil sie was anderes auch nicht kennen.«

»Doch, später vielleicht für dich zu arbeiten.«

»Werd nicht frech!« Sein Vater blieb einen Moment lang stehen. »Ich will nicht, dass du dich mit solchen Leuten abgibst, hast du gehört. Die sind nicht unsresgleichen, mit denen haben wir nichts zu tun.«

»Außer …«

»Du sollst ruhig sein, habe ich gesagt. Ich verbiete dir, dass du dich bei denen rum treibst und auch so einer wirst wie die. Dafür bezahle ich nicht das teure Internat, dafür stecke ich nicht so viel in deine Ausbildung. Du bist jetzt in der Oberstufe, es geht langsam aufs Abitur zu. Konzentriere dich darauf.«

Er wurde immer lauter dabei, zum Schluss schrie er fast. Frau Fuhrmann steckte ihren Kopf durch die Tür. Sie versuchte ein Lächeln.

»Entschuldigung, möchte Arwed vielleicht etwas zu trinken?«

Arwed verstand sie. Sie wollte, ganz die Unschuldige

mimend, seinen Vater unterbrechen, um Arwed zu helfen. Sein Vater hatte es offensichtlich auch verstanden.

»Jetzt nicht!«, brüllte er.

Erschrocken schloss Frau Fuhrmann die Tür. Trotzdem zeigte ihr Auftritt Wirkung, denn sein Vater dämpfte jetzt seine Stimme.

»Du wirst da nicht mehr hingehen, hast du gehört. Du wirst den Unsinn sofort vergessen.«

»Und warum?«

»Weil ich das will.«

Arwed schaute aus dem großen Fenster, neben dem der Schreibtisch seines Vaters stand. Von hier aus hatte man einen Überblick über die halbe Stadt, die seinem Vater, so kam es Arwed vor, zu Füßen lag. Die halbe Stadt könnte ihm auch zu Füßen liegen, dachte Arwed, das war ihm egal. Aber er würde es nicht tun, nicht Arwed.

Er war bis jetzt ruhig geblieben, selbst die Brüllerei seines Vaters hatte das nicht ändern können. Aber jetzt reichte es ihm, er stand auf und verließ das Zimmer.

»Wo willst du hin?«

Arwed ließ sich nicht aufhalten. Jetzt, das wusste er, half nur noch eins.

»Stellen Sie mal eine Verbindung zu meiner Oma her, Frau Fuhrmann«, sagte er im Vorzimmer. Frau Fuhrmann zögerte einen Moment lang, schaute zur Bürotür ihres Chefs, aber als der nicht kam, tat sie es.

»Entschuldigen Sie, Arwed«, sagte sie, während es durchläutete. »Ich habe es nur gut gemeint mit dem Zeitungsartikel. Ich dachte, Ihr Vater würde sich freuen.«

»Sie haben ihm den Artikel gezeigt?«

Sie nickte betreten.

Arweds Oma war Gott sei Dank zu Hause, sie verstand sofort. »Na warte, das wollen wir doch mal sehen.«

In diesem Moment erreichte seinen Vater ein wichtiger Anruf, genau passend, um Zeit zu gewinnen. Als sein Vater ihn wieder zu sich rief, war kurz darauf auch schon die Oma da.

»Was ist hier los?«

Breitbeinig stand sie im Büro ihres Sohnes, die Hände in die Hüfte gestützt, während sein Vater an seinem Schreibtisch saß. Arwed sah, dass er zusammenzuckte.

»Er will nicht, dass ich Fußball spiele.« Arwed stand schräg hinter seiner Oma, als er ihr das sagte. Wie ein Schüler, der vor seinem Lehrer einen Mitschüler in die Pfanne haut, kam er sich vor bei dem Satz. Aber hier waren es nicht Lehrer und Mitschüler, hier waren es Vater und Großmutter. Umso peinlicher diese Situation.

»Und warum willst du nicht, dass er Fußball spielt, Rudi?« Seine Oma fixierte ihren Sohn mit starrem Blick, selbst vor Arweds Augen schien er zu schrumpfen.

»Weil er nicht in diesen Kreisen verkehren soll.«

»Du meinst, mit Lackschuhen schießt man keine Elfmeter. So ähnlich siehst du das doch, oder?« Sie lachte. »Hast du sie denn mal gesehen, diese Kreise?«

Arwed staunte über die Formulierung, die seiner Oma da eingefallen war. Darauf wäre er nie gekommen.

»Natürlich nicht«, rief sein Vater, »das versteht sich ja von selbst.« Er versuchte ein abfälliges Lachen, weil er vermutlich schon die Frage für abwegig hielt.

»So, hast du nicht. Aber ich war da. Ich habe mir angesehen, wie Arwed spielt.«

»Du?« Sein Vater richtete sich hinter dem Schreibtisch auf. »Du warst auf diesem Acker, der sich Stadion nennt und hast dir ein Fußballspiel angesehen?« Vor Überraschung bekam er den Mund nicht zu.

»Ja, ich. Warum auch nicht. Und ich muss sagen, es hat mir gut ausgefallen, ausgesprochen gut sogar.«

Arwed bemerkte plötzlich, wie sein Vater die Mundwinkel verzog. Grinste er etwa? Gleichzeitig schien er zu wachsen.

»Und wie bist du da aufgelaufen? Hat Albert dich mit dem Bentley hingebracht?«

Jetzt merkte Arwed, dass sein Vater tatsächlich grinste. Gott sei Dank, die Hauptgefahr schien vorüber zu sein.

»Natürlich, wie denn sonst.« Seine Oma hatte das Grinsen auch bemerkt, sie wirkte eingeschnappt bei ihrer Antwort.

»Und du hast dabei natürlich deinen …« Sein Vater machte mit der rechten Hand eine Kreisbewegung um seinen Kopf, während sich sein Mund zu einem Lachen verzog. »… deinen breitkrempigen Hut getragen.«

Arweds Oma zog sich einen Stuhl heran und setzte sich. Ihre Tasche hielt sie wie zur Abwehr auf ihrem Schoss vor sich.

»Natürlich.«

Jetzt lachte sein Vater tatsächlich.

»Wenn ich mir das vorstelle, tut es mir wirklich Leid, dass ich nicht da war!«, rief er. »Das muss ja ein köstlicher Anblick gewesen sein. Du mit deinem Großauftritt unter all den Fußballfans.«

Auch Arwed konnte ein Grinsen nicht unterdrücken, denn das war es ja wirklich gewesen. Ein toller Anblick, den seine Oma den Zuschauern geboten hatte.

»Köstlich war es nicht«, mischte er sich ein. »Das hieße ja, dass die Leute über Oma gelacht hätten. Das haben sie aber nicht. Im Gegenteil, sie waren schwer beeindruckt.«

Seine Oma nickte ihm dankbar zu. »Jawohl, das waren sie. Beeindruckt. Jemanden wie mich hatten sie noch nicht gesehen auf ihrem Sportplatz.«

»Wie denn auch?« Sein Vater konnte sich nicht mehr einkriegen vor Lachen. Er drückte einen Knopf der Sprechanlage.

»Frau Fuhrmann, bringen Sie mal zwei Tassen Kaffee und für Arwed eine Cola.«

»Na endlich«, sagte seine Oma.

»Was, na endlich?«

»Endlich wirst du vernünftig, Rudolf. Und wenn du zwischendurch nicht dauernd so ein spießiges Zeug erzählen würdest, würden Albert und ich dich vielleicht sogar mitnehmen. Albert hat nämlich richtig Ahnung von Fußball, der könnte dir viel erklären.«

»Ja, das könnte er«, rief Arwed. »Mich hat er bestens trainiert.«

»Ach, Albert steckt auch dahinter? Scheinbar wissen hier alle Bescheid außer mir. Hannelore dann wohl auch.«

»Die nicht«, antwortete Arweds Oma. »Wir wollten sie nicht in Loyalitätskonflikte bringen.«

»Danke, sehr nett von euch.«

Er bat seine Mutter, ihm genau von ihrem Auftritt auf dem Sportplatz zu erzählen, und Arweds Oma folgte dieser Aufforderung nur zu gerne. Immer wieder unterbrach sie sein Vater mit lautem Gelächter und Arweds Oma legte immer noch einen drauf und schmückte manche Passagen nach Kräften aus.

Wer alles mit großen Augen auf sie geblickt hätte, was jemand ihretwegen gerufen hätte, wer sich bei ihrem Jubel noch vor ihrem Stock in Deckung bringen musste. Sie war eine gute Erzählerin.

Zwischendurch brachte Frau Fuhrmann Kaffee und Cola und freute sich über die gute Stimmung. In einem unbeobachteten Moment zwinkerte sie Arwed zu.

Schon gut, dachte er, ich glaube Ihnen auch so, dass Sie

die Sache mit dem Zeitungsartikel nicht böse gemeint haben.

Sein Vater blickte schließlich auf die Uhr. »Ich muss los«, sagte er und stand auf, »ich habe in einer Stunde einen Termin in Dortmund.«

Arweds Oma blieb sitzen.

»Ist noch was?«

»Und ob! Was ist jetzt mit Arweds Verein?«

Sein Vater blickte ihn nachdenklich an.

»Mein Gott ja, dann soll er von mir aus dahin gehen.« Er machte eine resignierende Handbewegung. »Vielleicht kann man mit Lackschuhen ja doch Elfmeter schießen.« Die Formulierung von Arweds Oma hatte ihm offensichtlich gefallen. »Gegen dich komme ich sowieso nicht an. Und wenn ich`s doch versuche, ziehst du Hannelore auf deine Seite. Dann habe ich auch noch Krach zu Hause.«

Arweds Oma grinste. »Könnte sein.«

Völlig kampflos wollte sein Vater das Feld aber doch nicht räumen.

»Aber wehe, da geht etwas schief«, sagte er. »Dann bist du Schuld.« Er zeigte mit langem Finger auf seine Mutter. »Das werde ich dann auch Hannelore sagen.«

Arweds Oma nickte.

»Was meint er damit?«, fragte Arwed, als er kurz darauf im Fond des Bentley saß, um von Albert nach Hause gefahren zu werden. »Wenn etwas schief geht …«

»Wenn du über den Fußball das Internat vernachlässigst. Wenn du wieder darauf drängst, es verlassen zu wollen, weil es so langweilig ist oder wenn du schlecht bist und das Abi nicht schaffst. Spiel Fußball und sieh zu, dass im Internat alles läuft. Dass du ein möglichst guter Schüler bist.«

13 Beim nächsten Training ließen sie es ihn spüren, dass sie ihn für etwas anderes hielten. Es war ein windiger, regnerischer Herbsttag. Manchmal trieb der Wind den Regen in Böen über den Platz, Arwed musste die Augen zusammenkneifen und konnte kaum etwas sehen. Aber egal, bei solchem Wetter hatte er schon öfter gespielt.

Schon vor dem Trainingsspiel hatten sie kaum mit ihm gesprochen, beim Spiel selber fiel endgültig auf, dass sie ihn schnitten. Er lief, bot sich an, aber er bekam keinen Ball zugespielt. Auch Scholz fiel es auf. Zuerst hörte Arwed nur sein Brummen, sein erstes Warnzeichen, dass ihm etwas missfiel. Dann kam er auf den Platz gerannt.

»Seid ihr verrückt geworden!«, schrie er. »Warum spielt ihr Arwed nicht an, was hat der euch getan?«

Arwed war froh über seinen Wutanfall, denn danach lief es besser. Er wurde zwar immer noch nicht so oft angespielt wie früher, aber er bekam deutlich mehr Bälle. Und er schoss wieder zwei Tore.

Beim Duschen merkte er an ihrem Schweigen, dass sie ihn gar nicht ausschließen wollten, wie er es vermutet hatte. Nein, sie waren betreten, sie wussten nicht, wie sie sich ihm gegenüber verhalten sollten. Dass ihm das erst jetzt auffiel!

Er ließ sich nichts anmerken und verwickelte Rolli und Levent in ein belangloses Gespräch. Die beiden schienen erleichtert zu sein, dass er sie ansprach. Von sich aus hätten sie es wohl nicht getan. Nach den beiden wandte sich auch Olli an ihn. Am Ende, so kam es Arwed vor, war wieder alles so wie vorher. Gott sei Dank, er atmete auf.

In der Schule hatte auch Hartwig von dem Zeitungsartikel gehört. Unwahrscheinlich, dass er ihn gelesen hatte, Berichte über Lokalsport waren unter seiner Würde. Also musste es ihm irgendwer erzählt haben, vielleicht war es Thomas gewesen, der sich über Arweds Erfolge freute und sie den Klassenkameraden mitteilen wollte.

»Habt ihr das auch gelesen?«, rief Hartwig laut in die Klasse, »Arnstädt spielt mit den Prolos Fußball! Und was glaubt ihr, er ist unter denen sogar einer der besten.« Er lachte laut, ein paar stimmten ein, Thomas schüttelte, als Arwed ihn ansah, den Kopf. Reagiere nicht drauf, sollte das heißen, lass ihn doch reden.

»Der beste unter den Prolos?«, fragte Birgit. »Gehört er nicht sowieso dahin?«

Jetzt lachten noch ein paar mehr.

Lehrer Meinke kam, er stellte sich vor das Pult, schaute zuerst Hartwig und Birgit an, dann Arwed. Offensichtlich hatte er von dem, was in der Klasse gerufen worden war, etwas mitgekriegt, aber er sagte nichts. Wenn, dann hätte er sich auch gegen Hartwig äußern müssen und so viel Mumm hatte er nicht. Auf die Absicht, Arwed in die Schulmannschaft zu berufen, war er nie mehr zurückgekommen.

Arwed atmete auf. Mathe konnte er zwar nicht besonders gut, aber es war immer noch besser, Meinkes stümperhaften Erklärungen zu folgen als das dumme Gerede von Hartwig und Birgit über sich ergehen zu lassen.

Überhaupt, Birgit. Er verstand immer weniger, dass er sich mal für sie interessiert hatte.

Er ging wieder in den Club 11. Nach den letzten Erlebnissen hatte er das Gefühl, dass es notwendig wäre, dorthin zu gehen

Einmal, als er dort ankam, war Olli nicht da, auch Rolli und der Mops fehlten. Einzig Levent war gekommen, gegen den er Tischfußball spielte. Das Spielgerät stand in einem Nebenraum links von der Theke. Es machte ihm Spaß, an den Stangen mit den Plastikspielern zu drehen, und er merkte, dass er von Versuch zu Versuch besser wurde. Aber Levent hatte eindeutig mehr Erfahrung.

Beim nächsten Besuch saß Olli wieder auf dem Sofa, zog lässig an einer Zigarette und blies den Rauch demonstrativ in die Luft. Es war nicht mehr die Dunkelblonde mit dem langen Haar, die er im Arm hatte, sondern die mit den grellrot geschminkten Lippen. Das Mädchen mit den funkelnden braunen Augen, mit dem sie sonst zusammen saß, hatte sich auf die andere Seite des Tisches gesetzt und unterhielt sich mit dem Mops. Olli winkte Arwed heran.

»Komm her«, rief er, »du gehörst auch zu uns. Selbst wenn du nicht weißt, wer du bist.«

»Der weiß nicht, wer er ist?« Das Mädchen mit den geschminkten Lippen kicherte. »Aber das weiß doch jeder.«

»Frag ihn. Arwed weiß es nicht. Oder bist du inzwischen schlauer geworden?«

Arwed grinste und bestellte eine Cola. Er wusste, hier gab es nur eins. Locker bleiben, sich nichts anmerken lassen.

»Take me home, country roads«, erklang aus der Musikbox.

»Nicht wissen, wer man ist, wo gibt's denn so was?« Das Mädchen machte noch mal den Versuch, auf das Thema zurückzukommen.

»Halt die Klappe, Birgit«, kommandierte Olli und wandte sich an Arwed. »Ich habe gehört, dass du gegen Levent Tischfußball gespielt hast.«

Arwed nickte. Er ahnte, was passieren würde. Tatsächlich standen sie kurz darauf vor dem Tischfußballspiel und Olli zeigte ihm, wie man richtig gut spielte. Wie man den kleinen Ball zwischen den Figurenreihen hin und herkreisen ließ, wie man eine fast unüberwindbare Barriere aufbaute, wenn der Gegner den Ball hatte und wie man über Bande ein Tor erzielte. Das erste Spiel verlor Arwed haushoch, aber es machte ihm nichts aus. Er wusste, Olli brauchte diesen Triumph. Er war der Chef, hier genauso wie auf dem Sportplatz. Arwed brauchte das nicht. Er wollte mitspielen, das reichte. Vorerst jedenfalls.

Das Spiel gegen Olli machte ihm aber noch aus einem zweiten Grund Spaß. Er merkte nämlich, wie er auch diesmal besser wurde. Beim vierten und letzten Spiel verlor er nur noch knapp mit zwei Toren Unterschied. Unklar, ob er wirklich so viel besser geworden war, oder ob Olli das Spiel gegen ihn nicht mehr ernst nahm.

Überrascht war er, dass Olli ihm nachher den Arm über die Schulter legte.

»Warst gar nicht so schlecht.« Sein Atem stank nach Zigarettenqualm und Bier, Arwed musste sich zwingen, nicht zurückzuweichen. Das war bisher die größte Annäherung von Olli, er wollte sie nicht beschädigen. Sie gingen zurück zu ihren Plätzen. Aus der Musikbox ertönte Suzie Quatros »Can the can«.

Arwed merkte plötzlich, dass das Mädchen mit den dunkelbraunen Augen ihn ansah. Er erwiderte ihren Blick, sie wich nicht aus. Schnell schaute er weg, ein paar Sekunden länger und er wäre rot geworden.

Zum ersten Mal sah Arwed, dass auch der Mops

rauchte. Mit demonstrativer Geste führte er die Zigarette zum Mund, sog daran und pustete Rolli, der neben ihm saß, den Qualm ins Gesicht.

»Ey, pass doch auf.« Rolli stieß ihn an. Aber genau das war es, was Jürgen gewollt hatte. Beim nächsten Zug konnte er wieder so ausatmen, dass er keinen störte.

Zum Schluss bestellte Olli auch noch für jeden ein Glas Bier. Arwed winkte ab. Wenn seine Mutter zu Hause die Fahne riechen würde, wäre es aus. Dann würde auch die Oma ihm nicht mehr helfen können. Der Wirt brachte ein Glas weniger, Arwed fühlte sich unwohl. Nicht rauchen, kein Bier trinken …

Es war inzwischen sechs Uhr, Zeit zu gehen. Er verabschiedete sich und bezahlte an der Theke die beiden Cola, die er getrunken hatte. Olli rief ihm etwas vom Biertrinken nach, wie toll das sei und dass er nicht immer so feige sein solle. Die anderen lachten, Arwed winkte zurück. Es war die Reaktion, die er schon vorher erwartet hatte.

Es nieselte, als er den Club verließ. Er schlug den Kragen seiner Jacke hoch, zog den Kopf ein und schlich an den Häuserwänden entlang. An jeder Häuserecke trieb ihm der Wind den feinen Regen ins Gesicht.

Plötzlich merkte er, dass jemand hinter ihm herlief. Es waren ganz leise Schritte, die im Regen kaum zu hören waren. Wenn ein Windstoß durch die Straße fegte, verstummten sie und Arwed glaubte, sich verhört zu haben, aber kurz drauf waren sie wieder da. Plötzlich durchfuhr es ihn. Vorsichtig blickte er sich um. Tatsächlich, sie war es, das Mädchen mit den funkelnden braunen Augen. Als sie merkte, dass Arwed sie entdeckt hatte, verlangsamte sie ihre Schritte.

War sie ihm nachgegangen? Er ging weiter, sie folgte ihm. Er blieb stehen, sie tat es genauso.

»Was ist los? Folgst du mir?«

Sie kicherte, ihre Verlegenheit machte ihm Mut. Er ging ein paar Schritte zurück, sie bewegte sich nicht und lächelte.

»Du bist mir also gefolgt.«

Sie sagte noch immer nichts. Ihr Gesicht war nass vom Regen, ihre Augen funkelten wie zwei Lichtpunkte.

»Hast du nichts bemerkt?«

Ja, er hatte etwas bemerkt, aber er hatte es nicht glauben können. Sie hatte ihn heute zum ersten Mal bewusst angesehen. Sie reckte sich, kam näher mit ihrem Kopf, er merkte selbst, wie er erstarrte. Dann spürte er ihre Lippen auf den seinen, zart und ganz warm. Er ließ es geschehen, konnte nicht anders, wollte es auch nicht. Dann wurde sie fordernder, presste ihre Lippen fest auf seine, er spürte ihre Zunge, öffnete den Mund. Ein Schauer lief über seinen Rücken. Nach einiger Zeit wollte er seinen Kopf zurückziehen, aber sie ließ es nicht zu. Sie hatte die eine Hand an seinen Hinterkopf gelegt und zog ihn weiter an sich heran. Seine Hose spannte. Er staunte, wie schnell das ging, das Küssen, das Berühren, seine Reaktion darauf. Schließlich gab sie nach, keuchend standen sie voreinander.

Einen Moment lang sah sie ihn prüfend an, dann lächelte sie.

»Na, wie war das?«

Er wusste nicht, was er antworten sollte und nickte nur. Ihre strahlenden Augen gefielen ihm.

»Du bist hübsch, Vera.« Es fiel ihm auf, dass er zum ersten Mal bewusst ihren Namen aussprach. Ihr Lächeln wurde noch breiter.

»So, das meinst du?«

»Ja sicher.«

»Und warum hast du es nicht vorher mal gesagt?«

Er zuckte mit den Schultern. »Wann denn? Du hast mich gar nicht beachtet!«

»Hab ich doch.«

»Nein, nie.«

Die Begegnung gefiel ihm, er musste lachen. Sie sagte etwas, das nicht stimmte, sie ging ihm nach, um ihm zu zeigen, was sie wollte. Einfach so. Er nickte. Ja, gut war das. Jetzt war er es, der sie küsste, der mit seiner Zunge nach ihrer tastete und staunte, wie schnell er gelernt hatte.

Regen rann ihm übers Gesicht, der Kragen seiner Jacke war feucht. Es störte ihn nicht.

Sie war es schließlich, die ihren Arm um ihn legte. Gemeinsam gingen sie weiter, nicht nahe an der Hauswand entlang, sondern einfach durch den Regen.

Sie war kleiner als er, reichte ihm nur bis zur Schulter. Er schaute heimlich immer wieder hin zu ihr, als müsste er sich vergewissern, ob sie auch wirklich da war. Eine Zeitlang dachte er gar nicht darüber nach, wohin sie gingen. Dann wurde ihm bewusst, dass sie auf keinen Fall zu ihm gehen konnten.

»Soll ich dich nach Hause begleiten?«, fragte er.

»Ne, lass mal.«

Sie waren bis zum Park gekommen, an dessen anderen Ende seine Oma wohnte. Er stoppte.

»Ich müsste jetzt hier lang«, sagte er und zeigte auf den Weg durch den Park. Sie sah ihn an, schien ihn etwas fragen zu wollen, unterließ es aber.

»Ich muss in die andere Richtung.«

»Ja, dann …«

Sie gab ihm die Hand, wendete sich zum Gehen, drehte sich zurück und gab ihm einen Kuss.

Ja und, wollte er sagen, was jetzt? Sollen wir uns wieder sehen? Wann, wo?

Aber sie ging weiter, ohne sich noch einmal umzudrehen.

Seiner Oma fiel auf, dass irgendetwas passiert sein musste mit ihm.

»Was ist los« fragte sie, »du kommst mir so durcheinander vor.«

»Wieso das denn?«, stotterte er. Seiner Meinung nach hatte er sich benommen wie immer.

Seine Oma lächelte. »Na ja, vielleicht täusche ich mich auch.« Er merkte, dass sie das nicht ernst meinte.

Dann begann sie, von einer Einkaufstour in der Innenstadt zu erzählen, die sie mit Albert gemacht hatte.

»Ich habe schon die ersten Geschenke für Weihnachten gekauft.« Sie lächelte. »Für dich habe ich auch schon was Schönes.«

Arwed merkte, dass er nicht richtig zuhörte.

14

Plötzlich hatten sie doch raus, wer er war und wohin er gehörte. In der Woche zwischen Weihnachten und Neujahr war das Training ausgefallen. Arwed hatte Heiligabend mit der Familie verbracht. Zum Essen, es gab Lammbraten, den sich seine Mutter gewünscht hatte, war wie jedes Jahr auch seine Oma gekommen. Zuerst saßen sie zu fünft am Tisch und aßen. Später, als sie Wein tranken, kamen auch Lina und Albert dazu.

Als sie miteinander anstießen, musste er an die anderen denken. An Vera natürlich, an Olli, Rolli und die anderen. Wie die wohl Weihnachten feierten? Komisch, dachte er. Es war nicht nur so, dass er wenig über sich preisgeben wollte, sie hatten es umgekehrt genauso getan. Ob das Absicht war oder hatte er sich nur nicht genug für sie interessiert? Er wusste es nicht.

Von Vera hatte er später erfahren, dass sie Weihnachten mit ihren Eltern und ihrem jüngeren Bruder immer zu ihrer Oma gingen, die wunderbar kochen könne. Es hätte Gänsebraten gegeben, knusprig wie jedes Jahr. Sie lächelte, als sie es ihm erzählte. Sie hatte einen neuen Pulli bekommen, Arwed schämte sich, von all den Geschenken zu erzählen, die er bekommen hatte.

Vor dem Familienessen hatte Arwed in der Stadtkirche gesungen. Der Chor hatte mit mehreren Liedern den Weihnachtsgottesdienst umrahmt. Alle aus seiner Familie waren gekommen, um ihn zu hören, auch Lina und Albert. Sie hatten zuerst Bruckners »locus iste« gesungen, später dann, nach dem Krippenspiel, Mozarts »Gloria« aus der Krönungsmesse: »Gloria in excelsis deo, et in terra pax hominibus bonae voluntatis …« Sie hatten das »Gloria« jubelnd gesungen, wie es sich gehörte, vor allem für diesen Anlass. Arwed hatte sich selbst gefreut über den feierlichen Ton, den ihr Gesang in der Kirche verbreitete.

Der Bischof hatte den Gottesdienst durchgeführt, auch er, das wusste Arwed, war ein Freund ihrer Chormusik. Wie er auch ein Freund des Fußballs war. Er selbst hatte ihnen das mal erzählt, als der Chor zu Ehren seines Geburtstags sang. Im Ruhrgebiet, hatte er erzählt, müsse einen Bischof beides interessieren. Die Kunst und das andere, das die Bergleute und Stahlwerker bewege, vor allem der Fußball.

Er hatte das nicht abfällig gesagt, sondern wie über zwei Dinge gesprochen, die auf einer Stufe stehen. Arwed hatte das gefallen, wenn es noch mal hart auf hart käme wegen des Fußballs, könnte er sich sogar auf den Bischof berufen.

Er hatte nicht gesehen, wer alles in der Kirche war. Zu viele waren es gewesen, zu sehr hatte ihn das Scheinwerferlicht geblendet, das den Chor anstrahlte, so dass ihm das Kirchenschiff wie ein schwarzer Raum erschienen war.

Beim ersten Training Mitte Januar, das an einem überraschend milden Tag stattfand, erfuhr er dann, dass gleich mehrere aus seiner Mannschaft in der Kirche gewesen waren. Er hatte nicht damit gerechnet, dass sie dorthin gehen würden.

»Gloria«, sangen sie, als er die Umkleidekabine betrat, und Olli sang mit Fistelstimme weiter: »Gloria in tefeldi theo …« Dann hielten sie sich den Bauch vor Lachen.

Arwed musste ebenfalls lachen. Ja, das war lustig, wenn auch aus anderen Gründen als sie es selber glaubten.

Olli stellte sich auf die Bank und begann von dort aus die anderen zu dirigieren.

»Gloria«, sangen die Jungen links von ihm, »Gloria.« Und die Jungen rechts von ihm antworteten: »In tefeldi theo.«

Arwed stimmte beim zweiten Gloria mit ein. Warum nicht? Selbst Bethge müsste darüber lachen können, wenn er es ihm erzählte, dachte er. Obwohl, nein, eine gute Idee war das nicht. Bethge konnte über vieles lachen, aber nicht über die Musik. Die war ihm heilig.

Sie sangen, nein, sie grölten das Gloria. Mozart war bestimmt noch nie im Stadion der Sportfreunde Katernberg erklungen, dachte er, und wenn es auch kein richtiger Mozart war, sondern eine Art Annäherung davon.

Scholz betrat die Kabine. »Was ist denn hier los?«, schrie er. »Seid ihr alle verrückt geworden?«

»Ne«, rief Olli, »wir singen, was Arwed Weihnachten in der Kirche gesungen hat.«

Und dann stimmten sie noch mal ihr »Tefeldi theo« an. Olli stand noch immer in Unterhose auf der Bank und dirigierte, Arwed bemühte sich um eine glockenklare Stimme, Scholz nickte.

»Vielleicht solltet ihr das vor dem nächsten Spiel singen«, sagte er, »einfach um den Gegner zu schocken. Mit dem Lied müsste euch das gelingen.«

Das ging wiederum Arwed zu weit. Es handelte sich immerhin um Mozart, mit dem schockte man niemanden. Aber wie sollte er so etwas Scholz klar machen? Er unterließ es. Es war doch prima gewesen, was hier abgelaufen war.

Scholz winkte sie nach draußen. Nach den Feiertagen spürten alle wieder Lust, den Ball zu streicheln. So nannte Albert das, wenn technisch anspruchsvoller Fußball gespielt wurde. Der Rasen war matschig vom getauten Schnee, das satte Grün einem gelblichen Ton gewichen. Ansonsten war es angenehm mild, was auch daran lag, dass kein Wind wehte.

Arwed übte kurze Sprints, die er abrupt abbrach, um in einer anderen Richtung weiterzulaufen. Er hatte sich das vor jedem Spiel und Training angewöhnt, es lockerte die Muskeln und machte beweglich für Zweikämpfe.

Rolli war plötzlich neben ihm.

»Alle wissen jetzt, wer du bist«, sagte er.

»Klar, ich bin ein Sänger in einem Kirchenchor.«

»Tu nicht so, damit hast du uns lange genug reingelegt. Dein Papa ist der Bigboss im Stahlwerk.«

Arwed blieb stehen. Sie wussten es also wirklich. Gut, dachte er dann, irgendwann mussten sie es ja rauskriegen. Sein Vater umgekehrt hatte schon viel früher rausgekriegt, wo Arwed sich aufhielt. Vielleicht waren seine Fußballfreunde bis jetzt nur deshalb nicht dahinter gekommen, weil sie jemanden wie ihn hier nicht erwarteten.

»Und, ändert es was?«, fragte er.

Rolli schüttelte den Kopf. »Ne, ich glaube sogar, die meisten finden es gut, dass jemand wie du bei uns mitmacht.«

»Haben sie das gesagt?«

»Gesagt nicht. Aber es hat auch keiner über dich gelästert. Außer über deinen Chor natürlich.«

»Auch Olli nicht?«

»Ne, auch der nicht. Der war sogar besonders still.«

Arwed staunte. Was hatte das denn zu bedeuten? Er sah, wie Olli mit dem Ball am Fuß angerannt kam, aber er wusste nicht, was er ihn fragen sollte und ließ ihn vorbeilaufen.

He, warum lästerst du nicht mehr über mich? Hätte er

ihm das etwa zurufen sollen? Warum bist du plötzlich so anders zu mir? Lächerlich hätte er sich damit gemacht.

Egal, er war hierher gekommen, um Fußball zu spielen und nichts anderes.

Levent spielte ihm den Ball zu, er stoppte ihn und schoss Richtung Tor, wo sich der Mops warm machte.

Aber Vera war von einem Tag zum anderen anders geworden.

Manchmal hatte er sich mit ihr im Park verabredet, dann gingen sie spazieren, weil es viel zu kalt war, sich auf eine der Bänke zu setzen. Sie hielten sich im Arm, küssten sich und sprachen wenig. Im Club 11 tat sie aber weiter so, als wäre er ihr gleichgültig. Sie hatte ihm bei einer Begegnung im Club, als er sie fröhlich begrüßen wollte, durch Kopfschütteln zu verstehen gegeben, dass sie die Freundschaft zu ihm geheim halten wollte.

Er hatte nicht verstanden warum, aber sie wollte nicht weiter darüber reden. Mit der Zeit gewöhnte er sich daran. Es war schön mit ihr. Sie trafen sich, sie küssten sich, sie ließ es zu, dass er sie befummelte, was ihn jedes Mal stärker erregte.

Während der Weihnachtstage hatte er sie nicht getroffen, obwohl er es gerne getan hätte. Ihre Begegnungen liefen aber nur über den Club 11 und während der Feiertage dorthin zu gehen war ausgeschlossen. Sie zwischendurch zu treffen, auf dem Weg zu seiner Oma zum Beispiel, wäre etwas anderes, sie würden es gar nicht merken. Aber es ging nicht, Vera hatte ihm keine Möglichkeit genannt, wie er sie erreichen könnte.

Beim ersten Besuch nach Neujahr im Club war sie da, sie vermied wie immer jeden Kontakt mit ihm, aber diesmal spürte er, dass etwas anders war als sonst. Als sie irgendwann zur Theke lief, um etwas zu bestellen, ging er ihr nach und wollte ein Gespräch anfangen, aber sie ging wortlos an ihm vorbei zum Tisch zurück.

Die Jukebox spielte »Tiger feet« von den Mud, er blieb an der Theke stehen und trommelte den Rhythmus auf dem Handlauf mit. Was hatte sie nur, was war los mit ihr?

Als er schließlich ging, kam sie ihm nicht nach. Er musste lange im Schatten eines Baumes warten, bis sie schließlich den Club 11 verließ, noch ein paar Minuten vor der Tür mit Birgit und Olli sprach, und dann alleine nach Hause ging.

Sie schien nicht überrascht zu sein, als er aus dem Schatten trat und ihr den Weg versperrte.

»Was ist passiert? Warum sprichst du nicht mehr mit mir?«

Sie lächelte nur und wollte vorbeigehen, aber er hielt sie zurück.

»Lass mich los. Du tust mir weh.«

»Sag mir, was los ist. Was hast du plötzlich gegen mich?«

»Du machst dich lustig über uns, das ist los.«

»Ich mache mich lustig über euch? Aber womit denn?«

»Indem du zu uns kommst.«

Er merkte selbst, wie entgeistert er sie ansah.

»Wieso sollte ich nicht zu euch kommen?«

»Weil du nicht zu uns gehörst.«

Jetzt endlich verstand er. Klar, sie hatte auch mitgekriegt, wer seine Eltern waren und was für ein Leben er führte. Garantiert war er nach seinem Auftritt mit dem Kirchenchor das Hauptgesprächsthema im Club gewesen. Aber während Olli und die anderen ihn schließlich akzeptiert hatten, hatte sie es ganz anders verarbeitet. Sie dachte wie sein Vater: diese gehörten hierhin, jene dorthin. Und er, Arwed, gehörte nicht zu ihnen. Der Bruch, das begriff er plötzlich, ging viel tiefer als er es sich vorgestellt hatte.

Er versuchte, sie in den Arm zu nehmen. Nein, so durfte sie das nicht sehen, wirklich nicht. Aber sie wehrte sich gegen seine Umarmung.

»Lass mich.«

»Wenn ich nicht hierher gehören wollte, weshalb sollte ich dann gekommen sein?«

»Um dich lustig zu machen über uns.«

»Um mich lustig zu machen …?«

»Klar, was denn sonst?« Eben hatte ihre Stimme noch bedauernd geklungen, jetzt war sie aggressiv. »Das Leben in deiner schicken Villa reicht dir nicht.« Ihr Mund verzerrte sich. »Ist ja auch langweilig, immer hinter dem großen Hoftor bleiben zu müssen. Natürlich, man hat da alles, was man braucht. Aber ein bisschen Unterhaltung kann nicht schaden. Und da sind die Doofen, die von der Hauptschule, gerade recht. Und das Beste an denen ist, dass sie nicht mal merken, dass man sie verarscht.« Ihr Lachen war hämisch, was ihn zugleich kränkte und wütend machte. Gleichzeitig merkte er, dass sie ihn ausgekundschaftet hatte. Sie war zu seiner Villa gekommen, sie hatte sich angesehen, wie er wohnte.

»Vielleicht hast du Recht.«

»Dann gibst du also zu, dass du dich über uns lustig machst?«

»Das nicht.«

»Sondern?«

»Dass es langweilig ist hinter dem schmiedeeisernen Tor unserer Villa.«

Sie stand mit offenem Mund vor ihm.

»Du willst mir also weismachen, dass du es ernst mit uns meinst? Das glaubst du doch selber nicht.«

»Doch. Zuerst wollte ich nur Fußball spielen, dann wollte ich mal sehen, was Olli und die anderen in ihrer Freizeit machen und dann habe ich …«

Ein älteres Ehepaar kam vorbei, der Mann atmete schwer, er hatte sich bei der Frau eingehängt. Sie zog ihn mehr als dass er sich bei ihr aufstützte. Arwed kannte inzwischen Männer wie ihn. Es waren Bergmannsrentner, die Lunge voller Steinstaub. Obwohl ihnen das Atmen bei der kleinsten Anstrengung schwer fiel, kamen manche noch zu jedem Fußballspiel, selbst Spiele der Jugendmannschaften ließen sie nicht aus. Arwed hatte Respekt vor ihrer Zähigkeit. Sie kämpften, sie gaben nicht auf, obwohl sie das Spiel längst verloren hatten.

Auch Vera hatte auf das Keuchen des Mannes gelauscht. Sie tat es auch, merkte er, weil sie Zeit für ihre Antwort brauchte.

»Du behauptest also, dass du es ehrlich meinst mit uns.« Sie sah ihn prüfend an, er nickte.

»Und dass du nur gekommen bist, weil du dich wirklich für uns interessiert.«

Er nickte wieder, sie schwieg.

»Warum sagst du nichts mehr?«, fragte er, als es ihm zu lange dauerte. Ihr Blick kam ihm vor, als wäre sie aufgetaucht aus einem tiefen Gedankenmeer.

»Es ist nur so«, sagte sie dann. »Nichts Besonderes.«

Aber er spürte, dass sie nicht die Wahrheit sagte. Zu gern hätte er ihre Gedanken erraten.

»Du glaubst mir nicht.«

Sie überlegte wieder einen Moment lang. »Doch, doch«, sagte sie dann, »wenn du es sagst.«

Es war dunkel geworden. Die wenigen Straßenlaternen warfen spärliche Lichtpunkte auf den feuchten Bürgersteig. Schweigend gingen sie nebeneinander her.

Wie war sie nur darauf gekommen, dass er sich lustig machen könnte über sie? Er sah sie heimlich von der Seite aus an. Nein, er hatte es ehrlich gemeint. Er wollte Fußball spielen, er hatte dabei seine Mitspieler kennen gelernt und über den Fußball auch sie.

Sanft legte er eine Hand um ihre Schulter, sie ließ es sich gefallen. Er hatte hier mehr gefunden als den Fußball, dachte er.

Sie kamen zu der Stelle, wo sie sich immer trennten. Rechts runter ging es zu ihm, links runter zu ihr. Sie hatte ihm etwas voraus, fiel ihm auf. Sie wusste, wie er wohnte. Er umgekehrt wusste es nicht.

»Soll ich nicht mitkommen?«

Sie küsste ihn.

»Nein, diesmal nicht. Ich sage dir wann.«

Er verstand nicht, wie sie das meinte, aber es ging nicht mehr, sie zu fragen. Sie lächelte nur noch kurz, dann drehte sie sich um und ging.

15

Zwei Wochen später nach einem Training war sie plötzlich hinter ihm. Wie immer wollte er zu seiner Oma gehen, um dort die verschwitzten Sportklamotten abzuliefern. Obwohl seine Eltern inzwischen von seinem Hobby wussten, hatte er diesen Ablauf nicht geändert. Wozu auch? Albert pflegte seine Fußballklamotten mit Hingabe, seine Oma freute sich, wenn er bei einem Glas Tee ein paar Worte mit ihr wechselte, kein Grund also, etwas zu ändern.

Dass Vera nach dem Training auf dem Heimweg auf ihn warten würde, hatte er nicht erwartet. Er war völlig überrascht, als er sie plötzlich hinter sich entdeckte.

»Hallo«, sagte sie, als sie vor ihm stand. Sie trug einen einfarbig grauen Mantel, dessen Kragen sie hochgestellt hatte, darum hatte sie einen hellblauen Schal gewickelt, hinter dem ihr Kinn verschwand. Ihre braunen Augen funkelten wie immer, aber ihr Lächeln war anders. Es kam ihm nicht so fröhlich vor wie sonst, sondern gezwungen, fast aufgesetzt. Vor lauter Verwirrung fiel ihm nicht ein, was er sagen sollte.

»Da staunst du«, sagte sie. Ihr Lächeln verzerrte sich, er spürte plötzlich, dass sie verlegen war. Was hatte sie vor? Sie schien es selbst nicht zu wissen, überlegte einen Moment lang, dann fasste sie ihn an seinem freien Arm, während er seine Sporttasche unter den anderen Arm geklemmt hatte und zog ihn mit sich fort. Sie gingen die Straße hinunter, die sie auch sonst gingen, kamen an die

Ecke, wo sie sich immer trennten, taten es aber nicht. Sie zog ihn mit sich in ihre Richtung, er folgte ihr ohne zu fragen.

Als sie ihn auf das Haus zuführte, in dem sie wohnte, verstand er. Es war eine der üblichen Zechenhaushälften, vielleicht war er bei seinen Spaziergängen hier vorbeigekommen, erinnern konnte er sich nicht. Zum Eingang an der Seite führte eine fünfstufige Treppe. Ein Dach aus gelbem Plastik schützte vor Regen. In der Hausfront gab es unten zwei vergitterte Kellerfenster, darüber zwei große Fenster, auf deren Bänken Topfblumen standen. Darüber befanden sich zwei Gauben.

Vera zeigte dorthin.

»Dort oben habe ich mein Zimmer.«

Er nickte.

In der Nachbarhaushälfte wurde ein Fenster geöffnet, eine Frau schaute herüber. Vera griff nach seiner Hand.

»Komm mit«, flüsterte sie. Ihre Stimme hatte plötzlich einen geheimnisvollen Ton. Nebeneinander liefen sie die Stufen zur Haustür hoch.

Mein Gott, was sollte er ihren Eltern sagen, wenn er gleich vor ihnen stünde?

Sie zog einen Schlüssel aus der Tasche und öffnete die Tür. Im Haus war es dunkel, muffiger Geruch schlug ihm entgegen. Geräusche waren nicht zu hören, also war niemand da. Er merkte, wie sein Herz schneller zu pochen begann. Sie vermied es, Licht anzuschalten.

»Lass deine Sporttasche hier unten stehen.«

Vor ihm lief sie in der Dunkelheit die Treppe zum Obergeschoss hinauf.

»Vorsicht, stolpere nicht.«

Fast hätte er lachen müssen. Warum machte sie denn kein Licht an? Vielleicht, weil doch jemand im Haus war? Er lauschte, aber es war nichts zu hören außer Veras Schritte. Mit vorgestreckten Armen tastete er hinter ihr her. Ein Teppichläufer auf den Stufen dämpfte die Geräusche. Endlich war er oben.

»Komm her.«

Nur schemenhaft konnte er ihre Figur im Dunkel des Flurs erkennen. Sie fasste ihn an der Hand und zog ihn in ihr Zimmer. Hier war es heller. Das erste, was ihm auffiel, war ein großes Poster, das an der Wand rechts von der Tür über dem Bett hing. Es zeigte einen Rocksänger mit Gitarre und altmodischer breiter Hornbrille. Vera bemerkte seinen Blick.

»Das ist Buddy Holly, ich mag seine Lieder.«

»Sieht komisch aus.«

»Nicht komisch, sondern unmodern. Ist auch kein Wunder, er ist schon seit fünfzehn Jahren tot.«

Arwed hatte den Namen schon mal gehört.

»Peggy Sue«, sagte er.

»Ja.« Sie lachte. »Du kennst ihn. Wie schön. Seine Lieder sind alt, aber ich mag sie trotzdem.«

Sie schwiegen, er spürte, wie er verlegen wurde. Schnell begann er, sich umzusehen. Vor dem Fenster stand ein schmaler Tisch, Hefte lagen darauf, ein Buch, und ein normaler Küchenstuhl stand davor. Links an der Wand stand ein Schrank, der sehr viel dunkler war als der helle Tisch. Daneben war ein dunkelbraunes Bücherbrett angedübelt, auf dem ein paar Bücher standen. Jugendbücher, wie er an den bunten Buchrücken bemerkte, nichts von dem, was er im Internat lesen musste.

»Guck dich nicht so um. Ich weiß, wie es hier aussieht.«

Er gehorchte, blickte zu Boden, dann schaute er sie an. Ihr Blick war nicht mehr so funkelnd wie vorher, er hatte einen unbekannten, verführerischen Reiz. Sein Glied wurde steif, noch bevor sie ihn küsste, ganz zärtlich zuerst, dann immer heftiger.

Er spürte ihrer Zunge nach, lange tat er das, immer fester drückte er sie an sich, immer mehr drängte es seinen Körper nach der Berührung mit ihr.

Abrupt machte sie sich los.

»Komm.«

Sie ging zu ihrem Bett hinüber und begann, sich auszuziehen. Kurz darauf sah er ihren schneeweißen Körper im fahlen Licht des Fensters, ihre Scham hob sich tiefschwarz davon ab.

Sie lächelte, während er sich auszog und seine Kleidung einfach auf den Boden fallen ließ. Er hatte sich erhofft, dass es passieren würde. Viele Male hatte er das. Jetzt würde es so weit sein, weil auch sie es wollte.

Sie blieb vor ihrem Bett stehen und wartete, bis er kam. Dann nahm sie ihn in die Arme. Er spürte ihre kleinen, zärtlich streichelnden Hände, zuerst auf dem Rücken, dann auf den Pobacken. Er folgte ihrer Anregung, streichelte ihre schmalen Schultern, ihren festen Po. Er spürte ihre Schenkel an seinen Beinen, sein aufgerichtetes Glied drückte gegen ihren Bauch. Sie griff danach, die warmen Finger an seinem Glied ließen ihn zusammenzucken.

»Komm.« Sie reckte sich, um es ihm zuflüstern zu können, er spürte ihren Atem an seinem Ohr. Dann ließ sie sich auf das Bett fallen und zog ihn auf sich. Er stützte sich mit den Armen ab, als er sich auf das Bett gleiten ließ, um ihr nicht weh zu tun. Dann griff er zwischen ihre Beine, streichelte die Innenseite ihrer Schenkel und spürte, als er sich vortastete, ihre warme Feuchtigkeit. Sie stöhnte, als er sich mit den Fingern weiter vortastete. Er berührte ihre Brustwarzen zart mit seinen Lippen, dann mit seiner Zunge, ihr Stöhnen wurde heftiger. Plötzlich nahm sie seinen Kopf zwischen ihre Hände und küsste ihn wild und herausfordernd, ein Schauer lief über seinen Rücken.

Mein Gott, so ist das also, konnte er noch denken, bevor sie ihn zwischen ihre gespreizten Beine zog und er in sie eindrang. Für einen Moment saugte sie Luft zwischen den Zähnen ein. Als er sich zu bewegen begann, kam ein seltsam piepsiges Geräusch aus ihrer Kehle.

Sein Glied brannte, immer lauter wurde ihr Piepsen, immer heftiger bewegte er sich in ihr. Dann spürte er, wie eine Woge der Lust in ihm anrollte, wie sie einen Moment verharrte, während er noch heftiger zustieß, wie sie sich auflud, immer höher auftürmte, bis sie sich schließlich entlud und einer Befriedigung Platz machte, wie er sie noch nie gespürt hatte.

Er bewegte sich weiter in ihr, aber langsamer jetzt, immer langsamer, passend zum Nachhall der Woge, die sich von ihm entfernte, ihn aber noch nicht frei geben wollte.

Erst als sie ganz verebbt war, hielt er inne, ließ seinen Kopf ins Kissen fallen und hörte seinen keuchenden Atem. Vera unter ihm lag völlig still. War etwas mit ihr? Er hob den Kopf und sah sie an. Sie lächelte, er war glücklich. Mochte es hier aussehen wie es wollte, es war schön hier, schön durch Vera. Ob sie durch ihn, dachte er dann, auch zum ersten Mal die Liebe kennen gelernt hatte? Wenn ja, wäre es schön, aber er wagte nicht, sie zu fragen.

Er rollte sich zur Seite. Eine Zeitlang lagen sie schweigend nebeneinander. Dann sprang sie plötzlich auf und machte sich an einem Plattenspieler, der unter dem Bücherregal stand, zu schaffen. Eine heisere Männerstimme erklang plötzlich:

Heartbeat - why do you miss when my baby kisses me
Heartbeat – why does a love kiss stay in my memories

Die Stimme drückte sehr viel Zärtlichkeit aus. Vera sah ihn fragend an, er ahnte, was sie wissen wollte.

»Buddy Holly, stimmt's?«

Sie nickte. Leise sang sie mit: »Heartbeat, why do you skip when my babys lips meet mine ...«

Er staunte, wie gut sie den Text kannte. Anders als seine Fußballfreunde Bruckners Text zu »locus iste«.

»Kannst du Englisch?«

Er merkte, wie sie errötete. »Ich habe es mir selber beigebracht. Ist es falsch, was ich singe?«

»Nein, nein. Es ist völlig richtig.«

Sie lächelte fast so glücklich wie eben nach ihrem Liebesakt. Sie wartete, bis das Lied verklungen war, dann legte sie die Platte noch mal auf und kam zurück zu ihm. Eng umschlungen lagen sie auf ihrem Bett, während Buddy Hollys Herzschlag wieder erregt war.

»... and sing to me love stories, and bring to me love's glories ...«

Sie sangen es beide, während das Lied mit ein paar melodischen Gitarrentönen verklang.

»Es ist so schön«, sagte sie. »Ich will gar nicht, dass du weggehst. Du sollst immer hier bleiben « Sie schmiegte sich noch enger an ihn. »Aber das geht ja nicht.«

»Wie meinst du das?«

Sie zögerte einen Moment lang mit ihrer Antwort. »Meine Eltern kommen gleich zurück. Sie sind zu einem Kaffeetrinken bei meiner Tante, ein paar Häuser weiter.« Sie sah zur Uhr. »In einer halben Stunde werden sie hier sein.«

Er merkte, dass sie nicht ganz die Wahrheit sagte. Irgendein Gedanke schwang noch mit, den sie ihm aber nicht nennen wollte.

Er schaute auf die Uhr. Ja, es war auch Zeit für ihn. Allzu lange durfte er nie fortbleiben, ohne vorher zu sagen, wohin er ging. Diesmal hätte er das auf keinen Fall tun können, selbst wenn er es gewusst hätte. Aber das hatte er ja nicht. Vera hatte den Ablauf bestimmt und sie hatte ihm das gezeigt, was vielleicht am schönsten war im Leben. Heartbeat …

»Ich muss jetzt auch gehen«, sagte er. »Aber ich würde auch gerne bei dir bleiben, glaub mir. Wenn es ginge sogar für immer.«

Sie lachte, ein wenig zu schrill, wie er fand.

»Sollten wir … ich meine, vielleicht ginge es später … wir beide …«

Er wusste einfach nicht, wie er sich ausdrücken sollte. Sie küsste ihn auf die Nase, stand auf und begann, sich den BH anzuziehen.

»Wart`s ab.«

Er blieb noch einen Moment lang liegen und schaute auf die kleinen, festen Brüste, die er eben geküsst hatte. Sie merkte es, fast verschämt wandte sie ihm den Rücken zu. Er verstand, dass er sie zu auffällig angestarrt hatte, stand schnell auf und begann ebenfalls, sich anzuziehen.

»Es wird Zeit«, sagte sie.

Nebeneinander liefen sie die Treppe herunter. Während er nach seiner Sporttasche griff, wusste er noch immer nicht, wie er sich ausdrücken sollte.

»Und was ist nun …?«

Sie schob ihn aus der Haustür.

»Hab ich doch schon gesagt. Wart`s ab.«

Als er versuchte, sie noch einmal zu küssen, schob sie schnell die Tür zu. Ein, zwei Sekunden lang starrte er auf das dunkelbraune Holz, dann wandte er sich ab. Im Haus gegenüber bewegte sich eine Gardine in dem kleinen Fenster neben der Haustür. Er beeilte sich, so schnell wie möglich wegzukommen.

Tausend Gedanken schossen ihm durch den Kopf, während er den Weg durch die Siedlung nach Hause nahm. Am Straßenrand standen ein paar alte Bäume, zu unregelmäßig, um von einer Allee zu sprechen. Jetzt, im Winter, reckten sie ihre knorrigen Äste in den dunklen Himmel.

So war sie also, die Liebe, über die sie im Club 11 manchmal geredet hatten. Geredet, ohne wirklich Ahnung zu haben. Nun wusste er es. Und er liebte Vera dafür, dass sie es gewesen war, die sie ihm gezeigt hatte. Immer würde er sie lieben dafür, so wie er auch die Gegend liebte, in der sie wohnte. Er wunderte sich selbst über diese Gedanken. Ja, das gehörte auch zu einer Liebe. An jemandem alles zu lieben, gerade auch das, was anders war an ihm.

Er verließ die Siedlung und erreichte die Hauptstraße. Aus den Geschäften fiel ein schwaches Licht auf den Bürgersteig. Die Scheinwerfer der vorbeibrausenden Autos blendeten ihn.

Er konnte jetzt nicht nach Hause gehen, dachte er. Er hatte das Gefühl, dass man ihm ansehen könnte, was er gerade erlebt hatte und das durfte auf keinen Fall geschehen. Vor allem seine Eltern dürften nichts davon erfahren. Er würde es ihnen erklären, wenn es an der Zeit wäre.

Er musste sowieso erst zu seiner Oma, um die Sportkleidung abzuliefern. Und wenn seine Oma es ihm ansah? Er zuckte mit den Schultern. Dann stünde es pari zwischen ihnen. Er hatte ihr ja auch nicht gesagt, was er ihr angesehen hatte.

Aber seine Oma sah ihm gar nichts an. Fast war er überrascht darüber und drohte sogar, rot anzulaufen.

»Ist was?«, fragte seine Oma, als sie es bemerkte.

»Nein, nein. Die warme Luft hier, draußen ist es noch kalt.«

Seine Oma nickte. »Heute habt ihr aber lange trainiert.«

Er wich ihrem Blick aus und blickte aus dem Wohnzimmerfenster in die Schwärze des Gartens.

»Wir hatten noch eine Besprechung. Was wir anders machen sollen im nächsten Spiel. Wie ich mich besser anbieten soll für Zuspiele, die flach kommen.«

Albert kam ins Zimmer. »Das wurde auch Zeit«, rief er. »Scholz hätte es dir viel eher erklären müssen. Du musst deinem Mitspieler entgegen kommen, bevor er flach in den Strafraum flankt.«

Arwed war erleichtert, Albert hatte die Situation gerettet. Und Recht mit seiner Kritik hatte er auch. Scholz hatte genau dasselbe gesagt, allerdings nicht heute, sondern nach dem letzten Training.

Das Angebot, eine Cola zu trinken, nahm er dankbar an. Während Albert die Cola holte, rief seine Oma bei ihm Zuhause an.

»Es ist besser, wenn deine Mutter weiß, dass du heute später kommst«, sagte sie. »Sonst macht sie sich noch Sorgen.«

Arwed musste schmunzeln. Damit waren alle Stolpersteine aus dem Weg geräumt.

Er trank das Glas in einem Zug leer und goss sich ein zweites ein.

16

Thomas war der einzige, der etwas mitbekommen hatte. Arweds Mutter war nur verärgert gewesen, weil er immer öfter später als verabredet vom Training oder den Chorproben nach Hause kam. Sein Vater konnte gar nichts merken, weil er wie so oft am Abend eine Sitzung gehabt hatte und erst nach Hause kam, wenn Arwed längst schlief.

Aber Thomas hatte etwas gemerkt. »Irgendwas ist mit dir«, hatte er in einer Pause gesagt und dazu viel sagend gelächelt.

Sie verabredeten sich wieder für die Bibliothek, für die Mittagspause zwischen Unterricht und Sportstunden. Arwed hatte keine Scheu, Thomas alles zu erzählen. Thomas würde ihn nicht verraten, er würde auch keine Vorurteile haben gegen Vera. Thomas nahm die Welt wie sie war, er sorgte nur dafür, dass er sich auf der angenehmen Seite befand.

Sie saßen wieder am Arbeitstisch in der letzten Reihe. Thomas hörte aufmerksam zu, ein leicht spöttisches Lächeln lag auf seinen Lippen. Aber das war nichts Besonderes. Es gehörte zu ihm und zeigte seine Grundeinstellung. Es gibt nichts, über das man nicht auch schmunzeln kann, hieß das.

Arwed filterte seinen Bericht ein wenig. Seine wahren Gefühle wollte er selbst Thomas nicht zeigen, denn er merkte, dass es ihm peinlich war, sie auszusprechen.

Thomas nickte, als er seinen Bericht beendete. »Ja, vielleicht ist es richtig, sich mit solchen Mädchen zu treffen«, sagte er. »Die meisten hier sind wie Birgit, zicken nur rum und glauben Wunders, wer sie sind.«

Arwed war nicht zufrieden mit dieser Antwort. Thomas tat ja so, als hätte er den Kontakt zu Vera rein aus plumper Absicht gesucht. Bei Birgit kann ich nicht landen, also versuche ich es bei einem Arbeitermädchen. Aber so war es nicht, er liebte sie ja. Es lag ihm auf der Zunge, dies Thomas zu sagen, aber er unterließ es. Thomas war der einzige im Internat, mit dem er sich gut verstand.

»Und du?«, fragte er deshalb, um von Vera abzulenken.

»Ja, ich.« Thomas lächelte. »Ich habe es ganz einfach gemacht, weißt du. Ich bin irgendwann nach Bochum zum Eierberg gefahren. Hab mir ein Mädchen ausgesucht, 30 Mark, fürs erste Mal war`s ganz in Ordnung. Aber jetzt kenne ich ein Mädchen aus dem Verein. Wir spielen manchmal Mixed.«

»Und, habt ihr`s schon zusammen gemacht?«

»Was stellst du dir vor, das geht nicht so einfach. Das ist nicht so eine …«

Um Gottes Willen, dachte Arwed, sag das jetzt nicht. Sag es bloß nicht. Fast schien es, als hätte Thomas seine Gedanken erraten.

»Aber wir nähern uns an.« Er lächelte. »Neulich in der Umkleidekabine, nach einem Mixed, das wir gewonnen haben …« Er schwieg und blickte versonnen aus dem Fenster hinüber zu den Bäumen, die den Schulhof umstanden.

Arwed wollte nichts weiter wissen. Er hatte verstanden. Seine Freundin aus dem Tennisverein, das war nicht so eine, die sich gleich mit einem Jungen einließ. Aber seine Vera, mit der war es etwas anderes. Da zählte es nicht so genau, mit der konnte man es schon mal treiben, einfach so.

Er merkte, dass er sich weit entfernt hatte. Vom Internat schon lange, sogar ein Stück von Thomas. Ein bisschen auch von seinen Eltern, nur von seiner Oma nicht. Nein, der war er so nah wie immer.

Er stand auf.

»Los, es wird Zeit. Wir müssen zur Sportstunde.« Er spürte deutlich, dass eine Spannung zwischen ihnen lag. Gott sei Dank gab es kurz drauf ein Zusammentreffen mit Birgit und Hartwig, das Thomas und ihn wieder zusammenführte. 147

»Na, ihr beiden. Habt ihr euch wieder heimlich getroffen?« Birgit grinste, während sie das sagte.

»Pass auf, bald geben sie ihre Verlobung bekannt«, ergänzte Hartwig.

Sie lachten schallend.

»Lieber mit Arwed verlobt als mit einem von euch beiden.« Thomas lachte ebenfalls schallend, Arwed stimmte ein.

Abrupt brachen die beiden ihr Lachen ab. Sich über andere lustig zu machen, war in Ordnung. Aber wehe, es machte einer mit ihnen. Sie drehten sich um und verschwanden, Arwed klopfte Thomas auf die Schulter.

Vera wollte auch jetzt nicht, dass ihre Freundschaft bei den anderen bekannt wurde. An ihrer Reaktion, wenn sie sich im Club 11 trafen, hatte sich nichts geändert. Sie begrüßte ihn so freundlich wie die anderen, sie sprach mit ihm, wenn es sich ergab, sie wartete irgendwo auf dem Heimweg auf ihn, wenn sie vor ihm das Lokal verließ.

Einmal brachte er sie in Verlegenheit. Da ging er zur Jukebox und fand tatsächlich einen Titel von Buddy Holly. Peggy Sue, er warf Geld ein und drückte ihn.

I love you, Peggy Sue …

»Was ist das denn für ein uralter Quatsch?«, rief Olli, als Arwed zum Tisch zurückkam.

»Buddy Holly.«

»Das weiß ich selber. Aber wer will den altmodischen Mist denn hören?«

»Oh, da gibt es vielleicht ein paar«, antwortete Arwed und sah Vera an. Sie konnte ein Schmunzeln nicht unterdrücken, blickte dann aber schnell weg.

Der Mops war der erste, der ihn zu seinem Geburtstag einlud. Arwed freute sich, sie waren eine Mannschaft und er gehörte dazu, hieß das. Es war einer der ersten warmen Frühlingstage, und die Feier fand im Hof hinter dem Haus statt, in dem der Mops wohnte. Drei Familien wohnten in dem Haus, jede in einem Stockwerk. Dahinter gab es einen gepflasterten Hof, auf dem ein langer Tisch aufgebaut worden war. Küchenstühle, Campingstühle, Hocker standen davor. Hinter dem Hof erstreckte sich ein Garten, sorgfältig war er durch kleine Zäune in drei Abschnitte eingeteilt.

Der Mops wurde achtzehn. Zur Feier des Tages gab es Bier, von einem Plattenspieler, der im geöffneten Fenster von Mops Zimmer stand, ertönte Schlagermusik. Wencke Myrrhe, Bill Ramsey … Die Eltern des Mops, beide so dick wie ihr Sohn, sangen mit, andere stimmten ein.

Von der Mannschaft waren fast alle gekommen, dazu die Nachbarn und irgendwelche Verwandte, die Arwed nicht zuordnen konnte. Es gab selbst gebackenen Kuchen, auf den die Mutter des Mops besonders stolz war und der lecker, aber anders schmeckte als jene Kuchen, die es bei Feiern von Arweds Familie gab und die vom Konditor in der Stadt geliefert wurden. Arwed trank, nachdem er zuerst Streuselkuchen, dann Kirschtorte mit Sahne gegessen hatte, ebenfalls Bier. Er merkte, dass die Eltern des Mops wussten, wer er war. Ein paar Mal redeten sie ihn mit Herr

Arwed an. »Herr Arwed, möchten Sie noch ein Stück Kuchen …« Rolli grinste, als er es zum ersten Mal hörte.

Wenn Arwed den Kopf schüttelte, weil er so angeredet werden wollte wie all die anderen, nickten sie schnell. »Natürlich, Herr Arwed … äh Arwed«, sagten sie dann.

Am Abend gab es Kartoffelsalat mit warmen Würstchen. Alle schlugen kräftig zu, Arwed aß vor allem von dem Kartoffelsalat.

Es wurde laut geredet, alle quasselten durcheinander, zum Schluss holte ein Nachbar, nachdem er ein paar Mal dazu gedrängt worden war, eine Quetschkommode, wie sie das nannten. Ein Bandoneon, wie Arwed wusste. Er spielte etwas schräg, aber es passte. Laut sangen sie, in den Nachbarhäusern wurden Fenster geöffnet und Leute schauten heraus.

»Guck mal, die Neugierigen!«, rief die Mutter des Mops zwischendurch. »Die sollen bloß nicht wagen, hierher zu kommen.«

Arwed staunte. Einerseits über die Gehässigkeit, mit der sie den Satz gerufen hatte. Andererseits über die Möglichkeit, dass jemand ungeladen zu einem Fest kommen könnte.

Als er einige Tage danach etwas zu spät zum Training kam, standen alle im Kreis auf dem Platz und redeten aufeinander ein. Arwed genoss es, dass das Training wieder bei warmem Wetter stattfand. Im Winter, bei diesigem oder regnerischem Wetter, klang alles gedämpft, selbst die Stimmen auf dem Platz klangen so. Jetzt, bei Sonnenschein, war alles hell und klar, selbst den Gesang der Vögel nahm er wahr.

Er war erstaunt, dass sie noch nicht angefangen hatten mit dem Training, sondern sich in Höhe des Anstoßkreises versammelt hatten. Schon von Ferne hörte er, dass sie wild durcheinander redeten. Nanu, was war denn jetzt los?

Olli versuchte gerade, sich mit lauten Worten Gehör zu verschaffen, Scholz stand schweigend dabei. Zögernd, weil er fürchtete, es könnte sich um eine schlechte Nachricht handeln, die sie so heftig beschäftigte, ging er näher. Dann merkte er, dass sie ganz entspannte Gesichter hatten. Er beschleunigte seine Schritte.

Irgendwer, hörte er aus dem Stimmengewirr heraus, an dem sich jetzt auch Scholz beteiligte, hatte ihre Spiele beobachtet. Arwed verstand nicht, was daran so aufregend sein sollte. Dann aber wurde es ihm klar. Es war nicht irgendwer gewesen, der zu ihren Spielen gekommen war, es ein Spielerbeobachter von einem Bundesligaverein. Und wenn er gleich zweimal zu ihren Spielen gekommen war, konnte das nur eines bedeuten. Dann hatte er auf einen von ihnen ein Auge geworfen. Dann bestand die Chance, dass der zum Probetraining bei einem Großverein eingeladen, vielleicht sogar zum Wechsel aufgefordert wurde.

Jetzt war Arwed klar, warum Olli das große Wort führte. Wen anders als ihn sollte der Mann beobachtet haben.

Scholz erzählte, dass er den Spielerbeobachter kannte. Es war Heinz Wewel, der früher für Rotweiß gespielt hatte. In den fünfziger Jahren hatte er ein paar Länderspiele bestritten und sogar an der Weltmeisterschaft in Schweden teilgenommen. Scholz sprach mit Respekt, ja Hochachtung von ihm.

»Einmal habe ich gegen ihn spielen dürfen«, ergänzte er, »ein feiner Techniker.«

»Toll, dass so einer zu uns kommt«, sagte Rolli und schaute Olli an. Auch Arwed nickte. Klar, jetzt kam Ollis große Chance. Arwed spürte keinen Neid, im Gegenteil, er gönnte es ihm. Für Olli war Fußball alles. Wenn er wechselte, hatte er die Chance, mit dem Fußball Geld zu verdienen. Dann müsste er nicht im Herbst, wie er das mal im Club erzählt hatte, untertage auf Zeche Zollverein anfahren. Arwed wusste, dass Olli sich genau das wünschte. Zweimal hatte er gesagt, es sei gar nicht sicher, dass er auf Zeche Zollverein bleibe, wo er seine Lehre über Tage absolvierte. Nur was er stattdessen machen wollte, hatte er nicht verraten. Jetzt ahnte Arwed, wie er den Satz gemeint hatte.

»Lasst euch nicht verrückt machen«, rief Scholz, und Arwed spürte, dass dies das Schlusswort werden sollte. »Wir müssen nichts ändern an unserem Spiel. Er ist ja schon zweimal gekommen, also hat ihm etwas gefallen. Wenn er noch mal kommt, spielt jeder so wie immer.« Er blickte dabei Olli an, sie nickten.

Beim Trainingsspiel merkte Arwed, dass Olli sich nicht an die Vorgabe hielt. Wenn er den Ball hatte, hielt er ihn länger als sonst. Er stoppte, trat drauf, tat so, als suche er den richtigen Anspielpartner. Alles sollte gekonnt, vor allem lässig wirken. Scholz bemerkte es auch.

»Spiel schneller ab, Olli!«, rief er.

Olli folgte seiner Anweisung beim nächsten Mal und spielte Arwed an, der mit dem Rücken zum Tor stand. Er spürte, dass Fatih auf ihn zugelaufen kam, drehte sich blitzschnell, machte eine Körpertäuschung nach rechts, ließ ihn ins Leere laufen und schoss halbhoch in den Winkel. Keine Chance für den Mops.

Scholz klatschte in die Hände. »Ja, so ist es richtig. Weiter so.«

Nach dem Training saß Arwed noch mit seiner Oma und Albert zusammen und erzählte von Wewel. Albert nickte. »Ja, der war gut. Das war der Abwehrchef bei Rot-Weiß. Mittelläufer nannte man das damals, heute Libero.«

»Mittelläufer, war das nicht der Fritz Walter?«, mischte sich Arweds Oma ein.

Albert verdrehte die Augen. »Nein, gnädige Frau, Fritz Walter spielte im Sturm, nicht in der Abwehr.«

»Schade«, sagte seine Oma, »wo doch der Fritz Walter der einzige ist, den ich kenne.«

»Und Arwed und mich, gnädige Frau, diese beiden großen Fußballer kennen Sie doch auch.«

»Stimmt.« Seine Oma nickte schmunzelnd. »Dass ich solche Stars vergessen konnte!«

Albert ließ sich nicht irritieren. »Der Wewel«, erzählte er, »hatte pechschwarzes, streng nach hinten gekämmtes Haar. Damit es hielt, hatte er viel Pomade reingeschmiert, aber beim Spiel reichte auch das nicht. Deshalb trug er immer einen Einkochring um den Kopf, der die Frisur zusammenhielt. Das wurde dann zu seinem Markenzeichen. Selbst in der Nationalmannschaft hat er damit gespielt.«

»Gut dass du den nicht tragen musst«, sagte Arweds Oma und spielte deutlich auf Alberts kahlen Hinterkopf an.

Der reckte das Kinn und spielte den Empörten. »Das ginge auch gar nicht«, sagte er dann, »weil es in diesem Haushalt gar keinen Einkochring gibt.«

Seine Oma nickte gelassen. »Denk dran, beim nächsten Einkauf bringen wir dir welche mit.«

Die nächsten Spiele waren eine Enttäuschung. So sehr sie sich auch unter den Zuschauern umblickten, Heinz Wewel war nicht zu sehen. Arwed merkte deutlich, wie bei seinen Freunden, vor allem bei Olli, die Hoffnung sank.

»Vielleicht hat er keinen Einkochring und kann deshalb nicht kommen«, sagte Arwed, um sie ein wenig aufzumuntern. Aber der Scherz kam nicht an.

»Was denn für ein Einkochring?«, fragte der Mops.

Arwed winkte ab. »War nicht ernst gemeint, vergiss es.«

Dann aber, an einem schwülwarmen Sommertag, als sich über der Ruhr Gewitterwolken bildeten, die aber nicht stadteinwärts zogen, sondern dort hängen blieben, kam Wewel doch vorbei. Arwed erkannte ihn sofort, obwohl er ihn noch nie gesehen hatte. Er trug sein Haar streng nach hinten gekämmt, mit einem wie mit dem Lineal gezogenen Scheitel auf der linken Seite. Dunkel glänzte es von der Pomade, aber schwarz war es nicht mehr, sondern grau.

Sie riefen es sich leise zu, einer dem anderen. »Da ist er, der Wewel. Siehst du ihn?«

Olli tat so, als ginge ihn das alles nichts an, aber an seinem Verhalten merkte man, dass er alles tat, um Wewel aufzufallen. Lässig stoppte er den Ball, den ihm jemand zugespielt hatte, schoss ihn hoch, nahm ihn mit dem Kopf an, ließ ihn auf den Oberschenkel tropfen und spielte mit Spannstoß zurück.

Arwed wusste nicht, was er davon halten sollte. Die Tricks waren billig, jeder in der Mannschaft konnte sie und Wewel war Nationalspieler gewesen. Ob ihm diese Tricks imponierten? Das Spiel verlief gut, obwohl Arwed merkte, dass alle eigensinniger spielten als sonst. Selbst der Mops im Tor versuchte aufzufallen. Eine Rückgabe von Olli hätte er lässig aufnehmen und sofort nach vorn spielen können, aber er hechtete so spektakulär nach dem Ball, als müsste er einen strammen Schuss abwehren. Es sah so komisch aus, dass nicht nur die Spieler, sondern auch die Zuschauer lachten.

»Hoffentlich gibt`s da jetzt keinen Fettfleck!«, rief einer der Zuschauer.

Sie gewannen 3:0, Arwed gelang nach Flanke von Rolli ein Kopfballtor. Nach dem Schlusspfiff blieben alle dort stehen, wo sie sich gerade befanden und schauten hinüber zu Wewel, als wäre er der Lehrer, der nun eine Note erteilen müsste. Aber Wewel drehte sich nur um und ging zum Ausgang.

In der Kabine saßen sie ratlos auf ihren Bänken. Was hatte denn das zu bedeuten? Hielt Wewel nichts von ihnen? Aber weshalb war er dann dreimal gekommen?

Selbst Scholz schien ratlos. »Lasst euch nicht irritieren«, sagte er ein paar Mal, »wer weiß, was Wewel sich dabei gedacht hat.« Aber an seinem Tonfall merkte man, dass er selbst irritiert war. »Vielleicht muss er erst nachdenken, wie er euch bewerten soll. Und wenn ihm keiner von euch gefallen hat, ist das auch nicht schlimm. In knapp zwei Jahren rückt ihr in die erste Mannschaft auf. Ihr seid gut, ihr habt das Zeug, die Sportfreunde Katernberg wieder nach oben zu bringen. Vielleicht sogar bis in die Regionalliga. Das ist immerhin die zweithöchste Spielklasse.« Er blickte sie an, um ihre Reaktion zu überprüfen. »Egal, was passiert, wir kommen auch ohne Wewel weiter.« Er nickte wie zur Bekräftigung, seine Spieler saßen weiter bewegungslos auf der Bank. Nein, das war nicht das, was sie sich erhofft hatten und wovon vor allem Olli geträumt hatte. Nur zögernd gingen sie unter die Dusche, auch Arwed. Irgendwie hatte Wewels Verhalten auch ihn enttäuscht.

Beim nächsten Spiel schauten sie noch hinüber zur Tribüne und suchten ihn, dann verlor sich das Interesse. Auch bei Olli, obwohl er weiter erzählte, dass er im Herbst vielleicht doch nicht unter Tage auf Zeche Zollverein anfahren würde. Mit Staub in der Lunge könne man kein guter Fußballer werden. Ganz aufgegeben hatte er die Hoffnung noch nicht.

17

Beim letzten Spiel der Saison, als ihr Aufstieg in die oberste Jugendklasse des Niederrheins längst feststand, war Wewel plötzlich wieder unter den Zuschauern. Es war ein Auswärtsspiel gegen den FC Borbeck.

Arwed war der Ausgang des Spiels egal, es kam nicht mehr drauf an. Er wollte noch einmal Freude haben bei einem Spiel, bevor die Sommerpause begann und sie ein paar Wochen lang kein Spiel hatten. Vielleicht lag es wirklich daran, dass sie befreit aufspielen konnten, jedenfalls gewannen sie hoch mit 5:0. Arwed schoss wieder ein Tor, vor allem konnte er zwei Tore von Levent vorbereiten. Sie hatten den Spielzug immer wieder geübt. Rolli kam über rechts und flankte hoch in den Strafraum. Arwed kam wegen seiner Kopfballstärke an den Ball und versuchte ihn, wenn er nicht direkt aufs Tor köpfen konnte, Levent aufzulegen, der im Hintergrund lauerte. Insgesamt dreimal klappte der Spielzug, nicht schlecht für ein Spiel.

Olli spielte stark in der Abwehr, wie Arwed fand. Sobald eine Situation brenzlig wurde, war er zur Stelle und klärte.

Als der Schlusspfiff ertönte, ging Arwed langsam Richtung Kabine. Schade, dachte er, dass jetzt sechs Wochen lang nichts passierte. In den letzten Weihnachtsferien hatten sie wenigstens zweimal zwischendurch trainiert, einmal mit Trainer Scholz, einmal ohne ihn. Aber jetzt war Pause und Arwed ahnte, wie sehr ihm das Fußballspielen fehlen würde. Drei Wochen würde er mit seinen Eltern in Italien verbringen, würde faul am Strand liegen, aber auch zwei, drei Städte besichtigen. Den Dom von Florenz, die Uffizien, in Rom den Petersdom und die Sixtinische Kapelle, weil seine Mutter das liebte. Sein Vater machte solche Besichtigungen stets lustlos mit, weil er wusste, dass Widerstand zwecklos war. Arwed dagegen fand sie interessant, solange es nicht überhand nahm. Vielleicht, dachte er, würde er am Strand ein paar Jungen finden, mit denen er Fußball spielen konnte. In Italien war Fußball genauso beliebt wie im Ruhrgebiet.

Er war so sehr in seine Gedanken vertieft, dass er gar nicht hörte, wie ihm jemand etwas nachrief.

»Hey«, hörte er plötzlich eine Stimme hinter sich, »nun bleib doch mal stehen!«

Er drehte sich um und merkte zu seinem Erstaunen, dass Wewel auf ihn zukam, Rolli an seiner Seite. Was hatte denn das zu bedeuten? Er blickte sich auf dem Sportplatz um. Drüben, am Mittelkreis, stand Olli und schaute mit gespannter Miene herüber.

Endlich, schien er zu denken, endlich spricht Wewel uns an und wird erklären, was er von uns hält. Und weil er nicht, wie die anderen, zur Umkleidekabine ging, sondern wartete, war auch klar, welche Erklärung er erhoffte. Wewel kam mit großen Schritten näher. Er war nicht viel kleiner als Arwed. Jetzt, da er vor ihm stand, merkte Arwed erst mal, wie korrekt Wewels Scheitel gezogen war. Schnurgerade durchzog eine weiße Furche sein pomadiges graues Haar.

»Du bist Arwed«, sagte er, »ich habe deinen Namen schon erfahren.«

Arwed merkte selbst, wie geistlos er dreinschaute.

»Gefällt mir gut, wie du spielst«, fuhr Wewel fort. »Für einen langen Kerl hast du eine ganz gute Technik.«

Und weil Arwed in diesem Moment wohl noch geistloser dreinschaute, fügte er lachend hinzu: »Nun guck nicht so. Bei langen Spielern wirkt alles oft staksig und steif. Aber ich sag ja, bei dir wirkt das anders. Du bist beweglich.« Er nickte zur Bekräftigung. »Obwohl es natürlich noch besser werden könnte.«

Was sollte das heißen? Überhaupt, was hatte das alles zu bedeuten? Arwed blickte fragend zu Rolli hinüber, aber der sagte nichts, sondern grinste nur wie ein Honigkuchenpferd. Seine Zahnlücke, die er sonst gerne verbarg, wurde sichtbar, aber das schien ihn jetzt nicht zu stören.

»Kann mir mal jemand sagen, was los ist?«, fragte Arwed.

Wewel lachte. »Klar kann ich das. Entschuldige, dass ich es nicht sofort getan habe. Ich finde, dass ihr beide das Zeug habt zu guten Fußballspielern. Ihr solltet wechseln, zu einem Bundesligaverein.«

Arwed glaubte, nicht richtig gehört zu haben. Er und Rolli. Er blickte sich zu Olli um, der noch immer am Mittelkreis stand.

»Sollen wir Olli nicht dazu holen?«, fragte er.

»Ne, lass mal. Ich meine euch beide.«

Erst jetzt begriff Arwed wirklich. Wewel war gar nicht wegen Olli gekommen, er hatte sie gemeint, ihn und Rolli.

Mein Gott, der arme Olli! Das war sein erster Gedanke, der ihm durch den Kopf schoss. Mehr als sich über Wewels Lob zu freuen tat ihm Olli Leid. Die Welt war ungerecht, dachte er. So etwas durfte nicht passieren, nicht mit ihm und nicht mit Olli.

Er staunte selbst, dass er sich mehr Gedanken um Olli als um sich selber machte. Olli umgekehrt … ach was, er verdrängte den Gedanken.

Wewel schien nicht zu bemerken, was in Arwed vorging, seine pomadisierten Haare glänzten in der Sonne. Arwed kam die Frisur lächerlich vor. In seinen Kreisen hatte niemand so eine, in Ollis Welt auch nicht. Wewel wollte aus dem Rahmen fallen.

»Was haltet ihr davon, wenn ihr zum VfL Bochum wechselt?«, sagte er. »Beim VfL, das weiß ich, gibt es Interesse an euch.«

Arwed blickte auf Rolli, der sah ihn erwartungsfroh an-

sah, als hinge seine Antwort von Arweds Entscheidung ab. Aber Arwed war viel zu überrascht, um etwas antworten zu können. Mit diesem Gespräch hatte er nie und nimmer gerechnet.

Wewel lachte plötzlich. »Na, ich sehe schon, ihr könnt euch nicht sofort entscheiden. Müsst ihr auch nicht, das hat Zeit. In zwei Monaten beginnt die neue Saison. Bis dahin solltet ihr aber wissen, was ihr wollt.«

Er griff in die Innentasche seiner Jacke, holte seine Brieftasche heraus und reichte ihnen zwei Karten.

»Hier, darauf steht meine Adresse und meine Telefonnummer. Sagen wir, bis Mitte August solltet ihr mich angerufen haben.« Er nickte ihnen zu. »Und wenn ihr oder eure Eltern Fragen habt, jederzeit auch früher.« Er sah zuerst Rolli, dann Arwed an. »Ihr wisst doch, was das bedeutet«, fügte er dann hinzu. »Wer beim VfL Bochum spielt, verdient Geld. Der steht vielleicht vor einer großen Bundesligakarriere.«

Sie nickten beide. Arwed hielt die Karte fest wie ein zerbrechliches Stück Glas. Rolli steckte sie grinsend in die Gesäßtasche seiner Turnhose.

»Ist gut«, sagte er, »wir melden uns.« So freudig, wie er das sagte, war auch klar, wie seine Antwort ausfallen würde. Rolli war bärig stolz.

»Ihr müsst übrigens noch einiges lernen«, erklärte Wewel, während sie langsam in Richtung Umkleidekabine gingen. Olli ging langsam, mit gesenktem Kopf, vor ihnen her. Scholz stand vor der Eingangstür und schaute interessiert herüber. Wewel schien das alles nicht zu bemerken.

»Du«, sagte er und fasste Rolli am Arm, »du flankst zu unpräzise. Heute sind auch wieder drei Flanken zu kurz gekommen. Hättest du besser geflankt, hätte dein Freund hier noch mehr Tore köpfen können.«

Stimmt, dachte Arwed, Wewel hatte Rollis Schwäche genau bemerkt.

»Und bei dir«, fuhr Wewel fort und fasste jetzt Arwed am Arm, »müssen die Drehungen schneller kommen, deine Körpertäuschungen. Gegen einen schnellen Verteidiger hättest du im Moment keine Chance. Und auf der Ebene, auf die ich euch bringen möchte, sind alle schnell. Aber macht euch nichts draus. Das würdet ihr alles beim VfL lernen. Ihr habt Talent. Es wäre schade, wenn es verkümmern würde. Meldet euch, wenn ihr euch entschieden habt.«

»Sie haben mal Länderspiele bestritten, stimmt's?«, sagte Arwed.

»Ja, das stimmt. Woher weißt du das?«

»Von Albert Winkler, meinem ...« Arwed suchte nach dem passenden Wort. »... meinem Freund«, sagte er dann.

»Ach, der Albert Winkler, ich glaube, ich erinnere mich. Hat der nicht bei Schwarz-Weiß gespielt? Ja, das war ein harter Bursche. Ein unbequemer Gegner.«

Also hatte Albert bei der Darstellung seiner Fußballkarriere nicht übertrieben. Arwed merkte sich Wewels Formulierungen genau. Gleich, wenn er zu seiner Oma kam, würde er sie Albert berichten. Er kannte ihn, ein Lob von Heinz Wewel würde ihm schmeicheln, da war er sich sicher.

Sie verabschiedeten sich. Rolli und Arwed blickten

Wewel nach, bis er durch das Eingangstor verschwunden war.

»Jippi!«, rief Rolli, als Wewel nicht mehr zu sehen war und streckte die rechte Faust in die Luft, »wir beide sollen zum VfL Bochum, das ist doch Klasse.« Er sah Arwed plötzlich besorgt an. »Du willst das doch auch, oder?«

Arwed nickte. »Ja, natürlich. Oder besser gesagt mal sehen. Ich muss das alles mit meinen Eltern klären.«

Er wusste, dass das nicht ganz der Wahrheit entsprach. Mit meiner Oma, hätte er sagen müssen. Und mit Albert natürlich, ihrem Fahrer, ihrem Angestellten und auch sonst noch was, mit den beiden muss ich das klären. Aber das hätte Rolli nicht verstanden.

Trotzdem, Lust, zum VfL Bochum zu gehen, hatte er auch. Und wie er das hatte! Dass Wewel ausgerechnet ihn ausgesucht hatte, machte ihn stolz. Und was Albert erst mal für Augen machen würde, wenn er es erführe. So weit hatte er es nicht gebracht. Und Vera, ja Vera würde auch staunen. Sie wusste, welche Bedeutung der Erfolg im Fußball bedeutete. Und den VfL Bochum kannte sie auch.

Er merkte, dass er immer aufgeregter wurde. Eben, als Wewel noch vor ihm gestanden und den Vorschlag unterbreitet hatte, hatte er kühl reagiert. Alles war viel zu überraschend gekommen. Erst jetzt, im Nachhinein, wurde ihm die Bedeutung klar.

Olli war inzwischen in der Umkleidekabine verschwunden, aber nicht, ohne sich vorher noch zweimal umzudrehen, als hoffte er auf eine Wende im letzten Moment. Aber sie kam nicht.

Scholz wartete noch immer vor der Tür. »Ihr beiden also«, sagte er, als sie vor ihm standen, »euch will er haben.«

Rolli nickte, Arwed fand die Formulierung daneben. »Wieso«, fragte er, »ist das so unwahrscheinlich?«

»Ne, das meine ich nicht. Die Entscheidung ist sogar sehr gut, ja wirklich. Ich dachte nur …«

»… dass es Wewel um einen anderen ging, stimmt's?« Arwed war das Drumrumgerede leid.

»Herrgott noch mal, ja.« Scholz wischte sich über die Stirn. »Der Olli hätte auch eine Chance verdient, das habe ich gemeint.«

Gut, das war auch Arweds Meinung, dann sollte er das auch sagen. Arwed wusste doch auch nicht, warum Wewel so und nicht anders entschieden hatte. Hätte er ihn danach fragen sollen?

Beim Betreten der Kabine hatte er geglaubt, dass alle ihn und Rolli bestürmen würden. Was hat er gesagt, wohin will er euch vermitteln? Aber nichts davon geschah. Im Gegenteil, es herrschte eine bedrückende Stille. Die meisten sahen Rolli und ihn gar nicht an, Olli drehte ihnen den Rücken zu. Was war denn jetzt los? Hatten sie, wie bei einem schlechten Spiel, der Mannschaft geschadet? Oder gehörten sie schon nicht mehr dazu, nur weil Wewel sie angesprochen hatte?

Erst unter der Dusche begannen wieder die Gespräche, aber nicht mit Rolli und Arwed. Und auch nicht mit Olli, den alle ehrfürchtig ansahen, den aber niemand anzusprechen wagte. Erst als er die Kabine verließ, grußlos und als erster von allen, stürmten sie auf Rolli und ihn zu.

»Was hat er gesagt? Nun erzählt schon.«

Arwed überließ Rolli die Antwort.

Später gingen sie ein Stück des Heimwegs zusammen. Es geschah wegen Rolli, der Arweds Nähe suchte und begann, auf ihn einzureden.

»Der VfL Bochum ist prima, überleg doch mal. Mann,

so eine Chance, die kriegt man nie wieder. Die gibt`s höchstens einmal im Leben.«

Arwed ließ ihn reden, denn er verstand ihn. Rolli wollte Wewels Angebot unbedingt annehmen. Klar, was hatte ihm das Leben zu bieten? Verkäufer in einem Supermarkt oder einem Getränkehandel, das war seine Zukunft. Wewels Angebot war die große Chance, aber alleine traute er sich nicht. Er wollte, dass Arwed mit ihm ging.

Plötzlich stand Olli vor ihnen. Arwed hatte gar nicht bemerkt, woher er gekommen war. Irgendwo, zwischen zwei Häusern, musste er auf sie gewartet haben. Sein Gesichtsausdruck mit dem überheblichen Grinsen erinnerte ihn an die erste Begegnung im Park. Aber diesmal reagierte Arwed ruhiger. Das lag nicht nur daran, dass sie hier, an der Hauptstraße, von vielen beobachtet wurden. Etwas im Blick von Olli war anders. Er wirkte nicht so aggressiv, nicht so selbstsicher wie damals. Olli war angeschlagen, er war in seinem tiefsten Inneren erschüttert.

»Ich werde es auch schaffen«, zischte er. »Selbst ohne diesen doofen Wewel. Ich werde auch Profi und zwar ein viel besserer als ihr beide zusammen.«

Rolli nickte erschrocken. »Klar wirst du das, Olli! Und dann, Mensch, das wäre doch Klasse, wenn wir alle zusammen in einer Mannschaft …«

Olli blickte nur kurz zu Rolli hinüber, dann fixierte er wieder Arwed.

»Wer sagt denn, dass ich mit euch in einer Mannschaft spielen will? Ich werde das alleine schaffen, ohne euch und ohne diesen Wewel. Und zwar deshalb, weil ich besser bin als ihr. Viel besser sogar.«

Eben noch hatte Olli ihm Leid getan, jetzt hatte er nur noch Mitleid mit ihm. Seine Stellung war weg, sein Ansehen in der Gruppe. Olli war nicht mehr der unumstrittene

Anführer, auf dessen Kommando alle hörten. Und verloren hatte er seine Rolle ausgerechnet gegen ihn, Arwed, der von außen dazu gekommen war und den er anfangs fertig gemacht hatte. Mein Gott, was musste ihn das heute getroffen, nein erschüttert haben. Erst jetzt wurde ihm die ganze Bedeutung klar.

Trotzdem, Arwed konnte nicht anders, er musste grinsen. So wie Olli bisher immer über ihn gegrinst hatte. Olli sah es.

»Ja, grins ruhig! Meine Stunde kommt noch, das wirst du sehen.«

»So wie meine Stunde gekommen ist nach deinem Grinsen«, antwortete Arwed. Jetzt müsste Olli zuschlagen, dachte er, das hätte er sich noch gestern niemals gefallen lassen. Aber Olli schlug nicht zu, er starrte Arwed nur einen Moment lang an, dann drehte er sich um und ging.

Rolli schaute ihm mit offenem Mund nach.

»Was hat der nur? Was ist denn mit dem los?«

»Vergiss es«, antwortete Arwed. »Olli hat es schwer im Moment.«

Albert war nicht überrascht, als Arwed stolz von der Begegnung mit Wewel berichtete. Weder über die Aufforderung an Arwed, zum VfL Bochum zu wechseln noch über Wewels Lob über ihn.

»Dann warst du ja ein wirklich guter Fußballer, Albert«, rief Arweds Oma.

»Ich habe es Ihnen doch gesagt, gnädige Frau«, antwortete Albert.

»Ja, und jetzt?«, fragte sie dann und blickte zuerst Arwed, dann Albert an. Aber keiner von den beiden sagte etwas.

»Ich glaube, das können wir deinem Vater nicht vermitteln«, sagte Arweds Oma dann. »Fußballkarriere statt Studium und Einstieg in den Betrieb, das kriege selbst ich bei ihm nicht durch.«

»Müssen Sie aber, gnädige Frau«, mischte sich Albert jetzt doch ein. »Im Betrieb arbeiten, das können viele. Aber ein großer Fußballer zu werden, das schaffen nur wenige. Arwed kann das.«

»Ach, und das ist man, wenn man beim VfL Bochum spielt?«, fragte Arweds Oma. »Ein großer Fußballer?«

»Noch nicht sofort. Aber von da aus kann es weitergehen. Es ist wie eine Leiter, gnädige Frau. Es geht Schritt für Schritt nach oben.«

»Es ist ja noch Zeit«, sagte Arwed. »Ich muss mich erst im August entscheiden. Ich glaube, bis dahin habe ich eine Idee.«

18

Thomas war beeindruckt. »Mensch, zum VfL Bochum sollst du, zu den Unabsteigbaren.«

Sie gingen in einer Mittagspause wieder die Ruhr entlang, etwas, das sie schon lange nicht mehr getan hatten. Träge schlängelte sich der Fluss durch die flache Landschaft. Manchmal führte sie der Weg direkt am Fluss entlang, manchmal führte er zwischen Feldern hindurch.

Arwed musste grinsen. Ja, den Ausdruck hatte er auch schon gehört. Die Bochumer kämpften jedes Jahr gegen den Abstieg, aber sie hatten es bisher immer geschafft, sich zu retten. Sie waren eben unabsteigbar.

»Du bist ja erfolgreicher im Fußball als ich im Tennis. Und ich hab dich noch nicht mal spielen sehen. Das muss ich unbedingt nachholen. Sportlehrer Meinke muss das wissen«, fügte er dann hinzu. »Unbedingt müssen wir dem das sagen. Dann wird Hartwig endlich die Klappe halten. Und Birgit will vielleicht ein Rendezvous mit dir. Oder mindestens ein Autogramm.«

Darüber mussten sie beide lachen. Ja, das war ein komischer Gedanke. Aber ausschließen wollte Arwed nicht, dass es passieren könnte. Birgit tat alles, was ihr irgendeinen Vorteil versprach. Und wenn sie mit einem Fußballer angeben könnte … Trotzdem, Arwed wollte nicht, dass es bekannt wurde.

»Was ist, wenn es nicht klappt? Wenn die mich doch nicht haben wollen, oder meine Eltern es nicht erlauben?«

Thomas nickte. »Verstehe, dann geht die Lästerei los. Ich

werde also schweigen, ist klar. Aber später, wenn es doch klappt, werde ich erzählen, dass ich der erste war, der davon wusste.«

Sie drehten um, die Mittagspause war zu Ende, der Sportunterricht würde bald beginnen. Arwed empfand tiefen Stolz, wenn er an das Gespräch mit Wewel dachte. Ja, er war sich inzwischen sicher. Er wollte das Angebot annehmen, er wollte den Sprung zum VfL Bochum schaffen.

Deshalb lernte er, lernte viel, auch während der anschließenden großen Ferien. Selbst im Urlaub hatte er die Latein-Grammatik dabei und die Formelhefte für Mathe. Sofort nach den Ferien wollte er gute Arbeiten schreiben, dann würde sein Vater nicht das Argument mit den Schulleistungen haben, die erst mal besser werden sollten.

Er verbrachte heiße Tage am Strand, und dachte an Vera, die er aber nicht anrufen konnte. Sie war jetzt irgendwo auf Norderney, mit der Arbeiterwohlfahrt in einem Zeltlager für Jugendliche. Das sei es, was sich ihre Eltern für sie erlauben könnten, hatte sie ihm geantwortet, als er ihr von seinem Italienurlaub erzählte. Sie hatte ihm das mit einem merkwürdigen Unterton erklärt, nicht, als wollte sie sich darüber beklagen, sondern als wollte sie ihm etwas erklären. Er hatte aber nicht verstanden, was es war.

Nach einer Woche war es dann nach Florenz gegangen, in den prachtvollen Kuppelbau, in den ihre Mutter sie führte. Sie gingen auch in die Franziskanerkirche, Santa Croce, in der sich die Grabmäler von Machiavelli, Michelangelo und Galileo befanden.

»Hier, in dieser Stadt, hat die Renaissance angefangen«, rief seine Mutter, »die vielleicht größte Epoche der Menschheit!«

Arwed fand die Pracht in den Kirchen beeindruckend, sein Vater schlockerte hinter ihnen her.

Vera traf er am liebsten im Park. Es gab da eine Bank, an der kaum jemand vorbeikam und auf der sie ungestört sitzen, reden und knutschen konnten.

Einmal sprachen sie dabei über ihre Zukunft. Sie war es, die damit anfing.

»Und was ist, wenn du dich nicht als Profi durchsetzen kannst«, fragte sie, »was hast du dann vor?«.

»Dann werde ich studieren. Betriebswirtschaft oder irgendwas in der Art.«

»Um danach in den Betrieb deines Vaters gehen?«

Er zuckte mit den Schultern. »Lieber nicht. Mein Vater würde mit mir so streng sein wie mit keinem anderen.«

Jetzt nickte sie. »Weil er mit keinem anderen so viel vor hat wie mit dir.«

Arwed staunte über ihr Einfühlungsvermögen. Ja, das wäre möglich. Er wäre streng, weil er Arwed als seinen Nachfolger aufbauen würde.

»Und du?«, fragte er sie, »was willst du mal machen?« Er spürte, dass er ein bisschen Angst vor ihrer Antwort hatte, konnte sich aber nicht erklären warum.

»Ich will Verkäuferin werden. In einem Bekleidungsgeschäft, weil mich alles, was mit Mode zu tun hat, interessiert.«

»Du meinst in einer Boutique.«

»In einem Bekleidungsgeschäft, wie ich es sagte. Ich will Klamotten für normale Menschen verkaufen, für Leute wie meine Eltern zum Beispiel.«

Er nickte. Ja, das war es. Das war es, was er befürchtet hatte. Sie sahen sich an, Arwed merkte, dass sie dasselbe dachte wie er. Er Chef im Stahlwerk und sie Verkäuferin bei C&A, um das seine Eltern und seine Oma immer einen weiten Bogen schlugen.

»Weißt du, wenn ich Fußballprofi werde«, sagte er

schnell, um sich und sie von den Gedanken abzulenken »komme ich rum in der Welt. Dann spiele ich mal bei diesem Verein, mal bei jenem. Dann muss man immer neu planen, was man macht.«

Sie lachte. »Ja, das muss man dann wohl.«

Manchmal, wenn ihre Eltern unterwegs waren, nahm sie ihn mit nach Hause.

Er fand es gemütlich in ihrem kleinen Zimmer. Die zwei Poster von Rockgrößen an der Wand, die Musik von Buddy Holly und ihren warmen Körper in seiner Seite, in diesen Momenten gab es nichts, was er sich sonst gewünscht hätte.

Irgendwann fragte er sie, ob sie auch mal ihn besuchen würde. Er wusste zwar nicht, wie das gehen sollte, denn wenn seine Eltern ausgegangen waren, war immer noch Lina da, aber er wollte ihre Meinung hören.

Sie schüttelte den Kopf. Nein, sie wolle nicht zu ihm kommen, das wolle sie auf keinen Fall.

Er war erstaunt, wie bestimmt sie das sagte.

»Und warum nicht?«

»Weil ich weiß, dass ich immer in Katernberg bleiben werde, dass ich dahin gehöre.«

»Du willst hier nicht wegziehen?«

»Du verstehst mich nicht. Ich rede nicht über den Ort, ich rede …« Sie schwieg einen Moment lang. »Ach, lass uns nicht darüber reden, es ist schön, dass wir zusammen sind.«

Sie nahm ihn in den Arm, er ließ es geschehen. Aber er war beunruhigt über das, was sie gesagt hatte. Wieso drückte sie sich nicht klarer aus, wieso glaubte sie, er würde sie nicht verstehen?

Im Club 11 war alles wie immer oder fast wie immer. Von Arweds Fußballfreunden war kaum jemand in Urlaub gefahren, alle waren ab dem späten Nachmittag dort. Vera kam nach ihrem Urlaub auch, wenn auch nicht so oft. Sie saß dann meistens mit Birgit zusammen, ihrer blonden, grell geschminkten Freundin, die nicht mehr mit Olli knutschte. Irgendwas war passiert, aber darüber wurde nicht gesprochen. Vera erzählte Arwed später, bei ihrem Treffen, auch nichts, obwohl sie doch wissen musste, was passiert war.

Olli selbst führte wie immer das große Wort. Er tat es sogar noch lautstärker, vor allem aufdringlicher als früher. Sobald jemand zu lange redete, unterbrach er ihn und gab lautstark seine Meinung zum Besten. Widerspruch regelte er nicht mit Argumenten, sondern mit Lautstärke. Olli musste sich beweisen, merkte Arwed, er musste, koste es was es wolle, seine Stellung verteidigen.

Arwed ließ er weitgehend unbeachtet, nur wenn es völlig unvermeidlich war, bezog er ihn in das Gespräch ein und dann auch nur, ohne ihn dabei anzusehen. Arwed war sein Gegner, er war es immer gewesen. Jetzt, nach Wewels Auftritt, war er es noch viel mehr.

Gegen Rolli richtete sich sein Ärger weniger. Rolli tat auch alles, um Olli für sich zu gewinnen. Wenn Olli sein Bier ausgetrunken hatte, lief er zur Theke und brachte ihm ein neues. Manchmal ließ er sogar auf seinen Deckel anschreiben, obwohl er wenig Geld hatte. Olli nahm es gönnerhaft entgegen und trank einmal sogar auf Rollis Wohl, damit jeder merkte, wer ihm das Bier ausgegeben hatte.

Rolli wusste, was er tun musste, um seine Stellung in der Gruppe zu halten. Es war eine schwache Stellung, aber das war ihm egal. Hauptsache, er war dabei.

Arwed hatte Angst, dass Olli ihm nach einem Besuch

im Club 11 folgen könnte, dass er ihn bedrohen, vielleicht sogar verprügeln könnte. Und mit ihm auch Vera, wenn sie in seiner Begleitung war. So was war Olli zuzutrauen. Heimlich blickte er sich manchmal um, wenn sie zum Park gingen, Vera bemerkte es.

»Du musst keine Angst vor Olli haben«, sagte sie eines Abends, »er wird uns nicht folgen. Und er wird dir auch nichts tun.«

Arwed war verblüfft. Er sah sie an, aber sie ging weiter, ohne seinen Blick zu erwidern.

Albert nahm ihn bei einem Besuch bei der Oma zur Seite.

»Ich habe geahnt, dass du eine Chance hast«, sagte er. »Jetzt, wo alles klar ist, kann ich dir das ja sagen. Du kannst längst noch nicht genug, aber Wewel sieht die Möglichkeiten, die in dir stecken. Genau wie ich. Da muss jetzt ein guter Trainer ran, einer, der das sieht und deine Stärken entwickelt. Scholz ist nicht schlecht, aber richtig Ahnung hat er auch nicht. Hat er mal ein bisschen an deiner Schnelligkeit verbessert, im Training nur mit dir allein?«

Arwed schüttelte den Kopf. Scholz ließ immer alle gemeinsam trainieren. Kurzpässe im Kreis mit einem in der Mitte, Flanken schlagen, die Arwed, Olli oder Levent mit dem Kopf kriegen sollen, schnelle Pässe nach vorn, dann ein Trainingsspiel, auf das sich alle freuten. Dass ein Training auch anders verlaufen könnte, wäre Arwed gar nicht in den Sinn gekommen.

Albert zeigte ihm auf dem Bolzplatz, was er meinte. Fast zwei Jahre waren vergangen, seit sie zum letzten Mal dorthin gegangen waren. Der Platz hatte sich ein wenig verändert. Die Torstangen neigten sich leicht nach innen, weil sie morsch waren, Rasen war nur noch in den äußersten

Ecken des Platzes vorhanden. Aber egal. Für das, was Albert ihm zeigen wollte, reichte es.

Arwed musste sich mit dem Rücken zu Albert aufstellen, der tatsächlich wieder seine alte Schwarzweiß-Kluft angezogen hatte. Auf Zuruf musste er sich blitzschnell drehen, dann kam ein Ball angeflogen, den Albert geworfen hatte und er musste ihn stoppen, mit dem Fuß, mit der Brust, wie es gerade passte. Hauptsache, es ging schnell und Arwed konnte den Ball weiterspielen oder er kam zum Schuss aufs Tor.

Je länger sie das übten, desto weniger Zeit ließ Albert ihm zur Drehung, desto weiter weg von Arwed kam der Ball angeflogen.

Wenn er ihn dann nicht erreichte, nickte Albert. »Siehste«, sagte er dann, »wärst du schneller gewesen, hättest du ihn gekriegt.«

Wenn Arwed beim nächsten Anspiel an den Ball kam, nickte er. Er ließ Arwed so lange üben, bis er sich völlig erschöpft auf den Lehmboden sinken ließ.

»Jetzt weißt du, was ich meine«, erklärte Albert, während er zu ihm kam. »Wenn du willst, können wir das noch mal üben.«

Arwed war zu erschöpft, um antworten zu können. Er nickte nur. Ja, Albert war ehrgeizig. Ohne ihn wäre Arweds Aufstieg gar nicht möglich gewesen.

Seine Mutter rief Arwed eines Tages zu sich. Sie saß wieder im Wintergarten, allein bei einer Tasse Tee und ein paar Illustrierten, die sie gerne las. Wenn sie sich dabei unterbrach und Arwed zu sich rief, musste es einen wichtigen Grund geben.

»Setz dich«, sagte sie. »Willst du auch Tee?« Lina brachte noch eine zweite Tasse, es war grüner Tee, den sie am liebsten trank.

»Weißt du, dass dein Vater dein Fußballhobby genau verfolgt?«, sagte sie dann plötzlich.

»Mein Fußballhobby? Ja wie denn? Mit mir spricht er doch nicht darüber.«

»Muss er auch nicht.« Seine Mutter kicherte. »Aber Bescheid weiß er trotzdem.«

Arwed verstand nicht.

»Er hat die Fuhrmann angewiesen, die Zeitungen durchzublättern und Berichte über deine Mannschaft auszuschneiden. Die legt sie ihm dann in die Unterschriftenmappe, damit er sie lesen kann.« Sie sah ihn an. »Da staunst du, was? Neulich hat er mir erzählt, dass du fast immer ein Tor schießen würdest. Du wärest richtig gut geworden, meinte er.«

Es stimmte, über die Jugendmannschaft der Sportfreunde Katernberg wurde öfter berichtet. Nicht am Montag, dann standen Berichte über die ersten Mannschaften im Lokalsportteil, aber am Dienstag wurde auch über Jugendmannschaften, die höherklassig spielten, etwas berichtet.

Seine Mutter kicherte wieder. »Ich glaube, er ist sogar ein bisschen stolz auf dich. In der Zeitung stehen wir ja öfter, ich meine unsere Familie und der Betrieb. Aber mit Erfolgen im Sport hat das bis jetzt noch keiner geschafft. Die Fuhrmann hat sogar angefangen, nicht nur eine Zeitung, sondern alle Lokalzeitungen zu kaufen und durchzublättern, hat er mir erzählt. Sie hat richtig der Ehrgeiz gepackt, um ihm zu zeigen, wie gut du spielst.«

Arwed konnte es nicht glauben. Nein, damit hat er nicht gerechnet, nie und nimmer. Er dachte darüber nach, was das für Wewels Angebot bedeutete. Vielleicht war er ja doch einverstanden.

Arwed lernte weiter, die Ferien gingen vorbei, die ersten

Noten im Internat fielen gut aus, so gut wie schon lange nicht mehr. Stolz berichtete er seinen Eltern davon.

Rolli suchte in dieser Zeit immer wieder den Kontakt zu ihm. Manchmal, wenn Arwed zu seiner Oma ging, kam er ihm wie zufällig entgegen.

»Ach, das ist aber eine Überraschung«, sagte er dann, »schön, dass ich dich treffe.« Arwed ahnte, dass Rolli auf ihn gewartet hatte, wer weiß wie lange schon.

»Was ist nun? Gehst du nun zum VfL oder gehst du nicht?«

Arwed versuchte, ihn zu beruhigen. »Wart`s ab. Ich sag dir rechtzeitig Bescheid.«

Irgendwann, als es ihm zu viel wurde, rief er: »Wieso fragst du mich immer? Du kannst ja auch alleine gehen!«

Aber er wusste, dass Rolli das nicht wollte. Und er, Arwed, wollte es auch nicht.

Das Gespräch mit den Eltern verlief schließlich, als er sich endlich traute, es zu führen, ganz unspektakulär. Arwed nutzte die Chance, mit ihnen über Wewels Angebot zu sprechen, als sie beide bei einer Tasse Tee im Wintergarten zusammen saßen. Er merkte, wie heftig sein Herz pochte, als er sich zu ihnen an den Tisch setzte.

»Ich habe ein Angebot vom VfL Bochum«, sagte er mitten hinein in das Gespräch, in dem es um die Planung für den nächsten Sonntag ging. Seine Mutter wollte eine alte Schulfreundin besuchen, sein Vater sollte sie begleiten. Vielleicht hatte sein Vater keine Lust dazu, jedenfalls griff er Arweds Einwurf sofort auf.

»Der VfL Bochum«, sagte er, »ist der denn gut?«

Kein Lospoltern, kein Verbot, weiter über das Thema zu reden, Arwed war erstaunt und erleichtert zugleich. Seine Mutter sah ihn völlig überrascht an.

»Der VfL spielt in der Bundesliga«, erklärte Arwed. »Das ist deutsche Spitzenklasse. Wer da in der ersten Mannschaft spielt …«

»… der verdient Geld, meinst du das?«, unterbrach ihn sein Vater.

»Ja, davon kann man leben, gut sogar.«

»Und wie viel ist das so ungefähr, wenn man mal fragen darf?«

Jetzt war Arwed nicht mehr überrascht, nicht mehr richtig jedenfalls. Hätte er vorher auf die Reaktion seines Vaters tippen müssen, hätte er zuerst einen Wutanfall gegen diesen Prolosport vermutet. Aber als zweite Möglichkeit hätte er auf die Frage nach dem Verdienst gewettet. Darin würde sich sein Vater immer gleich bleiben. Wenn eine Sache etwas brachte, finanziell gesehen hieß das, ließ sich mit ihm auch darüber reden.

»Weiß nicht«, antwortete Arwed. »Zwei-, dreihunderttausend vielleicht. Kommt drauf an, wie gut man ist. Selbst als Jungprofi gibt es schon Geld. Vielleicht noch nicht sofort, aber wenn alles gut läuft …«

»Jetzt ist erst mal Schluss!«, rief seine Mutter und schlug mit der flachen Hand auf die Tischplatte, dass das Teegeschirr klirrte. »Es ist noch gar nicht entschieden, ob Arwed das Angebot annehmen sollte, da redet ihr schon vom Geld.«

Schade, dachte Arwed, wirklich schade. Das Reden über das Geld wäre die Lösung gewesen. Das wäre die Brücke gewesen, über die er seinen Vater zur Zustimmung geführt hätte. Aber auch jetzt ließ sich sein Vater Gott sei Dank nicht davon abbringen.

»Wieso, warum sollen wir nicht von Geld reden!«, rief er. »Man kann auf unterschiedliche Weise Geld verdienen, so dass es zum Leben reicht.«

Arwed nickte schnell. »Und wichtig ist dabei noch, ob das, was man tut, einem Spaß macht.«

Seine Mutter seufzte, Arwed merkte, dass die Schlacht gewonnen war. Natürlich musste er versprechen, die Schule nicht zu vernachlässigen, aber so, wie es gerade lief, war ja alles gut. Natürlich sollte er, wenn es nichts wurde mit dem Aufstieg in die Profimannschaft, nach dem Abitur studieren. Aber das wollte Arwed alles auch selber. Er musste nichts versprechen, das ihm gegen die Strich ging.

Sie saßen am Tisch im Wintergarten, tranken Tee und waren sich einig. Zum ersten Mal seit unendlich langer Zeit, dachte Arwed.

19

Rolli strahlte, als Arwed ihm seine Entscheidung mitteilte.

»Wäre auch blöd gewesen, so eine Chance zu verpassen«, sagte er mit leicht bebender Stimme.

Arwed rief Wewel an, der sagte ihm, wann sie sich am neuen Ruhrstadion an der Castroper Straße einfinden sollten.

Sie gingen noch einmal zum Training von Katernberg, um sich zu verabschieden. Rolli trainierte mit, Arwed tat so, als hätte er seine Sportklamotten vergessen. In Wirklichkeit hatte er Angst, dass Olli ihn bei einem Zweikampf verletzen könnte, damit er das Training in Bochum absagen müsste.

Scholz rief alle in der Mitte des Platzes zusammen.

»Schade, dass die beiden jetzt gehen«, sagte er. »Ohne Rolli und Arwed wird es schwer, in der neuen Spielklasse zu bestehen. Aber wir haben noch genug andere gute Spieler«, fügte er dann hinzu und sah Olli dabei an, »mit denen wir es schaffen können. Lasst uns die beiden mit unserem Vereinslied verabschieden.«

»Wir halten zusammen fest und treu«, grölten sie,

Ein unpassender Text für einen Abschied, dachte Arwed, aber was soll`s. Es war gut gemeint von Scholz und außerdem, ein anderes Fußballlied kannten sie nicht.

»Viel Erfolg beim VfL«, sagte er danach mit belegter Stimme, und Arwed merkte, dass er es ernst meinte.

Er verließ den Platz, noch bevor das Training begann, denn er hatte sich mit Vera im Park verabredet.

»Bald bist du nicht mehr da«, sagte sie.

Er verstand nicht, was sie meinte. »Ich wechsle doch nur den Verein, aber ich bleibe in Essen wohnen.«

»Du verstehst mich nicht.«

»Nein«, antwortete er, »ich verstehe es nicht. Vielleicht erklärst du es mir diesmal.«

Sie schwieg eine Zeitlang.

»Ach, lassen wir das«, sagte sie dann.

Arwed wurde ärgerlich. Was sollte das heißen? Erst machte sie Andeutungen, dann wollte sie ihm wieder nichts erklären.

»Ich dachte, du fändest es gut, dass ich Erfolg habe im Fußball.«

Sie nickte. »Finde ich ja auch.«

Er merkte, dass sie plötzlich Tränen in den Augen hatte und nahm sie in den Arm.

»Was ist denn los?«

Sie lehnte ihren Kopf an seine Schulter. Jetzt rollten doch Tränen über ihre Wangen. Er wusste nicht, was er tun sollte und drückte sie einfach fest an sich. Eine Zeitlang saßen sie so still nebeneinander auf der Bank, dann gab sie sich einen Ruck, wischte sich die Tränen aus dem Gesicht und versuchte ein Lächeln.

»Es ist nichts«, sagte sie dann, »ich habe nur manchmal so komische Gedanken.«

Bevor er fragen konnte, welche das waren, drängte sie sich an ihn und küsste ihn. Er spürte ihren kleinen, festen Busen an seiner Brust.

»Wir können uns weiter treffen«, sagte er. »Vielleicht kann ich nicht so oft wie bisher in den Club 11 kommen, aber das ist ja nicht schlimm. Und irgendwann musst du auch mal zu mir kommen.«

Sie löste sich von ihm, damit sie ihn genau ansehen

konnte. »Zu dir?« Sie betonte die beiden Worte, als läge das völlig außerhalb jeder Vorstellung.

»Na ja, mal sehen«, sagte sie dann, »das hat ja noch Zeit.«

An diesem Tag blieben sie auf der Bank sitzen und gingen nicht in den Club 11, obwohl sie wussten, dass die anderen nach dem Training dorthin kommen würden. Sie küssten sich, hielten sich im Arm und Arwed spürte, dass er ihr ganz nah war.

Zum ersten Training des VfL war er mit Bahn und Straßenbahn gefahren. Albert hatte ihm zwar angeboten, ihn hinzubringen, aber Arwed wollte nicht. Das wäre noch was, beim ersten Training mit einem Bentley vorfahren. Auf keinen Fall wollte er auffallen, außer durch gute Leistungen. Zudem war das jetzt dreimal in der Woche sein Weg, und den wollte er zusammen mit Rolli nehmen.

Rolli war aufgeregt. »Mensch, der VfL. Mein Vater kann es immer noch nicht glauben.«

Arwed war gespannt.

Der Trainer begrüßte sie vor der Kabine, Berwald hieß er. So wie er ging, die Beine nach außen gebogen und ein wenig hinkend, war er früher auch Fußballer gewesen.

»Schön, dass ihr bei uns seid. Wir können Verstärkung gebrauchen«, sagte er. »Allerdings spielen wir ein paar Klassen höher als euer alter Verein. Die Umstellung wird schwer, ihr müsst euch anstrengen.«

In der Kabine stellte er sie der Mannschaft vor. Die meisten guckten nur mäßig interessiert herüber, einige kamen Arwed offen feindselig vor. Die Schwächeren in der Mannschaft, vermutete er, die Angst hatten, von den Neuen verdrängt zu werden. Außer ihnen beiden war noch ein dritter Junge neu, ein Rothaariger, der aus dem Vorortclub VfL Werne stammte.

Die Kabinen waren völlig anders als die bei den Sportfreunden Katernberg. Statt Haken, an die man seine Klamotten hängen konnte, gab es hier Schließfächer für jeden Spieler. In Katernberg hatte Arwed sich angewöhnt, niemals viel Geld dabei zu haben. Das Portemonnaie hing ja für jedermann greifbar in Jacke oder Hose, obwohl am Ende nie etwas passiert war.

Die Duschen beim VfL waren gefliest, aus keinem der Hähne tropfte es. In Katernberg war das bei jedem zweiten der Fall. Duschgel und Seife lagen bereit.

Arwed war sich nicht sicher, ob er das gut finden sollte. Zum Fußball hatte bisher für ihn gehört, dass alles einfach und direkt war. Er merkte deutlich, wie unsicher auch Rolli sich bewegte.

Beim Rasen war es genauso. Er war auf den Zentimeter genau kurz geschnitten, nirgendwo trat, wie in Katernberg, Lehmboden hervor.

Arwed fiel, als er sich warm machte, auf, dass er sich längst auf die Katernberger Verhältnisse eingerichtet hatte. Wo Lehm hervortrat, war es bei Regen glitschig. Mancher Trick, der eine schnelle Körpertäuschung verlangte, war dort nicht möglich. Arwed merkte, dass er sich daran erst gewöhnen musste, an jeder Stelle auf dem Platz seine Körpertäuschungen machen zu können.

Am Rande des Trainingsplatzes bemerkte er Wewel. Arwed erkannte ihn natürlich an seinem pomadigen Haar. Klar, er wollte wissen, wie die Spieler, die er vorgeschlagen hatte, einschlugen.

Das Training verlief anders als gewohnt. Sie machten zuerst Dehnübungen, dann übten sie Sprints auf der Laufbahn neben dem Spielfeld, immer und immer wieder, wobei Arwed, vor allem seiner langen Beine wegen, gut mithalten konnte. Dann übten die einen Kurzpass-Spiel, während Arwed mit zwei anderen Jungen am Kopfballpendel üben musste. Die beiden waren vermutlich Stürmer wie Arwed, also seine Konkurrenten. Der eine, ein wenig kleiner als er, war nett zu ihm. Volker hieß er und zeigte ihm, dass er den Ball beim Kopfstoß noch stärker drücken musste. Dann konnte er besser die Richtung bestimmen, in die der Ball fliegen sollte. Der andere, Wolfgang, kümmerte sich nicht um ihn. Als wäre er allein auf dem Platz vollzog er einen Kopfstoß nach dem anderen. Arwed erfuhr seinen Namen nur, weil Volker ihn einmal anredete, aber auch auf ihn reagierte er nur kurz.

Berwald kam zwischendurch vorbei und beobachtete Arwed.

»Ja, das ist schon ganz gut«, sagte er, »aber du kriegst noch nicht genug Druck hinter den Ball. Du musst höher springen.«

Beim Trainingsspiel acht gegen acht bekam Arwed ein gelbes Leibchen, genau wie Rolli. Die Roten, merkte Arwed, waren jene Spieler, die der Trainer zum Stamm seiner Mannschaft zählte.

Arwed blickte Rolli an, der hatte auch verstanden. Ganz plötzlich, von einer Sekunde zur anderen, verließ ihn der Mut. Warum war er hierher gegangen? In Katernberg war es doch gut gewesen. Was hatte er denn gewollt? Fußball hatte er spielen wollen, rauskommen aus der Enge des Internats mit all den eingebildeten Typen. Dafür hätte Katernberg ausgereicht. Da war er am Ende sogar jemand gewesen, war respektiert worden, selbst von Olli. Aber hier fing er wieder von unten an, und wer weiß, vielleicht kam er bei den Spielen nicht mal zum Einsatz.

Er war schlecht in dem Trainingsspiel, er merkte es selbst. Und je mehr er es merkte, desto weniger konnte er daran ändern. Die Bälle versprangen ihm, seine Pässe kamen nicht an, bei Flanken verschätzte er sich und kam nicht zum Kopfball.

Zu seiner schlechten Leistung trug auch sein Gegenspieler bei, ein schlaksiger Junge, der nicht mal besonders gut war. Ronnie hieß er, wie Arwed den Zurufen der anderen entnahm. Immer war Ronnie bei Zuspielen einen Schritt schneller am Ball, wenn er auf Arwed zugelaufen kam, spielte er sofort ab. Meistens so früh, so dass seine Bälle nicht ankamen.

Ronnie hatte ihn verunsichert, mehr noch, als er es ohnehin schon gewesen war. Arwed wusste zuerst selbst nicht, woran es lag. Dann begriff er es. Der Junge erinnerte ihn an Olli. Dasselbe Grinsen, wenn Arwed etwas misslang, dieselbe lässige Haltung ihm gegenüber. Was willst du denn hier, du Weichei, schien er ihn fragen zu wollen. Fußball ist ein Sport für Leute wie uns, nicht für Milchbubis wie dich.

Arwed fühlte eine unglaubliche Wut. Schon wieder war er an so einen Typen geraten, schon wieder kaufte ihm so einer den Schneid ab.

Als Berwald endlich abpfiff und die Gelben mit 8:3 gegen die Roten verloren hatten, blieb er einfach stehen wo er stand und musste sich erst mal fassen.

Wewel kam auf ihn zu.

»Was war los mit dir, Junge? Du spielst doch sonst nicht so einen Kraut- und Rübenfußball.«

Arwed zuckte mit den Schultern. »Ich weiß nicht, heute war nicht mein Tag.«

Wewel sah ihn zweifelnd an. Es war mehr der Zweifel über seine Entscheidung als der über Arweds Erklärung.

Hatte er da den richtigen Mann an den VfL Bochum vermittelt?

Rolli dagegen war zufrieden. Er gehörte zu den Besten bei den Gelben und hatte sogar ein Tor geschossen.

Bei der Rückfahrt nach Essen schwiegen Rolli und er. Arwed merkte, dass Rolli gerne über seine kleinen Erfolge beim Trainingsspiel erzählt hätte, aber er unterließ es, weil er merkte, wie es in Arwed aussah. Arwed war ihm dankbar dafür. Nach der Rückkehr ging er erst mal zu seiner Oma.

»Oh Gott, ich seh`s schon!«, rief sie, als er das Wohnzimmer betrat. »Das war heute nichts, stimmt`s?« Sie nahm ihn in den Arm, Arwed roch ihr Fliederparfum.

»Albert, bring dem Jungen was zu trinken.«

Bevor Albert etwas zu trinken holte, erzählte Arwed erst mal von dem Training. Aufmerksam hörten beide zu.

»Das macht nichts«, sagte Albert schließlich, als Arwed seinen Bericht beendet hatte. »Du bist so. Du bist ein Typ, der sich erst mal einfinden muss in eine Mannschaft. Das dauert bei dir, ich habe das nicht anders erwartet. Aber dann, wenn du dich eingefunden hast, läuft es. Das wird auch diesmal so sein.«

Er sah Arwed an, lächelte und nickte zur Bekräftigung. Glaubte er wirklich selber, was er da sagte?

»Komm, heute teilen wir uns eine Flasche Bier«, schlug er dann vor. »Es gibt Tage, da braucht man das einfach.«

»Aber doch kein Bier, Albert!«, rief seine Oma empört.

»Warum nicht, gnädige Frau. Es wird nicht sein erstes sein. Man braucht so was nicht nur zum Feiern, sondern auch an Tagen, an denen etwas schief geht. Und heute ist so ein Tag.«

Kurz drauf saßen sie am Tisch im Wohnzimmer und

tranken alle Bier, auch Arweds Oma. Sie seufzte, als sie einen großen Schluck aus dem Glas genommen hatte.

»Es gibt Tage, da muss das wohl wirklich sein«, sagte sie.

Albert hatte Recht, Arwed fand sich ein. Beim nächsten Training lief es schon besser, wenn Ronnie ihn angrinste, schaute Arwed weg.

Von dem nicht mehr, dachte er. Von so einem lass ich mich nicht mehr ins Bockshorn jagen.

Trotzdem gewann Ronnie noch immer die meisten Zweikämpfe, aber Arwed holte auf. Auch Trainer Berwald merkte es.

»Du wirst besser«, sagte er, »aber wir müssen noch an deiner Schnelligkeit feilen.«

Arwed tat es von sich aus. Er übte mit Albert auf dem Bolzplatz, einmal sogar am Sonntagvormittag. Er hatte seinen Eltern erzählt, dass er in die Kirche gehen würde, was sie ebenso erstaunlich wie gut fanden. Tatsächlich aber warf Albert ihm den Ball zu und Arwed musste sich drehen, blitzschnell.

Auch unter Berwalds Regie machte er ähnliche Übungen. Täuschung nach links, rasche Bewegung nach rechts, Täuschung nach rechts, rasche Bewegung nach links.

20 Vera begann, manche seiner Terminvorschläge abzusagen, weil sie angeblich keine Zeit hatte. Wenn er sie fragte, was sie denn zu tun hätte, wich sie aus. Zwei-, dreimal ging er deshalb, einfach weil er Zeit hatte, in den Club 11. Da saß sie dann zwischen den anderen und sah ihm mit funkelnden Augen entgegen. Ihre Augen waren es, die ihn sofort besänftigen. Später, wenn er mit ihr einen Teil des Heimwegs gemeinsam ging, behauptete sie, ihr Termin wäre ausgefallen. Sie küsste ihn, bevor er weiter danach fragen konnte. Er ließ es sich gefallen. Sie waren ein Paar, immer noch, und es sollte so bleiben. Er brauchte sie, gerade jetzt, wo sich sonst so viel bei ihm geändert hatte.

Als er nach seinem Wechsel zum ersten Mal in den Club 11 gekommen war, wollten alle wissen, wie es beim VfL war, Levent, der Mops, Fatih.

»Nun erzähl schon, wie ist es beim VfL?«

Nur Olli wollte nichts wissen. Der saß scheinbar gelangweilt auf seinem Stuhl und blickte hinüber zur Theke. Arwed merkte an ihren Zwischenfragen, dass Rolli schon das meiste erzählt hatte. Wie der Trainer hieß, wie das Training ablief, wie gut die anderen Spieler wären und dass Arwed noch nicht mithalten könne. Auch das musste Rolli erzählt haben, denn sie fragten ihn danach.

»Kannst du denn beim VfL bleiben?«, wollte der Mops wissen.

Arwed beschwichtigte. Es liefe langsam besser mit ihm,

sagte er, Trainer Berwald hätte ihn auch schon gelobt. Das war übertrieben, ein richtiges Lob war es nicht gewesen, aber das machte nichts. Hier, unter ihnen, übertrieb jeder.

Sie hätten jetzt bei den Katernbergern einen neuen Mittelstürmer, erzählte Olli plötzlich. Einen Spieler, der kleiner wäre als Arwed, dafür aber wendiger. Der brauchte nicht immer die hohen Flanken, man könne ihn im Strafraum auch mal flach anspielen.

Wenn du beim VfL scheiterst, versuch erst gar nicht, zurückzukehren, hieß das. Wir brauchen dich nicht mehr.

Es war eine Bemerkung, die Arwed ins Herz traf. Wie konnte Olli so etwas sagen, ohne dass ihm jemand widersprach? Arwed hatte doch dazu gehört, mehr als ein Jahr lang war er einer der ihren gewesen. Er hatte mit ihnen gewonnen, den Aufstieg geschafft und viele Tore geschossen. Er hatte hier mit ihnen gesessen, Cola oder Bier getrunken und geredet. Und jetzt, jetzt sollte er einfach raus sein?

Er sah sich um, sie wichen seinem Blick aus. Er schaute Vera an, sie lächelte gequält. Mach dir nichts draus, sollte das heißen.

Rolli versuchte es mit einem Scherz. »Aber für mich habt ihr keinen Ersatz!«, rief er. »Für mich gibt es nämlich keinen.« Er merkte nicht, dass er Arwed damit noch mehr verletzte.

Arwed verließ den Club, diesmal folgte ihm Vera nicht.

Er hatte geahnt, wie es mit seinen Einsätzen beim VfL laufen würde, Albert hatte es ihm prognostiziert. Er war Ersatzspieler, genau wie Rolli. Aber im Gegensatz zu ihm wurde Arwed nur ab und an eingewechselt, manchmal ließ Berwald ihn ganz draußen. Dann spielten Volker und Wolfgang durch.

Volker kam dann nach dem Spiel zu ihm, klopfte ihm

auf die Schulter und sagte: »Schade, dass du nicht zum Einsatz gekommen bist.«

Wolfgang ging wortlos an ihm vorüber, für ihn schien es Arwed gar nicht zu geben.

Selbst seine Eltern merkten, dass etwas mit ihm nicht stimmte. Seine Mutter merkte es an seiner bedrückten Stimmung, sein Vater daran, dass sein Name nicht mehr in den Zeitungsberichten auftauchte. Also ließ er sich noch immer von der Fuhrmann die Fußballberichte ausschneiden, jetzt die von der A-Jugend des VfL Bochum.

»Komisch, dass du da nicht auftauchst«, sagte sein Vater irgendwann beim Abendessen, »wo doch über die Bochumer Mannschaft viel mehr in der Zeitung steht als über die Katernberger.«

Arwed bemerkte an dem nachdenklichen Blick seiner Mutter, dass sie verstanden hatte.

Beim sechsten oder siebten Spiel, als er gegen die Jugend von Borussia Dortmund wieder nur eine Viertelstunde zum Einsatz kam, diesmal anstelle von Wolfgang, der ihn beim Auswechseln wütend ansah, stand nachher plötzlich Albert vor ihm. Unter der Haupttribüne, am Eingang zur Kabine, wartete er auf ihn.

»Mensch, du läufst falsch«, erklärte er, noch bevor Arwed etwas sagen konnte. »Warum erklärt dir das keiner?«

»Wieso laufe ich falsch.« Er störte sich nicht daran, dass seine Mannschaftskollegen an ihm vorbei in die Kabine und überrascht zu ihnen herüber schauten. Was will der Alte denn hier, schienen sie zu denken.

»Bei Flanken in den Strafraum stehst du immer hinter dem zweiten Stürmer. Ihr müsst euch abwechseln. Mal gehst du auf den kurzen Pfosten, mal er. Dann sind eure Chancen, bei Flanken an den Ball zu kommen, doppelt so groß. Dafür müsst ihr euch abstimmen.« Albert schüttelte vor Erregung, auch ein bisschen vor Ärger, den Kopf. »Warum sagt euch der Trainer das nicht?«

Berwald kam ausgerechnet in dem Moment vorbei.

»Was soll ich sagen?«, fragte er.

Oh Gott, dachte Arwed, jetzt war alles aus. Welcher Trainer vertrug schon Kritik? Und dann noch von einem Wildfremden? Scholz tat es nicht und von Berwald hatte er bisher auch nur Kommandos gehört. Wie seine Anweisungen bei den Spielern ankamen, interessierte ihn nicht.

Albert setzte sein freundlichstes Lächeln auf, reichte Berwald die Hand und gab Arwed die Anweisung, dass er sich duschen solle. Er würde ihn und Rolli gleich mitnehmen nach Hause.

Rolli freute sich, als er es ihm sagte. »Mensch, in einem Bentley bin ich noch nie gefahren.«

Arwed bewegten andere Gedanken. Was würde Albert dem Berwald erzählen. Würde er nach dem Gespräch überhaupt noch eine Chance bei ihm bekommen.

Während der Heimfahrt ließ Albert sich nichts entlocken, Arwed bestand auch nicht auf einer Erklärung. Rolli, der aufgeregt auf dem Rücksitz hin- und herrutschte, musste es ja nicht mitkriegen.

»Toll, so ein Bentley«, rief er ein paar Mal.

Arwed musste grinsen. Im Club 11 würde diese Rückfahrt garantiert Gesprächsthema werden. Wie Vera wohl darauf reagieren würde, fragte er sich. Ob er sie auch mal zu einer Fahrt mit dem Bentley einladen sollte?

Beim nächsten Spiel erlebte Arwed eine Überraschung. Er wurde von Anfang an aufgestellt, genau wie Rolli. Wolfgang musste für ihn draußen bleiben, wütend warf er einen Fußballschuh in die Ecke.

Berwald gab Volker und Arwed genaue Anweisungen.

»Im Strafraum steht ihr immer fünf Meter auseinander«,

kommandierte er. »Mal du näher zum Flankengeber, mal du.« Er tippte zuerst Arwed, dann Volker gegen die Brust.

Es war verblüffend, die Spielaufteilung klappte. Sie gewannen 4:1 gegen Schalke, Arwed schoss sein erstes Tor, Volker schoss gleich drei. Von nun an waren sie gesetzt. Selbst Ronnie wurde freundlich. »Macht ihr vorne die Buden«, sagte er, »dann sorge ich dafür, dass hinten unser Kasten sauber bleibt.«

Albert freute sich, als Arwed ihm von der Entwicklung erzählte. »Der Berwald ist doch ein guter Trainer«, sagte er. »Nur gute Leute hören auf Tipps.«

»Sollen wir ein Bier drauf trinken?«

»Ne«, sagte Albert und winkte ab. »Das geht nur in Ausnahmesituationen. Ich will keinen Krach mit meiner Chefin kriegen.«

Beim VfL spielten auch zwei, die zum Gymnasium gingen. Wie Arwed standen sie kurz vor dem Abitur. Volker war einer von ihnen, dazu ein kleiner, unglaublich beweglicher Mittelfeldspieler, der mit seinen Pässen die Tore vorbereitete, die Volker, aber auch zunehmend Arwed schossen. Robert hieß er.

Sie besuchten das Schiller-Gymnasium, ein Stückchen entfernt vom Hauptbahnhof. Manchmal gingen sie in ein Cafe in der Fußgängerzone, gegenüber vom Bahnhof. Es war das Cafe, in das sie auch in Freistunden während ihrer Schulzeit gingen.

»Komm doch mal mit«, forderten sie Arwed auf.

Arwed merkte, dass die Mannschaft des VfL anders war als seine alte in Katernberg. Dass alle zusammen in einen Club gingen, wo auch noch einer von ihnen das große Wort führte, gab es bei ihnen nicht. Die Mannschaft zerfiel in Grüppchen, die nach Training oder Spiel jeweils nur unter sich etwas unternahmen. Deshalb verstand Arwed ihre Einladung auch sofort richtig. Es war die Aufforderung, sich ihnen anzuschließen.

Klar, Arwed hatte Lust. Er überredete Rolli, ebenfalls einen Zug später zu nehmen.

Sie saßen bei warmem Spätsommerwetter an den Tischen in der Fußgängerzone, streckten die Beine von sich und aßen Eis.

Volker erzählte, dass er gerne lese, historische Romane vor allem, über Napoleon zum Beispiel, aber auch über die alten Ägypter. Es wäre spannend zu erfahren, wie die Menschen früher gelebt hätten, sagte er.

Sinuhe, der Ägypter lese er im Moment. Tolles Buch. Die Ägypter hätten damals schon Operationen am Gehirn durchgeführt, ob sie sich das vorstellen könnten? Er nickte dazu.

»Ich hätte so etwas nie erwartet«, sagte er. »Überlegt mal. Dreitausend Jahre ist das her.«

Arwed staunte. Solche Gespräche hatte er bisher mit Thomas geführt, aber noch nie mit Fußballern. So etwas war also auch möglich.

Robert meinte, er wäre mehr ein naturwissenschaftlicher Typ. Bio und Chemie, das wäre sein Ding. Deshalb wäre er auch gerne mit Volker zusammen, weil der ihn über Dinge informieren könnte, die er sonst nicht mitkriegen würde.

Arwed nahm allen Mut zusammen und erzählte, dass er im Kirchenchor singe. In Katernberg hätte er niemals darüber gesprochen, selbst nicht, als sie es schon entdeckt hatten. Mitglied im Kirchenchor, wenn er damit angefangen wäre, hätten ihn alle ausgelacht.

Volker und Robert lachten auch, aber nur, weil sie überrascht waren. Nein, dass ein Fußballer im Kirchenchor sang, hatten sie noch nicht erlebt.

»Erzähl mal, was singst du denn da?«, wollte Volker wissen.

»Mozart, Bach. Am liebsten das Locus iste von Bruckner.«

Kurz drauf summte er es ihnen vor: locus a deo factus est … Zwei Passanten drehten sich nach ihnen um, Volker und Robert lachten noch lauter. Rolli schwieg, er schwieg die ganze Zeit.

»Meine Schwester Astrid singt im Schulchor«, erzählte Robert. »Sie ist in der Jahrgangsstufe unter mir. Jeden Mittwoch geht sie dahin und hat mich schon ein paar Mal aufgefordert, auch zu kommen, weil ihnen Jungenstimmen fehlen.«

»Und, willst du hin?«

Robert winkte ab. »Wenn die da Fußballlieder singen würden, dann vielleicht. Aber so …«

Arwed versuchte, das Stichwort aufzugreifen und das Thema auf den Fußball zu lenken, denn er hatte begriffen, dass Rolli nur dabei mitreden konnte. Aber Robert und Volker gingen nicht darauf ein. Beim Cafebesuch nach dem Training wollten sie offensichtlich nicht über Fußball reden.

Robert erzählte jetzt, wie er Astrid auf eine Lateinarbeit vorbereitet hätte. Einen Pfuschzettel hätte er ihr geschrieben und Astrid hätte zum ersten Mal wieder eine Zwei geschrieben. Er freute sich über das Ergebnis als hätte er die Arbeit selber geschrieben. Arwed fand es gut, wie Robert zu seiner Schwester hielt.

Später, bei der Zugfahrt, versuchte er, Rolli aufzumuntern, aber er blieb einsilbig. Vor ein paar Wochen, erinnerte Arwed, war es noch umgekehrt gewesen. Da hatte er geschwiegen.

Von nun an fuhren sie meistens getrennt nach Hause,

vor allem nach dem Mittwochstraining. Dann saß Arwed mit Volker und Robert im Cafe, zuerst draußen, dann, als es kälter und regnerischer wurde, drinnen. Sie redeten über alles Mögliche, über die Ägypter, über Religion, chemische Formeln und gelegentlich über Fußball.

Arwed war froh, dass er die beiden getroffen hatte. Er hatte das Gefühl, dass sich zwei Teile seines Lebens, die bisher getrennt voneinander existierten, vereinigt hatten.

Mit dem Mittwochstraining hatte es noch aus einem zweiten Grund etwas Besonderes auf sich. Er musste, um pünktlich nach Bochum zu kommen, den Sportunterricht früher beenden. Mit Meinke darüber zu sprechen, lohnte nicht. Es ging zwar um Sport, und Meinke hätte allen Grund, sich über Arweds Erfolg zu freuen, aber Meinke war ein Ignorant. Über Erfolge freute er sich nur bei seinen Lieblingen wie Birgit oder bei jenen, die ihn einschüchterten wie Hartwig, aber nicht bei Arwed oder Thomas. Arwed sagte nichts, sondern verließ einfach den Sportplatz oder die Turnhalle, wenn es Zeit wurde.

»Hey, wo willst du hin?«, rief Meinke ihm beim dritten oder vierten Mal nach. Es war typisch für ihn, dass es ihm erst so spät auffiel.

»Es hat nichts mit Sport zu tun, Herr Meinke«, antwortete Arwed, »ich muss zum VfL Bochum.«

Thomas lachte, Hartwig schaute entgeistert herüber, genau wie Meinke.

»Der VfL Bochum«, stotterte Meinke, »ich denke, das ist ein Sportverein.«

»So, ist er das? Na, dann hat es doch was mit Sport zu tun.« Arwed ging, ohne sich weiter um Meinke zu kümmern.

Am nächsten Tag musste er zum Direktor. Arwed hatte bisher keine schlechten Erfahrungen mit ihm gemacht. Im

Gegenteil, als Dr. Krabs ihn ein Jahr in Physik unterrichtete, hatte er richtig Lust auf das Fach entwickelt. Eine Lust, die sich beim nächsten Physiklehrer schnell wieder gelegt hatte.

Krabs stand auf, als Arwed das Direktorzimmer betrat. Er kam ihm um den großen Schreibtisch herum entgegen und reichte ihm die Hand. Dann bat er ihn, an dem kleinen Besprechungstischchen am Fenster Platz zu nehmen. Er selbst setzte sich ihm gegenüber.

»Herr Meinke hat sich über dich beschwert«, sagte er. »Du verlässt einfach seinen Unterricht, wann es dir gefällt.«

Arwed zuckte mit den Schultern. »Ich muss zum Training beim VfL Bochum, es geht nicht anders, Herr Dr. Krabs.«

»Doch, es geht anders«, widersprach Krabs.

»Wenn ich versucht hätte, bei Herrn Meinke frei zu bekommen, hätte der garantiert nicht zugestimmt. Er hätte bei anderen zugestimmt, das ja, aber nicht bei mir. Ich gehöre nicht zu seinen Lieblingen.«

Krabs zog die Stirn in Falten und holte tief Luft.

»Du hättest zu mir kommen können, ich kann das auch regeln.«

»Heißt das, Sie hätten mir frei gegeben?«

Krabs lächelte. »Spieler beim VfL Bochum, das ist nicht schlecht. Und wenn unsere Schüler außerhalb des Internats Erfolge haben, spricht das doch nicht gegen uns, oder?«

Arwed strahlte. Mensch, das hatte er nicht erwartet. Und wie elegant Krabs es umgangen hatte, Meinke direkt zu kritisieren.

»Sind Sie vielleicht Fußballfan, Herr Dr. Krabs?«

Das Lächeln des Direktors wurde noch breiter.

»Rot-Weiß Essen, Arwed. Die alte Meistermannschaft, mit Helmut Rahn im Sturm, Fritz Herkenrath im Tor und Wewel in der Abwehr.«

»Der Wewel war es, der mich vermittelt hat.«

Krabs nickte. »Ach, der Wewel, sieh mal an. Feiner Techniker, gutes Stellungsspiel, aber immer …«

»… Pomade im Haar«, unterbrach ihn Arwed. Jetzt lachten sie beide.

»Wie oft musst du denn früher gehen, Arwed?«, fragte Krabs dann.

»Nur mittwochs, Herr Dr. Krabs. Eine gute halbe Stunde.«

Krabs stand auf und reichte ihm die Hand. »Ist gut, Arwed, ich werde es Herrn Meinke sagen. Er wird sich bestimmt freuen, dass einer seiner Schüler so erfolgreich im Sport ist.«

Als Arwed schon die Türklinke in der Hand hatte, rief Krabs ihm noch etwas nach.

»Viel Erfolg, Arwed. Erzähl mir mal zwischendurch, wie es läuft. Und keine Alleingänge mehr.«

In der nächsten Sportstunde kriegte sich Meinke gar nicht mehr ein vor Freundlichkeit gegenüber Arwed. Dauernd lobte er ihn, selbst wenn ihm eine Turnübung missglückte.

21

Kurz vor Weihnachten gab es ein ganz besonderes Spiel, auf das Arwed sich schon lange gefreut hatte.

Es hatte sich einiges getan in den Monaten vorher. Vera traf er immer noch, aber geschlafen hatte er nicht mehr mit ihr. Sie könnten nicht zu ihr gehen, erklärte sie ihm, ihre Eltern wären immer da. Sie zu sich nach Hause einzuladen, es wirklich ernsthaft zu versuchen, schien ihm aussichtslos. Sie würde sowieso nicht kommen.

Es blieb bei ihren Begegnungen im Park, Begegnungen im Niemandsland, wie ihm immer mehr bewusst wurde.

Manchmal gingen sie zusammen ins Kino, es war Arwed egal, welcher Film lief, sie nutzten die Zeit zum Knutschen und Fummeln.

In den Club 11 ging er nur noch selten. Das geschah nicht, weil er es so wollte, obwohl er längst nicht mehr so gerne dorthin ging wie zu seinen Katernberger Zeiten. Anderes war wichtiger geworden, Begegnungen mit Thomas zum Beispiel, weil es aufs Abi zuging.

An den trainingsfreien Tagen war er oft mit ihm zusammen, gemeinsam bereiteten sie sich auf die Klausuren vor, gaben sich gegenseitig Tipps und redeten viel miteinander. Vor allem über ihren jeweiligen Sport. Thomas hatte den Aufstieg in die westdeutsche Tennis-Auswahl geschafft, er musste dafür ebenfalls ein paar Mal vom Sportunterricht befreit werden, aber das war kein Problem. Meinke sprühte geradezu vor Verständnis, er hatte seine Lektion bei Arwed gelernt.

Einmal gelang es ihm, ein Treffen zwischen seinen neuen Bochumer Freunden, Thomas und ihm hinzubekommen. Sie vertrugen sich gut, sie sprachen nicht über die Schule, sondern erzählten sich alles Mögliche, über Kinofilme, über Sport. Arwed bekam, obwohl sie sich gut vertrugen, trotzdem ein komisches Gefühl. Seine Mutter hätte dieses Treffen gut gefunden, sein Vater sowieso, einzig seine Oma hätte sich vielleicht gewundert. Es war wieder zusammen, was ihrer Meinung nach zusammengehörte. Eigentlich hatte Arwed es anders vorgehabt. Weshalb sonst war er zum Fußballverein Katernberg gegangen? Um Leute kennen zu lernen, die anders waren als seine Mitschüler auf dem Internat.

Das Spiel, auf das er sich gefreut hatte, fand gegen die Sportfreunde Katernberg statt. Es war ein Ablösespiel für Rolli und ihn. Die Juniorenmannschaft des VfL, verstärkt durch zwei, drei junge Spieler aus dem Profikader, zog auf jeden Fall Zuschauer. Das Eintrittsgeld durften die Katernberger behalten, als Ausgleich dafür, dass man ihnen zwei Spieler abgeworben hatte.

Rolli und Arwed hätten den kürzesten Weg zum Spiel gehabt, sie hätten nur wie früher zum Training oder Spiel gehen müssen, aber das erlaubte Berwald nicht. Wie zu jedem anderen Spiel mussten sie zum Trainingsgelände des VfL kommen. Gemeinsam mit dem Mannschaftsbus fuhren sie zum Spiel. Wir sind eine Mannschaft, hieß das. Gemeinsam machen wir alles vom Anfang bis zum Schluss.

So kam es, dass Arwed und Rolli mit dem Mannschaftsbus des VfL am Katernberger Stadion vorfuhren. Ein paar Fußballfans warteten vor dem großen Eingangstor und begrüßten die Spieler beim Ausstieg tatsächlich mit Applaus. Rolli blickte stolz auf Arwed. Wir haben`s geschafft, schien er zu denken.

In der Umkleidekabine gab es keine Begegnung mit Olli, Levent, dem Mops und all den anderen. Sie gingen in die Gästekabine, mussten sich schnell umziehen, dann liefen sie zum Warmmachen aufs Spielfeld.

An den Tagen vorher hatte es viel geregnet, deshalb standen auf den lehmigen Stellen des Platzes Pfützen, ein gewohnter Anblick für Arwed. Jetzt aber, kurz vor dem Anpfiff, hatten sich die Regenwolken vorzogen, eine graue Wolkendecke hing über dem Platz.

Es waren so viel Zuschauer wie noch nie bei einem Spiel von Arwed hier in Katernberg gekommen, wieder klatschten ein paar von ihnen. Arwed erkannte Wewel, der sich wie immer einen Platz abseits vom Gedränge ausgesucht hatte. Und natürlich Albert. Fehlte nur noch, dass seine Oma gekommen wäre, mit breit krempigem Hut und Ausstieg aus dem Bentley direkt vor dem Haupttor. Aber seine Oma, das wusste Arwed, wiederholte sich nicht gerne. Was einmal gut gewesen war, langweilte sie beim zweiten Mal.

Ob Vera auch gekommen war? Er hatte sie gefragt, ob sie das Spiel sehen wolle, aber sie war ausgewichen. Sie wisse noch nicht, ob sie es schaffe, hatte sie gesagt.

Die Katernberger Mannschaft wurde, als sie aufs Spielfeld lief, tatsächlich von Olli angeführt, obwohl ein paar Spieler aus der ersten Mannschaft dabei waren. Eine Auszeichnung für ihn, für die mit Sicherheit Scholz gesorgt hatte. Seht her, bei uns kann ein guter Spieler auch was werden, sollte das heißen.

Als sich die Mannschaften am Mittelkreis aufstellten, kam es doch zur Begrüßung zwischen ihnen. Fast alle aus der Katernberger Mannschaft winkten Rolli zu, Olli nahm ihn sogar in den Arm. Ein wenig gönnerhaft wirkte die Szene, so, als wäre Olli der Spieler aus dem Bundesligateam und nicht Rolli. Auch Arwed wurde begrüßt, vom Mops, der ihm mit strahlenden Augen die Hand drückte, von Levent, sogar von Fatih, der jetzt, da Arwed und Rolli nicht mehr da waren, Stammspieler im Mittelfeld war.

Olli reichte ihm, überheblich grinsend, die Hand.

»Ein gutes Spiel«, sagte er, wie Mannschaftskapitäne das tun, und Arwed wusste, was er damit meinte. Ein gutes Spiel für ihn.

Arwed machte sich auf einiges gefasst.

Diesmal wurden die Mannschaftsaufstellungen sogar über Lautsprecher vorgelesen. Sonst geschah das nur bei Spielen der ersten Mannschaft, nicht bei Juniorenspielen. Zum ersten Mal hörte Arwed in diesem Stadion seinen Namen: »Und mit der Nummer 10 Arwed Arnstädt.«

Es gab Applaus, wenn auch nicht so viel wie bei Rolli. Er registrierte es, wie er überhaupt an vielen Kleinigkeiten merkte, dass er zwar dazu gehört hatte, aber nicht richtig. Er war ein Puzzleteil jener Mannschaft gewesen, gegen die er gleich anzutreten hatte, aber eines, das an manchen Ecken überstand, dem an anderen etwas fehlte.

Erst ein paar Wochen war er von hier weg, aber er merkte, dass längst eine Entfremdung eingetreten war. Eine Entfremdung zwischen den Menschen, dem Verein, seinen früheren Freunden, ja selbst zwischen dem Sportplatz und ihm. Er hatte das noch gar nicht registriert. Erst jetzt, wo er zurückgekommen war, fiel es ihm auf.

Er war froh, als das Spiel endlich angepfiffen wurde. Ronnie ließ die Abwehr weit vorrücken, wie sie das häufig bei vermeintlich schwächeren Mannschaften machten. So gab es keinen Platz für die Angriffe des Gegners, es sei denn, sie konnten ein schnelles Passspiel aufziehen oder sich dadurch befreien, dass sie ein, zwei Spieler austricksten. Rolli hätte das geschafft, aber die anderen waren nicht so gut.

Arwed merkte schon beim ersten Aufeinandertreffen mit Olli, wie schnell er geworden war. Wie viel das Training, zuerst bei Albert, dann bei Berwald, ihm gebracht hatte. Eine Bewegung nach links, dann eine blitzschnelle Wendung nach rechts, genauso wie im Training zigmal geübt, und Olli war ausgetrickst. Arwed spürte seinen Atem hinter sich und wusste, gleich würde Olli versuchen, ihn von hinten umzutreten. In dem Moment, als er die Bewegung erahnte, sprang er hoch. Ollis Fuß trat ins Leere, ein Aufschrei ging durch die Menge, der Weg zum Tor war frei.

Der Mops kam ihm entgegen gestürzt, um den Winkel zu verkürzen, Arwed lief auf ihn zu, passte aber im letzten Moment nach links, wo er Volker vermutete. Sie verstanden sich inzwischen blind. Volker musste den Ball nur noch ins leere Tor schieben.

Sie gewannen 6:0, zwei Tore schoss Rolli, der sich besonders anstrengte, das letzte köpfte Arwed, weil er das Sprungduell gegen Olli gewann. Wieder hörte Arwed seinen Namen über Lautsprecher. Er jubelte aber nicht, sondern ging auf den Mops zu.

»Ärgere dich nicht.«

»Schon in Ordnung.« Der Mops grinste. »Ist ja nicht irgendwer, der mir die Bälle ins Netz legt.«

Arwed freute sich über die Reaktion. Schade, dass der Mops einfach zu gerne aß, sonst hätte er vielleicht auch eine Chance beim VfL bekommen.

Nach dem Spiel wartete Berwald an der Kabine auf sie. »Warst ein bisschen zu eigenwillig«, sagte er zu Rolli, »aber ich verstehe, warum. Gut gespielt«, sagte er zu Arwed und klopfte ihm auf die Schulter.

Albert stand zwei Meter hinter ihm. Er kniff Arwed ein Auge zu, lachte und ballte die Hand zur Faust. So zufrieden mit seiner Leistung hatte er Albert noch nie gesehen.

Arwed schaute noch mal zu den Zuschauerrängen hinüber, Vera konnte er nicht entdecken. Er war enttäuscht.

Zwei Tage später ging er, nach längerer Pause, wieder mal in den Club 11. Vera war nicht zu den gewohnten Uhrzeiten in den Park gekommen, also blieb ihm gar nichts anderes übrig, als dorthin zu gehen. Er wollte endlich wissen, ob sie den Auftritt seiner Mannschaft in Katernberg gesehen hatte und was sie zu seiner Leistung sagte. Fast ebenso interessierte ihn, wie die anderen darüber dachten, der Mops, Levent, auch Olli. Rolli, vermutete er, würde auch dort sein. Er war gut gelaunt, als er zum Club ging, denn er konnte sich nichts anderes vorstellen als dass sie ihn loben müssten. Selbst Olli, wenn er ehrlich war, müsste das.

Am Eingang schlug ihm die übliche Qualmwolke entgegen. Arwed blieb einen Moment lang stehen, er musste sich erst wieder daran gewöhnen. Dann, als sich der Nebel zu lichten begann, entdeckte er seine alten Freunde. An ihrem Lieblingstisch im hinteren Teil des Clubs saßen sie, Olli wie immer auf dem Sofa, ein Mädchen neben ihm, Rolli, der Mops und Levent auf den Stühlen.

Er freute sich, ging lächelnd auf sie zu und erstarrte von einem Moment zum anderen. Das Mädchen neben Olli, er konnte es zuerst gar nicht begreifen, war niemand anderes als Vera. Sie saß da nicht nur einfach neben ihm, das hätte ihn noch nicht erschüttert, sie hatte sich an Olli angelehnt. Und Olli, als er Arwed kommen sah, legte lässig einen Arm um sie.

Jetzt, dachte Arwed, jetzt müsste sie den Arm abwehren, sich losmachen von ihm, denn sie musste bemerkt haben, dass Arwed gekommen war, aber nichts geschah. Sie blieb angelehnt an Olli sitzen und duldete tatsächlich, dass er den Arm um sie gelegt hielt. Arwed begriff. Er begriff es langsam, dann aber mit steigender Wut. Vera hatte die Seite gewechselt, sie war an die von Olli gerückt.

Nichts davon hatte sie ihm angekündigt, sie hatte es einfach getan, still, hinter seinem Rücken. Damit hatte sie in Kauf genommen, dass sie ihn bloß stellte vor allen anderen. Sie beide hatten sich im Club zwar nie in den Arm genommen, so wie Olli das mit seinen Mädchen tat, um den anderen zu imponieren, aber es war klar, dass alle Bescheid wussten. Vera war es gewesen, die Zärtlichkeiten nur duldete, wenn sie unter sich waren, auf dem Heimweg, auf der Bank im Park. Und nicht zuletzt im Zimmer des Siedlungshäuschens, das sie mit ihren Eltern bewohnte. Wieso war das jetzt anders bei ihr? Wieso duldete sie bei Olli, was sie bei Arwed abgelehnt hatte?

Er stand mitten im Raum und starrte sie an, die anderen starrten zurück. Vera wich seinem Blick aus und schmiegte sich noch enger an Olli, der es mit breitem Grinsen zur Kenntnis nahm. Arwed begriff. Sie hatte ihm gesagt, was sie ihm sagen wollte, auch ohne ein Wort zu sprechen. Er merkte, wie seine Augen zu brennen begannen. Um Gottes Willen, nur das nicht! Schnell verließ er den Club.

Draußen musste er erst ein paar Mal durchatmen. Heftig sog er die Luft ein und merkte, wie seine Lippen zitterten. Gerade war er noch fröhlich hierher gekommen, gerade hatte er noch geglaubt, sich Zustimmung, vielleicht sogar Lob abzuholen, Und nun hatte er eine Niederlage erlitten wie zuletzt in den Anfängen seiner Fußballzeit. Nein, schlimmer noch, weil es völlig unerwartet kam und weil jemand von seiner Niederlage profitierte, dem er das nicht gönnte. Der, wenn es nach Arwed ging, jeden Sieg erringen durfte, aber nicht diesen. Und doch hatte er genau ihn errungen.

Jetzt spürte er doch Tränen in seinen Augen. Was war passiert, warum hatte sie das gemacht? Sie war seine Liebe, mit ihr hatte er sie überhaupt erst kennen gelernt.

Dank Vera hatte er über die Zicken im Internat lachen können. Er kannte ja etwas Besseres, er wusste, dass Mädchen auch anders sein konnten. Er kannte Vera.

Aus, dachte er. Aus und vorbei. Mit Vera, mit Katernberg, mit den Freunden, die er hier gefunden hatte. Einzig Rolli, das wusste er jetzt, würde ihm bleiben aus dieser Zeit. Wie ein Verbindungsstück zwischen zwei Polen, von dem ihm der eine weg gebrochen war, kam er Arwed plötzlich vor. Er blickte hinüber zur Eingangstür des Clubs. Wenn wenigstens er jetzt kommen würde, dachte er. Aber Rolli kam nicht.

Langsam ging er nach Hause. Es war ein körperlicher Schmerz, den er empfand. Er hätte jetzt nichts dagegen gehabt, wenn ihm Tränen gekommen wären. Kaum jemand kam ihm entgegen, er war weitgehend allein auf dem Bürgersteig. Tränen würden ihn von seiner Verkrampfung befreien, sie würden den tief sitzenden Schmerz lösen, der ihn bedrückte. Aber die Tränen kamen nicht.

Er setzte sich auf die Bank im Park, denn er wusste keinen anderen Ort, wohin er gehen konnte. Er starrte in die Schatten der Bäume, glaubte, an nichts zu denken und spürte doch, dass es anders war. Er nahm Abschied. Er hatte schon die ganze Zeit, seit er nach Bochum gewechselt war, Abschied genommen. Rolli hatte ihn begleitet, gut. Aber wie passte Rolli in den Kreis, der sich jetzt langsam um ihn, Arwed, bildete? Nein, Rolli hatte sich richtig entschieden. Er war ihm nicht nachgekommen, er war bei den anderen im Club geblieben.

Und Vera? Er spürte, dieser Schmerz würde ihn nicht loslassen, er würde ihn noch lange begleiten. Aber es war nicht nur Schmerz, es war auch Wut, ja Missgunst. Wie konnte sie die Freundschaft zu ihm einfach beenden, wie hatte sie zu Olli wechseln können, ausgerechnet zu ihm? Ja, es stimmte, er war eifersüchtig. Warum sollte er das nicht zugegeben, verdammt noch mal!

Er hatte sie nicht verlieren wollen, und schon gar nicht an Olli. Nein, an den auf gar keinen Fall!

Plötzlich war er sich nicht mehr sicher, was ihn mehr betroffen machte. Die Tatsache, dass sie sich an Olli geschmiegt hatte oder dessen triumphales Grinsen, das nur eins bedeuten sollte: Sieh her, was ich dir wegnehme.

Er wurde immer unruhiger, sprang auf und lief durch den Park zurück zur Straße. Ruhiges Sitzen war nicht gut für ihn, merkte er, es machte ihn noch nervöser. Beim Laufen, hoffte er, würde er seine Gefühle ordnen können. Aber es gelang ihm auch dabei nicht, unkontrollierbar sprangen sie hin und her.

22

In den Wochen danach war er unkonzentriert, im Internat und im Verein. Thomas merkte es als erster, kurz nach ihm auch Berwald.

»Was ist los mit dir, Junge?«, fragte er, als ihm beim Training wieder einen Ball versprang. »Hast du etwa Liebeskummer?«

Arwed merkte, wie er errötete.

Berwald lachte. »Lass gut sein, Junge. Ich hab`s nicht so gemeint. War nur so eine Idee.«

Thomas war vorsichtiger. »Irgendwas hast du«, sagte er und zog ihn mit sich in die Bibliothek.

Hartwig saß in der ersten Reihe vor einem dicken Buch. Früher hätte er bestimmt eine blöde Bemerkung gemacht, irgendwas von den beiden Verlobten gerufen, die sich wohl heimlich treffen wollten. Seit einiger Zeit unterließ er es. Wahrscheinlich nicht nur, weil Meinke ihm mal über den Mund gefahren war, als er es im Sportunterricht versuchte, zum ersten Mal, seit sie bei Meinke Unterricht hatten. Hartwig war darüber so überrascht gewesen, dass ihm keine Antwort einfiel. Aber das allein war es nicht, merkte Arwed. Hartwig war vorsichtig ihnen gegenüber geworden, er lächelte ihnen sogar manchmal zu, einfach so. Irgendwie schienen sie in seinen Augen gewachsen zu sein.

Auch jetzt blickte er nur kurz auf, nickte und vertiefte sich wieder in sein Buch.

Arwed musste Thomas gar nicht viel erklären, er hatte von vornherein die richtige Vermutung gehabt.

»Sie ist ein kluges Mädchen«, sagte er danach.

Arwed sah ihn überrascht an. »Wie meinst du das?«

»Ach, nur so. Lass uns über Mathe reden, ich hab da was nicht verstanden.«

Eine Zeitlang hatte Arwed noch die Hoffnung, Vera könnte sich bei ihm melden. Sie könnte, wenn er zum Bahnhof ging, um zum Training zu fahren, plötzlich hinter ihm sein, einfach so, wie sie ihm damals gefolgt war, als er vom Club 11 nach Hause ging. In Gedanken spielte er durch, wie er dann reagieren sollte. Sie schroff abweisen, nein, mit dir nie wieder, sie in den Arm nehmen, gut dass du wieder da bist, abwarten, bis sie etwas sagte, alle Möglichkeiten spielte er durch, immer und immer wieder. Aber alles vergeblich, sie kam nicht.

Die Hoffnung, dass sie ihm über Rolli eine Nachricht zukommen ließ, erfüllte sich ebenso wenig. Es gab ihn nicht mehr für sie. Und dass er selbst in den Club 11 ging, war ausgeschlossen. Noch so eine Niederlage konnte er nicht ertragen.

Er setzte eine Englischarbeit in den Teich. Nur weil Lehrer Burmeister ihn mochte, bekam er noch eine vier minus, ein Geschenk wie Arwed merkte, auch ohne dass Burmeister es ihm erklären musste.

In einem Spiel des VfL, als sie zur Halbzeit 1:2 zurücklagen, wurde er ausgewechselt. Es war das erste Mal seit langer Zeit, dass er ein Spiel nicht zu Ende bestritt. Arwed bekam Wut. Wut auf sich, Wut auf Vera, Wut auf Olli sowieso.

Die Wende kam, als in einem Spiel gegen den Lüner SV in der Abwehr ein Junge stand, der ihn an Olli erinnerte. Derselbe lauernde Blick, dasselbe überhebliche Grinsen.

Na komm schon, schien er zu denken, dich Weichei mache ich fertig. Arwed spürte, wie es in ihm zu kochen begann. Hoffentlich kam Berwald nicht auf die Idee, ihn ausgerechnet heute auf die Bank zu setzen. In der Mannschaftsbesprechung kurz vor Spielbeginn stellte Arwed fest, dass Berwald genau mit diesem Gedanken gespielt hatte.

»Wir beginnen im Sturm mit Volker und Arwed«, sagte er, »mal sehen, wie es sich entwickelt. Dann können wir immer noch umstellen.«

Arwed stellte sich so, dass er gegen den Ollityp spielen musste, Volker übernahm die andere Sturmseite. Arwed nahm das Spiel diesmal persönlich. Der Junge war nicht sein Gegenspieler, er war sein Feind, den er besiegen musste, koste es, was es wolle. Als er beim ersten Anspiel den Atem des Jungen hinter sich spürte, wusste Arwed, dass die Stunde der Rache gekommen war. Auf seine Körpertäuschung fiel der Junge noch nicht rein, aber Arwed suchte den Schulterkontakt. Er spannte die Muskeln so sehr an, dass der andere einfach abprallte. Kein Foul, das wusste er, denn er hatte den Arm nicht ausgestreckt. Volker stand einschussbereit, aber Arwed zog selber ab. Nur um Millimeter strich den Ball am Tor vorbei.

»Wie wäre es mit abgeben?«, rief Volker.

Arwed grinste. »Beim nächsten Mal wieder, heute nicht.«

Zur Halbzeit hatte er schon zwei Tore geschossen. Beim ersten Treffer hatte er sich durchgefummelt, hatte seinen Gegenspieler stehen lassen, als wäre er gar nicht da, beim zweiten hatte Volker ihn frei gespielt.

In der Kabine nickte Berwald ihm zu. »Wir spielen mit derselben Aufstellung weiter«, sagte er.

In der zweiten Halbzeit gelangen Arwed zwei Kopfballtore. Beide Male sprang er einen Kopf höher als sein Gegenspieler. Zum Schluss legte er Volker zwei Bälle auf, die der sicher verwandelte.

»Na also«, grinste er, »warum damit bis zum nächsten Spiel warten?«

Berwald klopfte ihm auf die Schulter. »Was war los mit dir, Junge? So habe ich dich lange nicht gesehen.«

Auch Rolli nickte ihm anerkennend zu, als sie nach einem Training mit dem Zug nach Hause fuhren.

»Bist gut geworden«, sagte er, »verdammt gut sogar.«

Arwed freute sich über Rollis Lob, gerade weil es von ihm kam. Er bildete sich ein, dass er es stellvertretend für die Katernberger gesprochen hatte.

Es ging aufs Abitur zu. Seine Zensuren waren nicht besonders, das viele Training ließ ihm nur wenig Zeit zum Lernen, aber es reichte. Sein Vater erlaubte ihm deshalb, den Führerschein zu machen. Ein Auto für ihn hatte er schon, es war ein alter Opel aus dem Fuhrpark des Betriebs, der aussortiert werden sollte.

»Für den Anfang ist das gut genug«, sagte sein Vater, »dann kannst du damit nach Bochum fahren.«

Albert ließ ihn mit dem Bentley üben. Sie fuhren raus ins Feld, wo sie ungestört waren und wo vor allem keine Polizei vorbeikam. Manchmal kam seine Oma mit. Sie saß im Fond, während Arwed über Feldwege steuerte, manchmal zurücksetzte, stoppte, dann wieder anfuhr.

»Mein Gott, jetzt fährt der Junge schon Auto«, seufzte sie, »wie die Zeit vergeht.«

Albert war auch hier ein guter Lehrer, seine Oma merkte es und machte sich lustig darüber.

»Fußball und Autofahren, das ist es, was die Männer am besten können.«

»Und Bier trinken, gnädige Frau‹, ergänzte Albert, »das auch.«

Sie lachten. Mein Gott, was wäre, wenn er die beiden nicht hätte, dachte Arwed. Wie sähe sein Leben dann aus?

Der März war überraschend mild, Robert, Volker und Arwed konnten nach dem Training schon wieder draußen sitzen, wenn sie im Cafe eine Cola trinken wollten. Rolli kam nie mit. Er fuhr, wenn Arwed mit den beiden zusammen blieb, alleine nach Hause. Richtige Freunde in der Mannschaft hatte er nicht, aber seine Rolle im Team stand trotzdem außer Frage. Rolli war ein guter Rechtsaußen, seine Flanken kamen zentimetergenau und führten zu vielen Toren.

Zu einem ihrer Treffen kam irgendwann auch Roberts Schwester Astrid. Es war nicht klar, ob Robert ihr erzählt hatte, dass sie sich treffen würden, oder ob sie zufällig am Cafe vorbei gekommen war. Lachend kam sie auf sie zu, als sie ihren Bruder an dem Außentisch bemerkte. Sie nahm Robert und Volker zur Begrüßung in den Arm, Arwed reichte sie die Hand.

»Komm, setz dich zu uns«, sagte Volker, der sich über ihr Kommen freute. Astrid blickte prüfend zu Arwed hinüber, als hätte sie Angst, dass er etwas dagegen haben könnte. Arwed beeilte sich, ihr zuzunicken.

Astrid bestellte ein Eis. Sie hatte kurzes blondes Haar, trug eine eng sitzende Jeans, einen gelben Rollkragenpullover und darüber eine dunkelblaue Jacke mit Reißverschluss. Robert hatte ein schmaleres Gesicht, aus dem seine Augen übergroß hervorstachen, was ihm einen etwas stechenden Blick verlieh. Bei seiner Schwester wirkte alles milder und fröhlicher. Vor allem ihr Lächeln.

Sie käme gerade von der Probe des Schulchors, erzählte sie und blickte dabei zwei-, dreimal zu Arwed hinüber. Ob Robert ihr erzählt hatte, dass er auch in einem Chor sang? Gerade heute hätten sie wieder eine Auseinandersetzung mit der Chorleiterin gehabt.

»Wir wollen auch mal moderne Songs singen«, erzählte sie. »Etwas von den Beatles zum Beispiel.«

»Ich singe was völlig Unmodernes«, entgegnete Arwed. »Bach, Mozart, Händel. Von dem üben wir im Moment das Te deum.«

Sie schien nicht überrascht, als sie ihn ansah. »Die sind nie unmodern. So was würde ich auch gern mal singen. Bei uns ging es um alte Volkslieder, am Brunnen vor dem Tore …«

»Ja, was ist denn da los, am Brunnen vor dem Tore?«, fragte Volker scheinheilig.

Astrid sah ihn böse an. »Du musst mich nicht auch noch ärgern damit«, sagte sie. »Frag das unsere Frau Sommer, die kann`s dir beantworten.«

»Hättet ihr mal Lust, euch ein Konzert von mir anzuhören?« Arwed wusste selbst nicht, wie er auf diesen Vorschlag gekommen war. »Wir haben bald wieder eins in der Essener Basilika.«

Volker winkte ab. »Sei mir nicht böse. Wenn es um Schlachtengesänge im Fußball gehen würde, dann ja. Aber so …«

»Jedem sein Hobby«, sagte Robert, »aber Kirchenmusik …« Er schüttelte den Kopf. »Ich war seit meiner Konfirmation nicht mehr in der Kirche.«

Schade, dachte Arwed. Es wäre zu schön gewesen, wenn er die Bereiche mal zusammen gebracht hätte, den Fußball und seinen Kirchenchor.

»Warum nicht«, hörte er plötzlich Astrid, »so ein Konzert würde ich mir gerne mal anhören.«

Volker sah plötzlich so aus, als täte es ihm Leid, schon abgesagt zu haben. Sich Kirchenmusik zusammen mit Astrid anzuhören, schien ihm plötzlich doch möglich zu sein.

Arwed freute sich. Er sagte ihr, dass das Konzert schon in einer Woche stattfinden würde und beschrieb ihr den Weg vom Essener Bahnhof zur Basilika. Astrid notierte es sich auf einem Zettel, Arwed sah sie prüfend an. Ob sie es wirklich ernst meinte?

Später begleiteten ihn alle drei zum Bahnhof. Bis zum Bahnsteig gingen sie mit, was Robert und Volker vorher noch nie getan hatten. Sie winkten ihm tatsächlich nach, als der Zug abfuhr, auch Astrid. Arwed hatte das Gefühl, nun endgültig in seinem neuen Kreis angekommen zu sein.

Tatsächlich kam sie zu seinem Konzert. Arwed hatte schon geglaubt, sie hätte es vergessen, denn zum nächsten Treff mit Volker und Robert war sie nicht gekommen. Nun saß sie in der Basilika, ziemlich weit vorne, ungefähr dort, wo sonst seine Eltern saßen. Er entdeckte sie sofort, als der Chor, aus der Sakristei kommend, im Altarraum Aufstellung nahm. Sie merkte, dass er sie entdeckt hatte, hob leicht die Hand und winkte. Zurückwinken ging nicht, Bethge wäre sauer geworden, deshalb nickte er leicht mit dem Kopf. An ihrem Lächeln sah er, dass sie es bemerkt hatte.

Sie sangen Händel, auch wieder das Ave verum von Mozart. Arwed gab sich Mühe, dass es gut klang. Ja, das sollte es, sehr gut sogar. Er sah, dass Astrid ihre Lippen bewegte und leise mitsang. Ein schöner Anblick, Arwed war gerührt.

Nach dem Konzert gehörte sie zu den ersten, die aufstand, um stehend zu applaudieren. Er versuchte, ihr ein Zeichen zu geben, damit sie nicht sofort nach Bochum zurückfuhr. Sie konnten vielleicht noch etwas gemeinsam unternehmen, mindestens konnte er sie zum Bahnhof bringen. Sofort zu ihr zu gehen ging nicht. Es gehörte zum festen Ritual, dass nach dem Konzert alle gemeinsam in den Umkleideraum gingen, sich Bethges Kommentar anhörten und danach voneinander verabschiedeten. Den Brauch durfte Arwed nicht brechen, auch wenn er es heute noch so gerne getan hätte.

Seine Unruhe war aber überflüssig, sie stand vor der Kirchentür, als er nach draußen kam, und wartete.

»Hey!«, rief er, »schön, dass du nicht sofort abgehauen bist.«

»Ich wollte dir doch noch sagen, was ich von euerm Konzert halte.«

»Ist klar. Und wie fandest du es?«

Sie standen direkt voreinander. Die letzten Chormitglieder kamen aus der Sakristei, grüßten noch kurz und liefen davon. Sie zögerte mit der Antwort, er verstand. Er wollte das, woran sie dachte, ja auch selber.

»Was meinst du, sollen wir noch irgendwo hingehen?«

Noch während sie nickte, fiel ihm ein, dass er gar keinen guten Vorschlag machen konnte. Hier, in der Innenstadt, kannte er nur zwei Speiserestaurants, in die er schon mal mit seinen Eltern gegangen war. Und in den Club 11 nach Katernberg konnte er sie ja schlecht führen. Obwohl … Schnell verdrängte er den Gedanken. Bevor er in Not kam, half sie ihm aber.

»Ich kann bloß nicht weit mitgehen«, sagte sie, »ich muss gleich nach Hause fahren.«

Sie landeten schließlich im Bahnhofsrestaurant. Eine dicke Rauchwolke hing im Raum, als sie eintraten, aber das störte sie nicht. Sie setzten sich an einen Tisch einander gegenüber und bestellten jeder eine Cola.

»Ich fand euch richtig gut«, sagte sie, »die Musik klang wunderschön in dem großen Kirchenschiff.« Sie nickte dazu, während sie das sagte. »Ich habe noch nie so ein schönes Konzert gehört.«

Er war sich nicht sicher, ob sie das ernst meinte. Dass es gut gewesen war, ja, das hatte er gehofft, aber gleich das Beste? Aber sie zerstreute seine Zweifel.

»So was würde ich auch mal gerne singen«, sagte sie.

»Neben den Beatles.«

»Du nimmst mich nicht ernst.«

»Doch, nehme ich. Ich hab`s nicht so gemeint. Es ist nur, weil ich mich so freue über dein Lob.«

»Tust du das wirklich?« Ihre Grübchen traten wieder beim Lächeln hervor. »Du spielst auch gut Fußball«, fügte sie hinzu und verblüffte ihn nun endgültig.

»Du kommst zu unseren Spielen?«

Sie nickte. »Nicht immer, aber manchmal. Dich habe ich auch schon spielen sehen. Robert möchte gerne, dass ich es mir ansehe. Natürlich nur, damit ich ihn bewundere.« Sie kicherte. »Dabei ist er gar nicht so gut, aber das sage ich ihm nicht.«

Jetzt musste er auch lachen. Es war schön, wie sie das sagte, und es war gar nicht so, dass sie ihren Bruder dabei verletzte. Trotzdem hatte Arwed das Gefühl, ihn verteidigen zu müssen.

»Robert ist auch gut«, sagte er. »Auf den Außenpositionen im Mittelfeld ist es viel schwerer zu glänzen.«

Sie nickte. »Klar ist er gut, aber du bist besser. Ich habe es ihm auch schon gesagt, und er hat nicht mal widersprochen. Das ist selten bei ihm.«

Arwed spürte, wie ihm der Schweiß auf die Stirn trat. So viel Lob war er gar nicht gewöhnt. Im Gegenteil, in Katernberg hatten sie versucht, alles was er tat, runter zu machen. Und Vera hatte sich niemals zum Gesang seines Chores oder zu seinen Fußballleistungen geäußert. Ob sie überhaupt mal ein Spiel von ihm gesehen hatte? Sie zu einem Konzertbesuch zu überreden wäre jedenfalls undenkbar gewesen.

Er wusste selbst, was es bedeutete, dass er verglich. Ja, sie gefiel ihm, sie war hübsch und interessiert an dem, was er tat. Trotzdem, er sollte Vera nicht mit ihr vergleichen, dachte er. Er würde sie, das wusste er, niemals vergessen, auch wenn sie ihm noch so wehgetan hatte.

»Erzähl mir von dir«, sagte er, »was machst du so?«

Sie kicherte. »Suchst du jetzt eine Möglichkeit, mich auch zu loben? Lass es, ich mache nicht so tolle Dinge wie du.«

»Das darfst du nicht sagen«, antwortete er, »so toll sind die Dinge, die ich mache, auch wieder nicht.«

»Oh, der Herr ist bescheiden. Das ehrt dich.« Sie griff nach seiner Hand, er war nur einen Moment erschrocken. Aber so offen, wie sie sich gab, so fröhlich, konnte ihn eigentlich nichts überraschen.

»Weißt du, ich mache eigentlich nicht viel. Ich gehe zur Penne, zum Schillergymnasium, singe, treffe mich mit Freundinnen. Was man so macht.«

»Und Sport gar nicht?«

»Doch, ich turne. Aber ich bin nicht gut. Ich bin etwas zu kräftig.«

»Gar nicht.«

Sie lachte. »Du bist süß.« Sie beugte sich über den Tisch und küsste ihn. Alles ging bei ihr so selbstverständlich, ohne jede Verkrampfung. Jetzt griff er nach ihrer Hand.

Sie blickte an ihm vorbei zur großen Uhr, die an der Stirnseite der Gaststätte hing.

»Du musst mich jetzt los lassen, sonst verpasse ich meinen Zug.«

Er bezahlte schnell und begleitete sie zum Bahnsteig. Der Zug rollte schon ein, als sie ankamen, aber sie fanden noch Zeit, sich zu küssen. Er spürte ihre warmen Lippen, ihre tastende Zunge. Mit einem Ruck machte sie sich los und sprang in den Zug.

»Wann sehen wir uns wieder?«

»Schon bald.« Die Tür begann sich mit einem Zischen zu schließen. »Keine Sorge, ich melde mich.« Das war das Letzte, was er an diesem Abend von ihr hörte.

23

Von nun an trafen sie sich regelmäßig. Manchmal kam sie auch zu Arweds Treffen mit Robert und Volker, dann setzte sie sich neben Arwed und griff nach seiner Hand. Volker war anfangs eifersüchtig. Arwed merkte es deutlich, obwohl er sich alle Mühe gab, seine Gefühle zu unterdrücken. Aber es gelang ihm nicht immer, selbst im Spiel nicht. Dann gab er den Ball nicht an den besser postierten Arwed weiter, wie er es sonst getan hatte, sondern versuchte einen Alleingang. Berwald ermahnte ihn deswegen sogar mal in einer Halbzeitpause.

»Wir haben übrigens zwei Stürmer«, sagte er so laut in der Kabine, dass alle es hören mussten, »du kannst auch mal abgeben, Volker.«

Aber nicht deshalb wurde es nach drei, vier Wochen besser, sondern weil Astrid zu den Treffen plötzlich eine Freundin mitbrachte. Vera hieß sie, sah aber ganz anders aus als Arweds Vera, hatte dunkelblonde Haare und blaue Augen, aber Arwed konnte es trotzdem nicht vermeiden, sie anzustarren, was vor allem Astrid auffiel. Sie trat ihm unter dem Tisch so heftig gegen das Schienbein, dass er zusammenzuckte und es alle bemerkten.

»He, das hätte eine gelbe Karte gegeben«, rief Robert. Sie lachten, auch Volker. Er war wieder fröhlich, was nicht zuletzt damit zu tun hatte, dass Vera sich an seine Seite gesetzt hatte.

»Fehlt nur, dass du auch noch eine Freundin für deinen

Bruder besorgst«, sagte Arwed später, als Astrid ihn zum Bahnhof begleitete.

»Würde ich ja, aber der ist unglücklich in ein Mädchen seiner Jahrgangsstufe verliebt. Die will aber gar nichts von ihm wissen. Na ja, da kann man nichts machen.«

Irgendwann, an einem Sonntag, fuhren sie mit dem Bus raus nach Werden. Sie wollte, hatte sie gesagt, mit ihm spazieren gehen. Als sie in einem kleinen Wäldchen eine Bank fanden, schlief sie mit ihm. Sie hatte einen roten Faltenrock, hob ihn hoch, streifte ihren Slip ab und setzte sich auf ihn. Sie tat es mit derselben Selbstverständlichkeit, mit der sie alles tat. Arwed war ein wenig unruhig, dass sie jemand beobachten könnte, aber es kam niemand vorbei. Er dachte noch mal an Vera und war doch dabei, sie endgültig zu vergessen.

Er machte den Führerschein, bekam von seinem Vater feierlich die Schlüssel des alten Opel überreicht, schaffte das Abitur und stellte seinen Eltern bei der Zeugnisübergabe Astrid vor. Sie waren sichtbar überrascht, reichten ihr aber freundlich die Hand, die Stimmung blieb ungetrübt, vielleicht nur, weil es ein feierlicher Tag bleiben sollte. Vielleicht aber auch, weil Arweds Oma dabei war, die Astrid ganz entzückend fand und das gleich zweimal sagte, Arwed und seinen Eltern.

Durch das Auto war es einfacher geworden, mit ihr zu schlafen. Sie fuhren zu einem abgelegenen Ort, setzten sich auf den Rücksitz, verriegelten die Türen und sie setzte sich wieder auf seinen Schoß. Sie hatte es gern, wenn sie den Rhythmus bestimmen konnte.

Im Sommer hatte er noch eine zweite Prüfung zu bestehen, schwieriger als das Abitur, wie er empfand. Vor allem deshalb, weil das Bestehen nicht allein in seiner Hand lag, sondern hauptsächlich andere darüber zu entscheiden hatten. Es ging um einen Profivertrag beim VfL Bochum. Seine Zeit als Jugendlicher war vorüber, jetzt stellte sich die Frage, ob sie ihn haben wollten. Nicht in einem Nachwuchsteam, aus dem heraus man Talente filterte, nein, jetzt mussten sie filtern und ihm sagen, wie sie ihn einschätzten. Ob sie ihm eine Karriere als Profi in der ersten Mannschaft zutrauten oder ob er zurück musste nach Katernberg oder wer weiß wohin.

Die Wochen des Wartens nervten ihn, sein Vater drängte ihn, endlich was zu tun und sich an einer Uni anzumelden. Arwed spielte auf Zeit, redete von der Bundeswehr, die sich vielleicht melden würde und wusste zugleich, dass sie es nicht tun würde. Dafür hatte der VfL gesorgt. Seine Talente sollten auf keinen Fall in einer Kaserne verschwinden.

Rolli war noch nervöser als er. Nach jedem Training ging er zu Berwald und fragte, was er noch verbessern könnte und welche Trainingseinheiten er dafür einschieben sollte. Bei den Rückfahrten nach Essen, wenn Arwed ihn im Auto mitnahm, wollte er von nichts anderem reden als von ihren Chancen.

Arwed versuchte, ihn abzulenken, nicht nur, um ihn zu beruhigen, sondern auch sich selber.

»Was machen denn die Katernberger«, fragte er, »Olli, der Mops und …«

»… und Vera meinst du.«

Arwed hatte gehofft, dass er von selbst darauf kommen würde, aber als Rolli es so deutlich aussprach, zuckte er unwillkürlich zusammen. Es half ihm, dass sie gerade in den obligatorischen Stau auf der B1 kurz vor Essen gerieten, so konnte er fluchen und von seiner Reaktion ablenken.

Rolli begann plötzlich, vom Mops zu sprechen. »Der ist dünn geworden«, sagte er, »du kannst dir gar nicht vorstellen wie sehr. Das Merkwürdige daran ist, dass er seitdem viel schlechter hält. Mit seinem Gewicht hat der Mops auch seine Form verloren.« Rolli kicherte. »Jetzt meckern alle mit ihm.«

Arwed lachte, obwohl ihm gar nicht danach zumute war, denn sie kamen nur im Schritttempo voran.

»Kennst du den Grund, warum er abgenommen hat?«

Rolli kicherte wieder. »Ich glaub, er ist verliebt. In Birgit. Du weißt doch, die Blonde, die immer ihre Lippen schminkt.«

»Und die anderen?«

»Normal.«

»Also Vera noch immer mit Olli?«

»Interessiert es dich?«

»Nicht wirklich.« Seine Antwort stimmte und stimmte auch wieder nicht.

»Ich gehe auch nicht mehr so oft hin«, erzählte Rolli. »Das Training lässt mir zu wenig Zeit.«

Arwed merkte am Ton, dass das nicht die ganze Wahrheit war.

»Und wenn du da bist«, fragte er, »wie ist dann das Klima?«

»Na ja.« Rolli zuckte mit den Schultern. »Nicht mehr so schön wie früher.«

»Was heißt das?«, hakte Arwed nach, während er endlich wieder Gas geben konnte, weil sich der Stau auflöste. »Was ist nicht mehr so schön?«

»Dass sie mehr unter sich sein wollen. Sie machen Späße, die ich nicht verstehe oder die sich gegen mich richten. Ich gehöre …«

»… nicht mehr dazu, ich verstehe.« Klar, das hätte er

sich auch denken können. Sie waren missgünstig, sie gönnten Rolli den Erfolg nicht, so wie sie schon Arwed keinen Erfolg gegönnt hatten.

Mein Gott, was für ein primitives Verhalten, dachte er, was für eine blöde Welt! Obwohl, fiel ihm dann ein, so ganz richtig war sein Urteil nicht. Er hatte ja eine Zeitlang dazu gehört, er hatte es gemocht, dass alles so gradlinig ablief, so einfach und berechenbar. Ja, das war es, was auch zu ihnen gehörte, ein Leben, das nicht so kompliziert, so fest gefügt in Riten und Verhaltensvorschriften wie seines war. Und in ihrer Direktheit lag ja auch Liebenswürdiges. Er dachte dabei nicht nur an Vera, es fielen ihm auch die Eltern des Mops ein und wie sie sich bemüht hatten bei der Geburtstagsfeier für ihn. Bemüht auch um ihn, Arwed.

»Nimm`s nicht so ernst«, sagte er deshalb zu Rolli, »sie können nicht anders. Denk einfach, du bist es, der beim VfL ist, nicht einer von ihnen. Wenn du es nicht wärst, wären sie anders zu dir. Würdest du das wollen?«

Rolli schüttelte den Kopf. »Ne, bloß nicht. Ich will beim VfL bleiben, noch möglichst lange.«

»Und was ist jetzt mit Vera und Olli.«

»Alles wie früher.«

Rolli durfte beim VfL bleiben, genau wie Arwed. Die Lösung für all ihre Unruhe, für ihr Zittern und Bangen, kam ganz unspektakulär. Nach einem Training winkte sie ein Mann vom Vorstand zur Seite, drückte ihnen ein Papier in die Hand und sagte: »Der Vorstand hat beschlossen, dass wir euch behalten wollen. Ihr sollt ab der neuen Saison zum Profikader gehören.«

Arwed starrte auf das Papier, Vertrag stand darauf. Er wusste gar nicht, was er sagen sollte, Rolli war ebenfalls sprachlos. Aber Rolli war es wohl eher, weil sein Traum nun doch Wirklichkeit geworden war, während Arwed staunte, wie unvermittelt das alles geschah. Wie sich ein Ziel, auf das Tausende von Jugendlichen hinarbeiteten, mal eben so, wie nebenbei, erfüllte. Der Mann vom Vorstand merkte es.

»Ihr müsst euch nicht sofort entscheiden«, sagte er. »Nehmt den Vertrag mit nach Hause und sprecht mit euren Eltern darüber. Nächste Woche, beim Training am Donnerstag, gebt ihr Bescheid.« Er sah sie an und lachte. »Am besten gebt ihr mir dann den unterschriebenen Vertrag zurück. Wir halten euch wirklich für Spieler mit Perspektive.«

Erst in der Kabine fanden sie Zeit, den Vertrag in Ruhe durchzulesen. Rolli hatte sich neben Arwed auf die Bank gesetzt, Arwed hörte, wie er sich die einzelnen Passagen laut vorlas. Arwed blickte sich um. Volker hatte noch so ein Papier in der Hand, auch Ronnie, sonst keiner. Auch nicht Robert. Arwed bemerkte seinen traurigen Blick. Er stand auf, legte den Vertrag auf die Bank und ging hin zu ihm.

»Tut mir Leid«, sagte er und fasste ihn an der Schulter.

»Ne, lass man, ist schon gut.«

»Trotzdem, ich hätte dich gerne dabei gehabt, wir sind doch so etwas wie …«

»… Schwäger, meinst du.« Er quälte sich ein Lächeln ab, Arwed sah, dass ihm Tränen in den Augen standen. »Meine Eltern meinen sowieso, dass ich studieren soll. Astrid meint das auch.«

Arwed nickte. »Klar, vielleicht ist das wirklich besser.«

Er sagte das, um Robert Mut zuzusprechen, aber als er sich kurz drauf seinen Vertrag genauer durchlas, bekam er selber Zweifel. Sie boten ihm einen Vertrag auf zwei Jahre an, gut zweitausend DM sollte er im Monat bekommen, nicht mehr als ein Angestellter bei seinem Vater. Und dann, wenn sie den Vertrag nach zwei Jahren nicht verlängerten? Zwei Jahre hätte er dann verloren, zwei Jahre, in denen er sein Studium fast zu Ende bringen könnte.

Rolli neben ihm sah das völlig anders. »Mensch, mehr als zweitausend DM«, sagte er. »Weißt du, was das bedeutet? Das ist mehr, als der Zweigstellenleiter in unserem Supermarkt bekommt. Dazu musst du Bereichsleiter werden und mehrere Supermärkte kontrollieren. Nur ganz wenige kommen dahin.«

Arwed nickte. Er hatte es längst verstanden. Alles hatte zwei Perspektiven, die von Rolli eben und die von ihm.

Arwed war vor allem in Sorge, was sein Vater dazu sagen würde, aber der war überraschend verständnisvoll.

»Wie, mehr verdient man nicht im Fußball?«, fragte er, als er den Vertrag gelesen hatte. »Na ja, vielleicht ist das auch gut so, es ist ja immerhin nur Sport.« Dann sah er Arwed an.

»Was willst du machen?«

Arwed zuckte mit den Schultern. »Ich bin einer von nur vieren, die sie genommen haben. Ich will das erst mal mit Albert besprechen.«

»Mit Albert, klar.« Sein Vater nickte. »Gut, dass wir für alle Fachgebiete Spezialisten in unserer Familie haben.« Arwed hörte deutlich den ironischen Unterton heraus.

Albert hatte keine Bedenken, den Vertrag zu unterschreiben. »Mann, so ein Papier hätte ich auch gerne mal bekommen«, sagte er und schwenkte den Vertrag in der Luft herum, so dass sich selbst Arweds Oma einmischte.

»Zerreiß ihn doch nicht«, rief sie, »wer weiß, ob Arwed einen neuen bekommen würde.«

Arwed unterschrieb, bei Rolli war es sowieso klar. Astrid freute sich mit ihm.

»Ich hatte sowieso keine Hoffnung, dass sie meinen Bruder nehmen würden«, sagte sie. »Der soll studieren und nebenbei bei einem Amateurverein spielen.«

Sie nahm ihn in den Arm. »Komm, dafür gibt es eine Belohnung.« Sie fuhren ins Muttental und fanden einen verschwiegenen Ort. Arwed war glücklich.

Es blieb aber nicht so, denn es fiel ihm wieder schwer, sich bei den Profis durchzusetzen. Sie hatten gute Spieler dort, einer, Tenhorst hieß er, hatte schon ein paar Mal in der Nationalmannschaft gespielt, ein anderer, Werner Lahm, den alle nur »Ata« riefen, stand kurz vor einer Berufung. In der B-Nationalmannschaft hatte er auch schon gespielt. Es war dasselbe wie immer. Ein Ollityp war dabei, der ihn verunsicherte. Rolli fiel es genauso schwer, sich im Training in Szene zu setzen. Diesmal, das wusste Arwed, würden ihm auch die Tipps von Albert nicht mehr helfen. Das war jetzt ein Niveau, das Alberts Kenntnisse überstieg.

In den ersten Spielen saß er neben den anderen aus der Jugendmannschaft auf der Tribüne. Nicht mal als Ersatzspieler waren sie aufgestellt worden. Trotzdem, Bundesliga. Er sah die großen Stars der Liga ganz nah vor sich, Paul Breitner, den Weltmeister, Wolfgang Overath, Heinz Flohe, der Tricks darauf hatte, die in keinem Lehrbuch standen.

Der Trainer rief die jungen Spieler nach einem Training zusammen. »Werdet nicht unruhig«, sagte er, »eure Chance kommt noch. Wenn wir uns im sicheren Mittelfeld festgesetzt haben, gibt es Gelegenheit zum Experimentieren. Dann seid ihr Jungen dran.«

Arwed wusste, dass der Trainer auch mal ein guter Spieler gewesen war. In Duisburg hatte er gespielt.

Die Chance kam wirklich, an einem warmen Spätherbsttag im Spiel gegen den Hamburger SV wurde er eingewechselt. Zehn Minuten vor Schluss, aber weil die Hamburger zurücklagen, drängten sie auf den Ausgleich. Arwed musste verteidigen, als Stürmer konnte er sich nicht mehr zeigen.

Das blieb jetzt so, ab und an kam er für ein paar Minuten zum Einsatz, im Wechsel mit Volker, dem beim dritten oder vierten Einsatz sein erstes Tor gelang.

Oh Gott, dachte Arwed, jetzt wird der Trainer nur noch Volker einwechseln, nicht mehr mich. Aber so war es nicht. Bei hohem Rückstand, wenn es sowieso nicht mehr darauf ankam, oder wenn sie klar führten, kamen die jungen Spieler zum Einsatz. Arwed gelangen dabei sogar zwei Tore.

»Du bist ein guter Kopfballspieler«, sagte der Trainer. »Aber du musst noch robuster werden. Du lässt dich noch zu leicht bluffen von einem ausgebufften Verteidiger.«

Ein paar Mal sah ihn sein Vater in der Sportschau und erzählte ihm stolz davon. Arwed musste grinsen. Es fehlte nicht mehr viel, dann würde er noch zum Fußballfan.

Nach der Saison hatte er zwölf Einsätze, so viel wie Volker und Rolli. Immerhin hatte er dabei zwei Tore geschossen, und das in der Bundesliga. Zufrieden aber war er nicht. Noch ein Jahr, dachte er, noch ein Jahr gebe ich mir Zeit und die vom Verein geben sie mir auch. Dann entscheidet sich sowieso, wie es weitergeht.

24

Es entschied sich aber schon früher. Ein Mann, der sich Schmückler nannte, stand nach dem ersten Training nach der Sommerpause plötzlich vor ihnen. Ob er sie mal sprechen dürfe, fragte er und meinte damit die jungen Spieler, die zusammen mit Arwed in den Profikader aufgestiegen waren, er hätte ihnen etwas Wichtiges mitzuteilen. Arwed hatte zuerst keine Lust, was sollte ihnen der Mann schon Wichtiges sagen können, aber Schmückler blieb beharrlich. Sie sollten es sich mal anhören, erklärte er, dann könnten sie immer noch entscheiden. So kam es, dass sie kurz darauf in einer Pizzeria in der Fußgängerzone zusammen saßen, Ronnie, Volker, Rolli, Arwed und dieser Schmückler, der einen spießigen Pepitahut trug, den er an die Lehne seines Stuhles hängte.

»Beim VfL wird es schwer für euch, einen Stammplatz zu erobern«, sagte er und sah sie der Reihe nach an. »Immer nur Kurzeinsätze, da werdet ihr nie in einen Spielrhythmus bei den Profis finden. Und die Lücke zu den Stammspielern wird immer größer.«

Sie sahen sich an. Was wollte der Mann von ihnen, weshalb erzählte er ihnen das?

»Ich hätte da eine Lösung«, sagte Schmückler dann, »aber nur für zwei von euch.« Wieder ließ er sich Zeit, bevor er fort fuhr. »Für zwei, die bereit sind, mal was zu riskieren.«

»Nun los«, drängte Arwed, »sagen Sie schon. Was sollte das denn sein?«

»Italien«, antwortete Schmückler kurz und bündig und schmunzelte, als er ihre überraschten Gesichter sah. »Ja, das gute, alte Italien. Da gibt es im Norden, in Perugia, einen Verein, der gerade aufgestiegen ist in die erste Liga. Die suchen noch je einen Spieler für das Mittelfeld und für den Sturm. Und weil sie nicht viel Geld haben und in Italien selbst schlechte Spieler so viel Geld kosten wie hier Breitner oder Overath, sucht der Verein nach Talenten. Ich habe Kontakt zu dem Verein und habe dem Vorstand von euch erzählt. Sie haben Interesse und würden euch gerne mal kennen lernen.«

»Italien?« Volker schüttelte den Kopf. »An so eine Lösung habe ich noch nie gedacht.«

»Ich auch nicht«, antwortete Ronnie.

Schmückler guckte Arwed und Rolli an. »Und ihr?«

Arwed zuckte mit den Schultern. »Italien, warum nicht. Ich war im letzten Jahr mit meinen Eltern dort. Tolle Städte gibt es da und tolle Strände.«

»Perugia ist auch sehr schön«, beeilte sich Schmückler zu erzählen. »Ich fahre gerne dorthin, deshalb habe ich auch Kontakt zu dem Verein gefunden. Ein richtiger Spielervermittler bin ich nämlich nicht. Nur ein Fan des AC Perugia und des VfL Bochum.«

Rolli sagte nichts, sondern blickte fragend auf Arwed.

»Ist gut, wir überlegen es uns.«

Schmückler gab ihnen seine Telefonnummer, setzte sein Pepitahütchen auf und übernahm die Rechnung.

»Meldet euch, wenn ihr Interesse habt. Aber bedenkt, so eine Chance kriegt ihr nie wieder.«

Albert war so überrascht von dem Angebot wie Arwed, aber seine Oma war ganz begeistert.

»Mensch, Italien!«, rief sie, »das Land der Musiker und Maler. Das muss toll sein, da mal ein paar Jahre lang zu leben.«

Arwed musste grinsen. Klar, die Maler, kein Wunder, dass seine Oma zuerst an sie dachte. Aber jetzt ging es um Fußball, und wenn er die Beziehung zwischen Albert und ihr richtig verstand, war seine Oma auch längst auf dieses Thema umgestiegen.

Albert nickte schließlich. »Klar, du solltest es ausprobieren. In deinem Alter muss man alles probieren, was einen weiterbringt.«

So ähnlich dachten auch seine Eltern, wobei sein Vater unter Weiterkommen vor allem den Verdienst verstand.

»Wenn die dir mehr Geld zahlen, warum denn nicht?«

So kam es, dass kurz drauf Arwed mit Rolli auf dem Beifahrersitz nach Italien fuhr. Vier Tage hatten sie dafür vom VfL frei bekommen, ein Zeichen, dass der Verein auch für die kommende Saison nicht unbedingt mit ihnen plante.

Sie waren ausgelassen während der Fahrt und sangen. Sie sangen alles, was ihnen einfiel, von den Mud, von Buddy Holly, Suzie Quatro, sogar ihr Vereinslied aus Katernberg. Das sangen sie sogar öfter.

Als sie die Alpen überwunden hatten, öffnete sich die Landschaft, Gemüse wuchs auf den Feldern, Wein, dazwischen standen Häuser mit Ranken an den Wänden. Sie fuhren zwischendurch in ein kleines Dorf am Rande der Autobahn und aßen in einem Restaurant Tortellini. Männer saßen auf den Stühlen vor dem Restaurant und tranken Kaffee. Arwed breitete die Karte auf dem Tisch aus und informierte sich über den restlichen Weg. Perugia war nicht mehr weit.

Dort gab es eine wunderbare Altstadt, wie sie bei ihrer Suche nach einem Hotel feststellten. Kleine, verwinkelte

Gassen gaben ihr ein mittelalterliches Flair. Eine der Gassen war von einem etruskischen Torbogen überspannt, eine Zeitlang hielten sie sich in seinem Schatten auf, ein Aquädukt zog sich durch die Altstadt.

»Toll hier!«, rief Arwed, Rolli blieb zurückhaltend. Arwed verstand ihn. Alles war neu für ihn, während er andere italienische Städte, Florenz vor allem, schon gesehen hatte.

Das Stadion lag außerhalb der Stadt, auf halbem Wege zur Autobahn. Es war nicht eckig wie in Bochum, sondern eine große Schale. Außerhalb davon, im Schatten der Haupttribüne, lagen zwei Trainingsplätze. Zweimal mussten sie mittrainieren, die Sprints, die Kraftübungen an Bändern, das Spiel drei gegen vier. Am wichtigsten aber waren die Trainingsspiele. Mal standen sie zusammen in einer Mannschaft, mal spielten sie gegeneinander. Arwed merkte, dass er mit seinem Kopfballspiel heraus stach. Perugia hatte keinen kopfballstarken Stürmer, deshalb war er der einzige, der Kopfballtore erzielte.

Dem Trainer, einem ehemaligen Nationalspieler, der bei Juventus Turin gespielt hatte, fiel es auch auf. Nach dem zweiten Training ließ er noch mal einen einzigen Spielzug üben. Hohe Flanke in den Strafraum, zwei Verteidiger hatten einzig die Aufgabe, Arwed nicht an den Ball kommen zu lassen, aber er schaffte es trotzdem bei jedem zweiten, dritten Mal. Kopfball, Tor.

Er war selbst mit sich zufrieden, der Trainer nickte.

Die Rückfahrt vier Tage später verlief längst nicht mehr so fröhlich. Arwed wollten sie verpflichten, sie würden für ihn sogar eine kleine Ablösesumme an den VfL zahlen, sagten sie. Rolli bekam kein Angebot. Es war auch nicht sicher, ob er es überhaupt angenommen hätte. Zu fremd war ihm Perugia. Arwed hatte sich auf Englisch verständigen können, Rolli hatte, außer mit ihm, im Grunde mit keinem anderen gesprochen.

Astrid hatte das Abitur geschafft. Arwed war sogar zur Zeugnisübergabe gekommen und hatte von Robert erfahren, dass er in die zweite Liga nach Wanne-Eickel wechseln wollte.

»Und du?« Robert nickte bewundernd. »Mein Gott, Italien. Dann sind unsere Treffen in der Innenstadt wohl endgültig vorbei.«

Arwed widersprach nicht. Ja, das waren sie. Aber dieser Verlust war es nicht, der ihn traurig stimmte. Astrid wollte Sprachen studieren, Englisch, Französisch, aber von Arweds Vorschlag, dass sie das auch in Italien könne, dass die Unis dort genauso gut seien, wollte sie nichts hören. Astrid wollte zu Hause wohnen bleiben und an der Ruhruni studieren.

Irgendwann wurde sie ganz still, als er das Thema noch einmal ansprach.

»Du weißt, dass es nicht geht«, sagte sie dann leise. »Wir können uns das finanziell gar nicht leisten. Aber ich werde dich dort besuchen, ganz bestimmt werde ich das.«

Er sah ihrem traurigen Blick an, dass sie es selbst nicht glaubte. Aber er konnte nicht mehr zurück, er hatte den Vertrag, den sie ihm zugeschickt hatten, längst unterschrieben. Dreimal mehr als beim VfL Bochum würde er in Perugia verdienen.

Noch einmal fuhren sie hinaus in die Felder hinter Hattingen. Nachdem sie miteinander geschlafen hatten, saßen sie lange schweigend aneinander gelehnt auf dem Rücksitz. Arwed schaute hinüber ins Sauerland. Italien hatte andere Farben, fiel ihm auf. Italien war gelb, ocker, zeigte ein sanftes Grün. Hier war die Landschaft dunkelgrün, die

Felder und die Wälder. Er wusste nicht, was ihm besser gefiel, er wusste nur, dass er die warmen Pastelltöne schön fand.

Ziel seines neuen Vereins war es, den Abstieg zu verhindern, aber es war merkwürdig. Schon vom ersten Spieltag an hielten sie sich im Mittelfeld. In der Abwehr stand ein ausgezeichneter Spieler, Salvatore Bagni, ein Mann mit großer Übersicht, der die übrigen Abwehrspieler steuerte und selbst immer wieder klärte. Und vorne schoss Arwed Tore. Sie hatten die Spielzüge, um ihn richtig einzusetzen, im Training immer wieder geübt. Die Flanken für den Kopfball, die flache Hereingaben, wenn Arwed steil lief. »Das teutonische Ungeheuer« stand in der italienischen Sportpresse, dazu gleich drei Fotos von ihm.

Arwed lernte schnell, bald konnte er nicht nur ein paar Wörter verstehen, bald konnte er auch einfache Gespräche führen. Am liebsten mit Bagni. Mit dem traf er sich in der Cafeteria gegenüber von seiner Altstadtwohnung, dann saßen sie draußen an einem Tisch, tranken Espresso oder Latte macciato, schauten den hübschen Mädchen nach und redeten über Fußball. Bagni hatte seine ersten Einsätze in der Nationalmannschaft.

»Bald wirst du das auch schaffen«, sagte er, aber Arwed winkte ab.

»Nie und nimmer. In Deutschland weiß man gar nicht, dass ich hier spiele.«

Das stimmte nicht ganz, wie er selbst wusste. Zu Anfang seiner zweiten Saison waren zwei Journalisten aus Deutschland bei ihm aufgekreuzt, einer von einer Tageszeitung, der andere von einem Fußballmagazin, und hatten Interviews mit ihm geführt. Wie er sich fühle in Italien, was anders sei im italienischen Fußball, wie er mit seinen Erfolgen umgehe. Man hätte von seinen Toren gehört, sagten sie. Er wusste aber nicht, ob die Artikel erschienen waren, denn gehört hatte er von den Journalisten seitdem nichts mehr.

Als er in einer Galerie eine Ausstellung mit Aquarellen ansah, lernte er Carla kennen. Carla wusste nicht, wer er war, während er sonst in Perugia immer öfter erkannt und auf der Straße angesprochen wurde. Er war in die Galerie gegangen, weil er an seine Oma gedacht hatte. Irgendwann würde er ihr etwas über Italien erzählen müssen, das nicht mit Fußball zu tun hatte.

Es waren Aquarelle in den Pastellfarben des Landes, deren Landschaften sich erst bei genauem Hinsehen erschlossen. Er musste wohl so angestrengt auf eines der Bilder gestarrt haben, dass sie plötzlich schmunzelnd neben ihm stand.

»Na, so schwer zu verstehen sind sie nun auch wieder nicht.« Er konnte inzwischen genügend Italienisch, um sie zu verstehen.

Sie studierte Kunstgeschichte in Florenz, verbrachte aber immer wieder ein paar Tage in Perugia, um ihre Eltern zu sehen. Ganz in der Nähe des Hauses ihrer Eltern hatte sie eine kleine Apartmentwohnung im obersten Stockwerk eines Mehrfamilienhauses. Vom Balkon ihrer Wohnung aus hatte man einen herrlichen Blick auf Perugia, auf den Palazzo di Priori, das Aquädukt, die Kirche und die Hügel im Umfeld.

Er hatte Astrid nicht vergessen, so war es nicht. Sie telefonierten auch miteinander, aber die Abstände zwischen den Anrufen wurden immer größer und der Vorrat an gemeinsamen Themen schwand. Irgendwann war die Lücke so groß, dass es peinlich wurde, sie schließen zu wollen. Er unterließ es, sie ebenso.

Mit Carla ging er gerne aus, sie war hübsch, er spürte die neidischen Blicke der Männer. Gleichzeitig aber gönnten sie ihm Carla. Sie waren Fußballfans und kannten ihn.

»Oh, Arnistätti!«, riefen sie, wenn sie ihn sahen.

Carla war das egal, sie hatte keine Ahnung vom Fußball. Sie redete lieber über Kunst, über Brunelleschi, der nach tausend Jahren die Technik des Kuppelbaus wieder entdeckt hatte und mit der Kuppel von Santa Maria del fiori sein Meisterwerk geschaffen hatte. Über den Campanile, den Glockenturm, immerhin von Giotto errichtet, der vielleicht den ganzen Dom gebaut hätte, aber er war schon zu alt, als er damit anfing. So musste er den Rest Brunelleschi überlassen.

»Gott sei Dank«, rief sie und lachte. »Wer weiß, wie Santa Maria dann ausgesehen hätte.«

Er hörte aufmerksam zu, merkte sich die Namen, von denen einige schon seine Mutter erwähnt hatte, als er mit seinen Eltern Florenz besichtigt hatte, schlich sich aber manchmal in die Bibliothek, um etwas darüber nachzulesen. Alles hatte er nicht verstanden und er wollte nicht hinter ihr zurückstehen.

Seine Oma würde staunen, dachte er dann, wenn er die Zusammenhänge begriffen hatte und mit derselben Selbstverständlichkeit wie Carla ausrufen konnte: »Giotto, immerhin Giotto!« Auch seiner Mutter würde das gefallen, ja selbst seinem Vater.

Und denen in Katernberg? Ganz unvermittelt kam ihm der Gedanke. Ja Gott, die gab es auch noch. Giotto gab es, Brunelleschi und die Katernberger. Er musste kichern, als er dies in einem Zusammenhang dachte. Gleichzeitig wusste er, dass es gemein war. Sie kannten das nicht, es war eine völlig fremde Welt für sie. Katernberg war weit weg.

Aber es stimmte nicht, Katernberg war gar nicht weit weg. Als er eines Abends vom Training nach Hause kam, entdeckte er eine junge Frau vor dem Haus, in dem er wohnte. Sie drehte ihm den Rücken zu und suchte die Fassade ab, als hoffte sie, hinter einem der Fenster einen Bekannten zu entdecken. Arwed fiel auf, dass sie eine viel zu warme, dunkelblaue Jacke trug. Wahrscheinlich war das sogar das erste, was ihm aufgefallen war, die zur Temperatur unpassende Jacke.

Als sie sich umdrehte, als er die blitzenden dunkelbraunen Augen sah, durchfuhr es ihn. Vera! Im selben Moment hatte auch sie ihn entdeckt, sie erstarrten beide. Rasch ging er auf sie zu, während sie stehen blieb und ihn von oben bis unten musterte.

»Vera, was machst du denn hier? Bist du zufällig vorbei gekommen?«

Einen Moment lang standen sie voreinander, dann fielen sie sich in die Arme. Er merkte, wie sie ihn fest an sich drückte.

»Ach Arwed«, hörte er dann ihre Stimme, »wie kommst du auf die Idee, dass ich zufällig hier sein könnte?«

Er schob sie ein Stückchen von sich, damit er sie ansehen konnte.

»Etwa meinetwegen?«

Sie nickte. Er bemerkte, wie traurig ihr Blick dabei war.

»Komm mit nach oben«, sagte er.

Er konnte das gefahrlos tun, Carla war am Tag vorher nach Florenz gefahren, sie würde nichts mitkriegen von dem Besuch. Neben ihm ging sie die Treppe hoch, er beobachtete sie heimlich aus den Augenwinkeln

Das Bild von ihr in seinem Innern war ein wenig erloschen. Astrid hatte sich dazwischen geschoben, Carla, der VfL Bochum, Italien und überhaupt, es war viel Zeit vergangen, seit er sie im Arm von Olli gesehen hatte. Mehr als drei Jahre war das jetzt her, seit sie ihm wehgetan hatte, verdammt weh sogar.

Er schloss die Tür auf und ließ sie eintreten. Zögernd ging sie ins Wohnzimmer, schaute sich die Bilder an, die an der Wand hingen, ein Mannschaftsbild des AC Perugia mit Arwed in der hinteren Reihe, zwei Aquarelle aus der Galerie, von denen er eines, wenn er nach Hause fuhr, seiner Oma schenken wollte. Vor einem Foto von sich und Carla blieb sie am längsten stehen.

Was will sie, dachte er. Hatte sie etwa geglaubt, dass er keine Freundin hätte und womöglich noch immer ihr, Vera, hinterher trauerte? Das konnte sie nicht ernsthaft glauben.

Tat sie auch nicht, wie er an ihrem Lächeln feststellte, mit dem sie ihn plötzlich ansah.

»Ein hübsches Mädchen«, sagte sie, »eines, das zu dir passt.«

Er wusste nicht, was das bedeuten sollte und nickte.

»Carla«, sagte er und fragte sich noch mehr, was ihr Besuch bedeuten sollte.

Sie trat ans Fenster und schaute hinaus.

»Was für ein schöner Anblick«, rief sie. »Ich habe schon viel von der Stadt gesehen, als ich vom Bahnhof hierher gekommen bin, die verwinkelte Gassen, die mittelalterlichen Häuser. Wunderschön ist sie.«

Er stellte sich neben sie. Gemeinsam schauten sie hinaus. Was sollte er jetzt sagen? Sollte er sagen: Ja, es ist schön hier. Und es ist auch schön, dass du hierher gekommen bist? Er wusste doch gar nicht, warum sie es getan hatte.

»Sonst haben wir uns immer bei mir getroffen«, sagte sie. »In meinem kleinen Zimmer in unserer Siedlung.«

Er nickte.

»Jetzt bin ich zum ersten Mal bei dir.« Sie sah ihn an und lächelte.

»Bist du wirklich meinetwegen gekommen?«

Sie nickte. »Ja, deinetwegen. Stell dir vor, ich bin von Essen-Katernberg hierher gefahren, um dich zu treffen. Und um nebenbei diese Stadt zu sehen, diese andere Welt.«

»Aber das geht nicht«, sagte er und zeigte auf das Foto, das ihn und Carla zeigte, »du siehst, was mit mir ...«

Sie lachte. »Das habe ich auch nicht anders erwartet«, sagte sie. »Ist sie hier in der Nähe, kommt sie gleich?«

Er schüttelte den Kopf. »Carla ist in Florenz, sie studiert dort.«

Sie schien erleichtert über diese Antwort zu sein.

»Ich bin gekommen, weil ich bald heiraten werde«, sagte sie. »Und bevor ich das tue, will ich noch einmal den Mann sehen, den ich am meisten liebe.«

Er verstand nicht, was sie meinte. »Aber du bist es doch gewesen, die unsere Beziehung beendet hat. Du bist doch ...«

»Pssst«, machte sie und legte ihm einen Finger über die Lippen.

»...nicht ich ...« nuschelte er noch.

Sie setzte sich an den Tisch am Fenster, noch bevor er sie dazu aufforderte. Er setzte sich neben sie. Eine Zeitlang schwiegen sie.

»Nun sag schon«, sagte er dann, »weshalb hast du Schluss gemacht, wenn du mich doch liebst? Oder ist deine Liebe erloschen und irgendwann wieder erwacht?«

»Nein.« Ihr Widerspruch kam schnell. »Meine Liebe ist niemals erloschen. Du hast schon damals nicht gemerkt, wie es um uns stand. Du hast nicht begriffen, dass das zwischen uns nichts werden kann. Ich habe es daran gemerkt, dass du mich ein paar Mal zu dir nach Hause einladen wolltest. Du hast gesagt, dass ich zu dir kommen soll, aber wirklich ernst gemeint hast du es nicht.«

Sie erhob sich und sah ihn an. »Stell dir mal vor, ich wäre wirklich gekommen.«

»Ja und?«

»Nichts ja und! Eine Katastrophe wäre es geworden. Deine Eltern hätten sofort gemerkt, woher ich komme und was für eine ich bin. Rausgeschmissen hätten sie mich. Und wenn sie es nicht sofort getan hätten, weil sie sich dafür zu fein gewesen wären, hätten sie dir anschließend verboten, mich noch einmal mitzubringen.«

Ja, dachte er, so hätte es sein können. Er staunte, wie gut sie seine Eltern verstand, obwohl sie sie nie gesehen hatte.

»Nein«, fuhr sie fort, »für uns reichte es nur für eine Liebe auf Zeit. So lange es ging wollte ich sie genießen und dann, bevor es für mich verletzend endete, wollte ich sie lieber selbst beenden.«

Sie wandte den Kopf und blickte aus dem Fenster. »Und als es so weit war, habe ich es getan.«

»Dann war das alles nur ein Spiel, das du mir mit Olli vorgespielt hast?«

»Ja und nein. Ich habe dir nicht sagen können, dass unsere Liebe beendet ist. Ich habe es einfach nicht übers Herz gebracht. Deshalb habe ich es dir gezeigt und du hast es ja auch verstanden. Aber nur gespielt, nein, das war es auch nicht. Olli hatte sich immer um mich bemüht. Du hast das nicht mitgekriegt, weil du Olli immer nur als den anderen, den Gegner begriffen hast. Außerdem hat Olli es nur getan, wenn du nicht dabei warst. Er wusste, dass er andernfalls keine Chance bei mir gehabt hätte. Siehst du, so ist er auch.«

Er fühlte, wie ihre Erklärungen ihn anrührten und melancholisch stimmten. Mein Gott, so klar hatte sie ihre damalige Liebe analysiert? So folgerichtig hatte sie danach gehandelt? Er hatte das Gefühl, sie in den Arm nehmen zu sollen, aber er unterließ es. Eine kleine Pause trat ein.

»Dann willst du Olli heiraten?«, fragte er dann.

»Wen sonst?«

»Liebst du ihn denn?«

»Er passt zu mir. Und in meinen Kreisen zählt er auch was, das hast du ja selbst gemerkt.«

»Was macht Olli denn jetzt?«

Sie sah ihn prüfend an. »Ist das eine ehrliche Frage oder willst du ihn fertig machen?«

»Herrgott, muss denn alles nach deinem Schema gehen? Hier ich, dort er!« Er merkte selbst, wie seine Stimme lauter wurde. »Ich habe das ehrlich gemeint, mich interessiert, was aus Olli geworden ist. Es hätte mich schon vorher interessiert, aber jetzt, wo du ihn heiraten willst, noch mehr.«

»Ist gut, beruhige dich. Ich glaub dir ja. Olli ist Hauer auf Zeche Zollverein, was sonst. Er verdient ganz gut, wir können uns eine kleine Wohnung in Frohnhausen leisten, in einem Neubau, nicht in einer Zechensiedlung in Katernberg.«

Zufriedenheit klang durch bei dem, was sie sagte. Arwed merkte es.

»Und beim Fußball? Er spielt doch noch, oder?«

»Klar spielt er. Er ist jetzt in der ersten Mannschaft beim FC. Sie spielen gut, stehen an der Tabellenspitze und könnten sogar in die Regionalliga aufsteigen. Olli ist der Abwehrchef, obwohl er einer der Jüngsten ist. Darauf ist er besonders stolz.«

Arwed nickte. »Kann er auch. Für Katernberg, da …« Er brach ab.

»… da ist das was, wolltest du sagen. Schon gut, ich weiß, dass du es nicht abfällig meinst. Für dich war es auch mal was, und deshalb weißt du, was in Katernberg zählt und was nicht. Rolli kommt vielleicht auch zurück in der nächsten Saison. Er kann sich in Bochum nicht durchsetzen. Es kann nicht jeder so gut sein wie du.«

Es klang ein bisschen wie ein Vorwurf.

»Soll ich etwa schlechter spielen als ich es könnte?«

»Nein, nein, spiel gut, so gut, wie du nur irgend kannst.«

»Würde Olli das jetzt auch sagen?«

»Ja, genau das würde er sagen. Olli hat mir den Zeitungsartikel gezeigt, der in unserer Tageszeitung über dich erschienen ist. Durch ihn bin ich erst mal auf die Idee gekommen, dich hier zu besuchen. Guck mal hier, da steht was über Arwed, hat er gesagt. Olli ist stolz darauf, dass er dich kennt. Überall erzählt er von dir und dass ihr früher zusammen gespielt habt. Und dazu erzählt er gerne, dass er am Anfang besser war als du. Das stimmt doch auch, oder?«

Arwed nickte. »Ja, das stimmt. Er war sogar viel besser als ich.«

»Ich merke oft, wie sehr er sich darüber freut, dich gekannt zu haben. Das gibt seinem Leben etwas Besonderes. Er hat das nötig.« Sie schwieg einen Moment lang. »Jeder hat so etwas nötig.«

Etwas Besonderes … Niemals hätte Arwed gedacht, dass Olli mal so über ihn urteilen würde. Er wusste gar nicht, wie er darauf reagieren sollte. Sollte er stolz sein? Ganz früher, als er anfing mit dem Fußballspiel, wäre er es bestimmt gewesen. Da war Olli der Chef gewesen. So wie er etwas beurteilte, beurteilten es auch die anderen. Aber jetzt, hier in Italien, mit dem Blick von seiner Wohnung auf das schöne Perugia … Arwed merkte, dass

Olli ihm Leid tat, aber dass Mitleid kein gutes Gefühl war.

»Und du«, fragte er etwas zögerlich, »denkst du auch so darüber?«

»Nein, ich denke nicht so.«

Er war erleichtert über ihre Antwort, aber nur einen Moment lang.

»Ich denke, dass du dich aus deiner Villa aufgemacht hast«, fuhr sie fort, »dahin, wo Fußball etwas zählt, mit dem auch Olli die Anerkennung gefunden hatte, die er brauchte. Und dann denke ich, dass du ihm auch das noch weggenommen hast. Dass du am Ende alles hast, die Villa in Essen, die schicke Wohnung in Italien und den Erfolg im Fußball, während Olli und all die anderen das geblieben sind, was er und seinesgleichen immer gewesen sind. Fußballer in Katernberg und Bergarbeiter auf Zeche Zollverein.«

»Aber Olli ist doch stolz auf mich, hast du gesagt. Wie kann ich ihm da etwas weggenommen haben?«

Sie lachte, es klang bitter. »Ändert das etwas daran, dass er es selbst nicht versteht?«

»Und du«, rief er, »ich denke, du hast mich geliebt. Wie kannst du jemand lieben, der dem Mann, den du heiraten willst, etwas weggenommen hat? Sogar etwas, das ihm wichtig ist.«

»Du verstehst es immer noch nicht«, antwortete sie und schüttelte den Kopf, »du hast es schon damals nicht verstanden. Was kann ich zu meiner Liebe?« Sie schwieg einen Moment lang. »Nichts kann ich dazu, außer mein Leben so einrichten, dass sie mir nicht schadet. Dass sie mir das bisschen, was ich im Leben bekommen kann, nicht auch noch nimmt.«

Er sah sie an, als könnte ihr Gesicht verraten, wie sie es

meinte. Dann fiel ihm ein, was sie ihm früher gesagt hatte. Sie würde immer in Katernberg bleiben, hatte sie gesagt und hinzugefügt, dass sie dabei nicht den Ort meinte. Jetzt begriff er. Da waren zwei Welten, wollte sie ihm sagen, und in der einen davon war sie. Und sie glaubte nicht, dass sie in die andere gelangen könnte. Sie hatte es nie geglaubt.

Es war ein sanfter, ein warmer Blick, mit dem er sie jetzt ansah. Da war Carla, die ihm alles erzählen konnte über die Kunst der Renaissance, über Giotto, der an der Schwelle dazu stand, über Brunelleschi, über Santa Maria del fiore. Nichts, was Vera wusste. Aber dafür wusste sie etwas anderes, das vielleicht noch schwerer zu erlernen, vor allem schwerer zu akzeptieren war. Aber sie hatte es getan, Vera, auf eine stille, konsequente Weise.

Er nickte. »Ich glaube, ich habe verstanden. Ich habe endlich auch verstanden, was du damals gemeint hast, als wir bei dir im Bett lagen.«

Sie lächelte nur. Sie sprachen nicht mehr viel, es war alles gesagt.

Er merkte, dass sie noch immer einen Reiz auf ihn ausübte. Aber er verstand, dass er dem Gefühl nicht nachgeben durfte. Außerdem, vermutete er, würde sie es nicht wollen.

»Warte, ich koche uns einen Kaffee.«

Wenig später tranken sie Latte macchiato und blickten hinaus. Langsam versank die Altstadt in tiefblauer Dunkelheit.

Sie wollte, dass er ihr von Italien erzählte, vom AC Perugia, von seinem Leben hier, den Cafes, die er am Abend nach dem Training aufsuchte, selbst wer der beste Spieler in seiner Mannschaft war, sie wollte alles wissen.

Arwed tat ihr den Gefallen. Er bemühte sich um einen sachlichen Tonfall, wollte auf keinen Fall von seinem Leben schwärmen, damit sie nicht das Gefühl bekam, er wollte sich über sie und Katernberg erheben.

Sie merkte es. »Du kannst ruhig ehrlich formulieren«, sagte sie zwischendurch. »Ich will nicht nur wissen, was du machst, sondern auch, wie du dich dabei fühlst.«

Er wunderte sich nicht über diesen Satz. Sie war immer eigenwillig gewesen und hatte ihre Ziele konsequent verfolgt. Eines sogar mit beängstigender Konsequenz, wie er erst heute von ihr erfahren hatte.

Niemandem von all denen in Katernberg würde er zutrauen, dass er sich in einen Zug setzte, um ihn hier zu besuchen. Niemandem, außer ihr. Und dann fiel ihm noch etwas auf. Zweimal, musste er plötzlich denken, zweimal war sie ihm nachgegangen. Einmal, als ihre Liebe begann, und jetzt, als ihre Liebe den Schlusspunkt gefunden hatte. Seltsam, wie sich manches im Leben rundete.

Plötzlich stand sie auf. »Ich muss zum Bahnhof«, sagte sie. »Olli wird sich Sorgen machen, wenn ich morgen nicht zurück bin. Die Zugfahrt dauert fast zwölf Stunden.«

»Weiß er, dass du hier bist?«

Sie zuckte mit den Schultern. »Ich habe es ihm nicht gesagt, aber wahrscheinlich ahnt er es.«

Und er hatte sie gehen lassen, dachte Arwed. Er wusste, wen sie treffen würde und trotzdem hatte er … Ollis Gesicht erschien vor seinem Auge. Es war nicht der überhebliche oder aggressive Blick, mit dem er ihn ansah und über den Arwed sich so oft geärgert hatte. Olli lächelte. Ja, so ist es, schien er sagen zu wollen, sie kommt zu mir zurück. Und spiel du gut Fußball, sei erfolgreich, damit ich etwas über dich erzählen kann.

Er begleitete sie zum Bahnhof. Mehrfach wurde er unterwegs angesprochen: »Arnistätti, continua a segnare per noi! Schieß weiter unsere Tore.«

Vera sah ihn an. »Hast du keine Angst, dass Carla erfährt, dass du mit einer fremden Frau durch die Stadt gegangen bist?«

Er schüttelte den Kopf.

»Und wenn sie dich fragt, was ich hier gemacht habe?«

»Dann werde ich ihr die Wahrheit sagen. Ich werde ihr alles über dich erzählen.«

Sie kamen am Bahnhof an, als der Zug nach München schon einfuhr. Sie reichte ihm die Hand. »Leb wohl.«

Er nahm sie in den Arm, beugte sich vor und küsste sie. Lang und innig, so wie er es damals getan hatte. Sie schien zuerst erschrocken zu sein, erwiderte nicht seinen Kuss, dann gab sie schließlich nach und küsste auch ihn.

Hinterher wusste er nicht, wie lange sie so gestanden hatten, eng umschlungen und sich küssend, bis sie sich schließlich losmachte. Sie nickte ihm noch einmal zu, dann drehte sie sich um und ging zum Zug. Er spürte einen Kloß im Hals, während er ihr nachschaute.

Der Zug fuhr an. Er blieb stehen und wartete, ob sie das Fenster öffnen und ihm noch einmal zuwinken würde. Aber sie winkte nicht. Sie war schon wieder in Katernberg, merkte er, lange bevor der Zug dort angekommen war.

25

Die Sonne schien. Sie schien über Italien, über Perugia, über Arweds Verein und über ihn, Arwed. Er schoss ein Tor nach dem anderen. Große Fußballer waren seine Gegenspieler, Dino Zoff, der beste Torwart der Welt, stand im Tor von Juventus Turin, aber Arwed schaffte es trotzdem, ihm ein Kopfballtor ins Netz zu legen. Sie verloren gegen Juve, sogar deutlich mit 1:4, aber Zoff klopfte ihm nach dem Spiel auf die Schulter. »Tedesco, ottimo canoniere, guter Torschütze.«

Perugia hielt sich wie in der Saison zuvor im Mittelfeld der Liga. Hinten hielt Bagni die Abwehr zusammen, vorne köpfte Arwed die Tore. Die Presse berichtete immer häufiger über ihn, auch die deutsche. Die Sonne lachte.

Aber vielleicht war das alles zu viel Sonnenschein, dachte er hinterher. Vielleicht durfte es so viel Sonnenschein für einen einzelnen Menschen nicht geben. Es konnte aber auch sein, dass er die kleinen Wolken, die über den blauen Himmel zogen, übersehen hatte, einfach deshalb, weil er glaubte, es könne sie nicht geben. Nicht für ihn, für Arwed Arnistätti.

Er hatte nicht gemerkt, wie die Stimme seiner Großmutter von Telefongespräch zu Telefongespräch schleppender wurde, wie sie ihre Antworten immer häufiger unterbrechen musste, um nach Luft zu schnappen. Er hatte sich nichts dabei gedacht, wenn Albert auf Arweds Frage, wie es der Oma gehe, auswich und lieber anfing, über Fußball zu reden. Darüber, dass die Essener Zeitungen inzwischen jeden Montag über ihn und den AC Perugia berichteten, einen Verein, der vorher niemals im Ruhrgebiet erwähnt worden war und dabei vor allem Arweds Leistung schilderten. Zu gerne hörte er das und vergaß seine Frage.

Aber dann kam Alberts Anruf und er merkte schon am Tonfall, dass etwas nicht stimmte. Seine Oma war tot, sie war in ihrem Stuhl am Fenster, mit Blick auf die Aquarelle, friedlich entschlummert. Albert hatte sie gefunden, sie aber eine Zeitlang nicht angesprochen, weil er geglaubt hatte, sie würde schlafen. Bis er gemerkt hatte, dass sie nicht mehr atmete.

Er erzählte das Arwed, der nichts antworten konnte. Er hörte einfach nur zu, während ihm die Tränen über die Wangen liefen.

»Du bist der erste, dem ich es mitteile«, sagte er. »Deine Oma hätte es genauso gewünscht, ich weiß das. Du sollst es als erster wissen.«

Arwed nickte heftig, noch immer fiel ihm kein passendes Wort ein.

»Du musst nichts sagen, ich weiß was los ist. Ich sehe dich vor mir, glaub mir, Junge.«

Wieder konnte Arwed nur nicken.

»Kannst du zur Beerdigung kommen?«

»Ja!« Arwed rief es laut aus und merkte im selben Moment, dass sich endlich die Blockade löste. »Ja, ich komme. Ich komme auf jeden Fall.«

Es war ein regnerischer Tag, an dem seine Oma auf dem Essener Hauptfriedhof beerdigt wurde. Arwed saß mit seinen Eltern in der ersten Reihe, vor einem dunkelbraunen Sarg, auf dem ein riesiger Strauß weißer Chrysanthemen lag. Albert hatte sich einen Platz auf der anderen Seite der Stuhlreihen ausgesucht, in der zweiten Reihe neben Lina.

Der Pfarrer hielt sich an die übliche Beerdigungsliturgie, er sagte wenig zur Person der Toten. Schade, dachte Arwed, wirklich schade. Zu seiner Oma hätte man viel erzählen können. Und manches davon wäre bestimmt komisch gewesen, aber selbst das hätte zu ihrer Beerdigung gepasst.

Später, am offenen Grab, wollte Arwed nicht die üblichen drei Schaufeln Erde auf den Sarg werfen, er stand nur davor, starrte auf den Sarg und versuchte, sich das Bild seiner Oma vorzustellen. Aber jetzt, hier an ihrem Grab, wollte es ihm nicht gelingen.

Seine Oma hatte ihre große Villa Arwed vermacht, sie hatte aber verfügt, dass Albert bis an sein Lebensende darin wohnen dürfte. Arweds Mutter hatte Verständnis für diese Entscheidung, obwohl sie sicher nichts von dem Geheimnis zwischen den beiden wusste, aber Arweds Vater fand es unpassend.

»Sollen wir Lina später auch was vermachen?«, rief er, als sie am Abend, nach dem Zusammensein mit allen Freunden und Verwandten, in einem Restaurant in Werden unter sich waren. Es kam heraus, dass sie für Albert schon vorher Geld bei einer Bank hinterlegt hatte, auf seinen Namen, damit niemand etwas daran ändern konnte. So ganz traute sie ihrem Sohn nicht.

Arwed musste grinsen. Gut gemacht, Oma, dachte er. Und vor allem passend für dich, aber nicht nötig, denn ich hätte auch von mir aus Albert in der Villa wohnen lassen. Nicht einmal nur, weil Albert es verdient hat. Es ist auch das Beste für das Haus. Wer sonst kann sich darum kümmern, während ich in Perugia bin?

Bevor er zurück fuhr, um noch rechtzeitig zum Sonntagsspiel gegen Lazio Rom einzutreffen, ging er zur Villa, nahm Albert in den Arm und dankte ihm für alles, was er getan hatte. Für ihn selbst, aber auch für die Oma. Arwed merkte, dass Albert trauerte wie ein Witwer. Nicht einmal sprach er über Fußball mit ihm, ein paar Mal wischte er sich über die Augen.

Kurz nach Arweds Rückkehr rief ihn Albert aufgeregt an. Er hatte in der Presse gelesen, dass Arwed zum nächsten Länderspiel gegen Polen nach Düsseldorf eingeladen worden war. Albert wusste es noch vor Arwed, der durch einen Brief des DFB informiert wurde. Es war ein kurzer Brief, unterschrieben vom Bundestrainer, der an den AC Perugia adressiert war und der Arwed darüber informierte, dass er zum Länderspiel eingeladen sei und sich am Sonntagabend im Hotel Hilton in Düsseldorf einfinden sollte.

Bagni grinste, als Arwed es ihm erzählte. »Hab ich dir doch gesagt, Arnistätti ist bald in der Nationalmannschaft.«

Es gelang Arwed, Karten für seine Eltern zu besorgen, vor allem aber eine für Albert. Albert sollte unbedingt dabei sein. Ohne ihn hätte er es niemals geschafft. Ohne ihn hätte er erst gar nicht weitergemacht damals, nach seiner ersten Niederlage gegen Olli und Co.

Der Bundestrainer begrüßte ihn im Foyer des Hotels, dann stellte er ihn den anderen vor. Es waren zwei Spieler dabei, die vier Jahre vorher in München Weltmeister geworden waren. Zwei Weltmeister, mit denen er, Arwed, trainieren durfte. Arwed spürte selber, wie er innerlich erstarrte. Zur Anfangsaufstellung würde er aber nicht gehören, erklärte ihm der Bundestrainer nach dem ersten Training. Er wolle ihn erst mal kennenlernen, ob er ihn später einwechseln würde, müsste der Spielverlauf entscheiden.

Arwed saß also auf der Bank. Bevor er sich dorthin setzte, suchte er die Haupttribüne ab, aber er konnte niemanden erkennen. Egal, bestimmt hatten seine Eltern und Albert ihn beim Warmmachen gesehen.

Das Spiel begann unglücklich. Die Deutschen bedrängten das Tor der Polen, hatten auch zwei Chancen, die die Stürmer aber, beide von der Heimmannschaft aus Düsseldorf, nicht verwandeln konnten. Dafür gelang den Polen bei ihrem ersten Konter ein Tor.

Arwed blickte zum Bundestrainer hinüber und sah, wie eine Ader an dessen Stirn anschwoll.

Bis zur Pause gelang zwar noch der Ausgleich, aber danach plätscherte das Spiel vor sich hin. Kein Chance mehr, den Siegtreffer zu erzielen. In immer kürzeren Abständen blickte der Bundestrainer auf die Uhr, in immer kürzeren Abständen blickte Arwed zu ihm hinüber.

Schließlich kam die Aufforderung, die er so sehnlich gewartet hatte.

»Arwed, machen Sie sich fertig.«

Ein riesiger Applaus ging durchs Stadion, als seine Einwechslung über Lautsprecher verkündet wurde. Die Zuschauer kannten ihn, sie erhofften sich doch noch einen Sieg durch ihn.

Zuerst fiel es Arwed schwer, Bindung zum Spiel aufzubauen. Kaum einmal erreichte ihn ein Pass, er wurde nicht eingebunden ins Spiel, irgendwie nahmen die älteren Nationalspieler ihn als Neuling nicht ernst.

Dann aber kam eine hohe Flanke in den Strafraum, lang und länger wurde sie, und Arwed merkte, dass sich der polnische Abwehrspieler verschätzte. Statt einen Schritt zurückzugehen, war er einen Schritt nach vorn gegangen. So würde er die Flanke niemals abfangen können, dachte Arwed und spürte gleichzeitig eine freudige Erregung. Mensch, das war seine Chance, jetzt kam sie doch noch!

Der Ball flog über den Abwehrspieler hinweg, Arwed

sprang hoch, erwischte ihn voll mit der Stirn und drückte ihn in Richtung polnisches Tor. Während er nach hinten fiel und für einen Moment Spielfeld und Tor aus den Augen verlor, hörte er den Jubel der Zuschauer. Tor. Der Ball war drin, 2:1, und er, Arwed, hatte das Tor erzielt. Den Führungstreffer, das Siegtor.

Er blieb einfach liegen, während die anderen Spieler angelaufen kamen, um ihn zu umarmen und ihm zu gratulieren.

Wenn sie das noch gesehen hätte, dachte er, wenn Oma das jetzt wüsste. Ja, sie hätte es sehen müssen, die über viele Jahre seine beste Mitstreiterin gewesen war. Er spürte, wie ihm Tränen in die Augen traten. Als die anderen Spieler von ihm abließen, um in die eigene Hälfte zurückzugehen, als er sich wieder aufgerichtet hatte und ihnen folgte, blickte er hinüber zur Haupttribüne, dorthin, wo Albert saß. Wenigstens er, dachte er, wenigstens Albert hatte es gesehen. Und neben seiner Freude spürte er einen tiefen Trost. Er ballte die rechte Hand zur Faust und stieß sie in die Luft. Albert würde die Geste verstehen. Und er würde, das wusste Arwed, es jetzt genauso tun.

Umschlaggestaltung: KNSY, Essen
Printed in Germany

ISBN 978-3-938834-61-9